HEX HALL

CONDENA

HEX HALL

CONDENA

Rachel Hawkins

Traducción de Ariadna Castellarnau Arfelis

Obra editada en colaboración con Editorial Planeta – España

Título original: *Hex Hall*

© 2010, Rachel Hawkins, del texto
© 2010, Ariadna Castellarnau Arfelis, de la traducción
© 2011, Editorial Planeta, S.A. – Barcelona, España

© 2011, Editorial Planeta Mexicana, S.A. de C.V.
Bajo el sello editorial DESTINO M.R.
Avenida Presidente Masarik núm. 111, 2o. piso
Colonia Chapultepec Morales
C.P. 11570 México, D.F.
www.editorialplaneta.com.mx

Primera edición impresa en España: enero de 2011
ISBN: 978-84-08-09858-4

Primera edición impresa en México: febrero de 2011
ISBN: 978-607-07-0638-7

Impreso en los talleres de EDAMSA Impresiones, S.A. de C.V.
Av. Hidalgo núm. 111, Col. Fracc. San Nicolás Tolentino, México, D.F.
Impreso en México – *Printed in Mexico*

Para mamá y papá
Para John y Will
Por todo...

Mi madre suele decir:

«Cerca del espejo no deberías ir».
Le da miedo que vea ahí
a esa bruja que se parece a mí;
con una boca roja que dice sin cesar
cosas en las que una niña no debería pensar.

SARAH MORGAN BRYAN PIATT

PRÓLOGO

Felicia Miller lloraba en el baño. Otra vez.

Sabía que era ella porque en los tres meses que llevaba en el instituto Green Mountain la había visto llorar en el baño dos veces. Sollozaba de un modo inconfundible, agudo y entrecortado, como las niñas pequeñas. Felicia tenía dieciocho años, dos más que yo.

Las otras veces la había dejado llorar sola. Todas las chicas tenían derecho a llorar en los baños públicos de vez en cuando. Pero esa noche se celebraba la fiesta de fin de año y daba pena verla sollozar vestida de gala. Además, yo tenía cierta debilidad por Felicia. En todas las escuelas a las que he ido (diecinueve hasta hoy) hay una chica como ella. Felicia era la que recibía los golpes de toda la clase: los chicos de la escuela la insultaban y le robaban el dinero del almuerzo. Yo siempre he sido rarita, pero la verdad es que los demás nunca me han tratado mal; se han limitado a ignorarme.

Eché una mirada por debajo de la puerta del WC y vi un par de pies en unas sandalias amarillas.

—¿Felicia? —llamé, golpeando suavemente la puerta—. ¿Qué pasa?

Abrió la puerta y me miró con ojos furiosos y sanguinolentos.

—¿Que qué pasa? ¿Tú qué crees, Sophie? Es la noche de fin de año... ¿Ves a algún chico conmigo?

—Pues... no. Pero es que estás en el lavabo de chicas y pensé que...

—¿Qué? —me preguntó, mientras se enjugaba las lágrimas y se sonaba la nariz con un trozo enorme de papel higiénico—. ¿Has visto a algún chico esperándome fuera? —Resopló—. ¡Dios!, tuve que mentir a mis padres, les dije que tenía una cita. Por eso me compraron este vestido. —Dio un manotazo al vestido de tafetán amarillo como si tratara de matar un insecto—. Les he dicho que mi chico me esperaría aquí, para que me trajeran. No me atreví a decirles que nadie me había pedido una cita para la fiesta de graduación. Les hubiera roto el corazón. —Puso los ojos en blanco—. ¿Puedes creer que sea tan patética?

—No eres patética —le dije—. Hay un montón de chicas que han venido a la fiesta sin pareja.

Me miró furiosa.

—¿Como tú, por ejemplo?

Pues no, yo sí tenía pareja. Ryan Hellerman era probablemente el único chico de todo el instituto Green Mountain menos popular que yo, pero, así y todo, era técnicamente una pareja. Mi madre había enloquecido de alegría. Iría a la fiesta acompañada. Por fin hacía algo para tratar de encajar.

Para mi madre, encajar era un asunto realmente importante.

Miré a Felicia, allí sentada, con su vestido amarillo, sonándose la nariz. Sin detenerme a pensar, le dije una completa estupidez:

—Voy a ayudarte.

Los ojillos hinchados de Felicia me miraron fijamente.

—¿Cómo?

La rodeé con un brazo y la ayudé a ponerse en pie.

—Primero tenemos que salir de aquí.

Nos abrimos paso a través del baño y de la multitud del gimnasio. Cuando cruzamos las puertas dobles del gimnasio y llegamos al estacionamiento, Felicia empezó a mirarme con desconfianza.

—Si esto es alguna clase de broma, te advierto que en el bolso llevo un *spray* de gas paralizante —dijo, apretando su pequeño puño amarillo contra el pecho.

—Relájate. —Eché un vistazo al estacionamiento para asegurarme de que estaba desierto.

Aunque eran los últimos días de abril, todavía corría una brisa fresca. Felicia y yo nos estremecimos de frío debajo de nuestros vestidos.

—A ver —dije, volviéndome hacia ella—. Si pudieras tener como pareja al chico que quisieras, ¿a quién elegirías?

—¿Qué quieres? ¿Torturarme?

—Tú sólo contesta.

Ella clavó la mirada en sus zapatos amarillos y murmuró:

—¿Kevin Bridges?

Sus palabras no me sorprendieron. Kevin era el delegado de la clase, el capitán del equipo de fútbol y un chico guapo en toda regla. En definitiva: el chico al que hubieran elegido como pareja para la fiesta casi todas las chicas.

—De acuerdo. Pues que sea Kevin —masbullé. Me estrujé los nudillos, levanté las manos hacia el cielo, cerré los ojos e imaginé a Felicia en brazos de Kevin: ella en su brillante vestido amarillo, él vestido de esmoquin.

Me concentré en aquella imagen durante unos segundos, y entonces empecé a sentir que el suelo temblaba ligeramente bajo mis pies y que algo parecido a un chorro de agua se alzaba hasta mis brazos extendidos. Mi pelo empezó a flotar y Felicia emitió un grito ahogado.

Cuando abrí los ojos, encontré exactamente lo que esperaba: sobre mi cabeza se arremolinaba una nube negra que emitía chispazos de luz roja. Seguí concentrándome. La nube empezó a girar cada vez a mayor velocidad, hasta formar un círculo perfecto, hueco en su centro.

La «dona mágica». Así la apodé la primera vez que pude crear una, el día que cumplía los doce años.

Felicia se cubrió la cabeza con los brazos y buscó refugio entre dos coches. Ya era demasiado tarde para detenerme.

El centro del círculo se llenó de una luz verde brillante. Me concentré en esa luz y en la imagen de Kevin y Felicia al mismo tiempo que estiraba los dedos. Un relámpago verde salió disparado desde la nube hacia el cielo y se perdió entre los árboles.

La nube desapareció y Felicia se puso en pie con las piernas temblorosas.

—¿Qué ha sido eso? —Se dio la vuelta y me miró con los ojos muy abiertos—. ¿Qué? ¿Eres una bruja o algo así?

Me encogí de hombros. Todavía sentía el mareo agradable que sigue al momento en que libero todo mi poder. Mamá suele llamarla «la borrachera del mago».

—¿Eso? No ha sido nada —dije—. Volvamos adentro.

Cuando entramos en el gimnasio, Ryan bailoteaba cerca de la mesa de ponche.

—¿Qué le ha pasado? —me preguntó, señalando a Felicia con la cabeza. Felicia parecía aturdida. Se había puesto de puntillas e inspeccionaba con la mirada la pista de baile.

—Necesitaba un poco de aire —dije. Cogí un vaso de ponche. Me temblaban las manos y mi corazón seguía acelerado.

—Qué bien —dijo Ryan, mientras agitaba la cabeza al ritmo de la música—. ¿Quieres bailar?

Antes de que pudiera contestarle, Felicia se abalanzó sobre mí y me cogió del brazo.

—Oye, ni siquiera está aquí —dijo—. ¿No me habías dicho que eso... eso que tú haces... lo convertiría en mi pareja?

—Shhh. Sí. Ya está hecho. Sólo debes tener paciencia. Cuando Kevin llegue, te buscará, créeme.

No hubo que esperar demasiado. Ryan y yo aún no habíamos terminado de bailar nuestra primera canción juntos cuando el eco de un fuerte choque resonó en todo el gimnasio.

Le siguió una sucesión rápida de explosiones fuertes, casi como disparos, que hizo que todos los chicos gritaran y se escondieran debajo de las mesas de bebidas. El ponche cayó sin remedio sobre el suelo y el líquido rojo se desparramó por todos lados.

El ruido procedía de los globos. De cientos de globos. Fuera lo que fuese lo que hubiera sucedido, había enviado el arco de globos derecho al suelo. Eché un vistazo: sólo un globo blanco había escapado a la masacre y se elevaba hacia las vigas del gimnasio.

Examiné la escena. Vi que todos los profesores corrían hacia las puertas.

Pero las puertas ya no estaban donde tenían que estar.

En su lugar había un Land Rover gris plata atascado.

Kevin Bridges saltó fuera del coche desde el lado del conductor. Se había hecho un corte en la frente y otro en la cara. Gotas de sangre caían sobre el reluciente parquet.

—¡Felicia, Felicia! —bramó.

—Ay, la madre —murmuró Ryan.

La chica de Kevin, Caroline Reed, se abrió paso con dificultad por el lado del acompañante. Gemía asustada.

—Se ha vuelto loco —gritó—. Estaba bien hasta que, de repente, apareció esa luz y... y... —Se puso todavía más histérica, y yo sentí que se me retorcía el estómago.

—¡Felicia! —volvió a gritar Kevin, mientras recorría el gimnasio buscándola a grandes zancadas, como un salvaje.

Miré a mi alrededor. Felicia se había escondido debajo de una mesa; tenía los ojos muy abiertos.

«¡Esta vez he tenido cuidado! —me dije—. ¡Voy mejorando!»

Kevin encontró a Felicia y la sacó de su escondite de un jalón.

—¡Felicia!

Una amplia sonrisa le iluminaba la cara, pero con toda aquella sangre en su rostro, el efecto era aterrador. Felicia se puso a gritar como una loca. No me extraña.

El entrenador Henry, uno de los profesores que supervisaban el baile, corrió hasta Kevin y le cogió del brazo. Pero Kevin se volvió sin soltar a Felicia y le dio una bofetada. El entrenador, que medía casi dos metros y pesaba como noventa kilos, salió despedido.

Entonces se desató el infierno.

La gente se lanzó en estampida contra la puerta, un grupo de profesores rodeó a Kevin, y los gritos de Felicia llegaron a niveles de alaridos infernales. Sólo Ryan permanecía imperturbable.

—Increíble —dijo entusiasmado, mientras dos chicas subían al Land Rover para largarse del gimnasio—. Es como la fiesta de graduación de *Carrie*.

Kevin todavía tenía a Felicia cogida de la mano. Estaba de rodillas. Es difícil asegurarlo con todo ese ruido, pero creo que le estaba cantando.

Felicia había dejado de gritar. Escarbaba en su bolso en busca de algo.

—Ay, no —gemí. Corrí hacia ellos, pero resbalé y caí sobre el ponche.

Felicia sacó del bolso una pequeña lata roja y vació su contenido sobre la cara de Kevin, que dejó de cantar y lanzó un alarido de dolor. Soltó la mano de Felicia para frotarse los ojos y ella aprovechó para salir corriendo.

—No te preocupes, preciosa —gritó Kevin, que echó a correr detrás de ella—, no necesito ojos para verte. Me basta con los ojos de mi corazón, ¡Felicia de mi vida!

Genial. Mi hechizo no sólo había resultado ser muy fuerte, sino de lo más cursi.

Me senté sobre el charco de ponche, mientras veía crecer a mi alrededor el caos que yo misma había creado. Un globo blanco se balanceó sobre mi codo. La señorita Davison, mi maestra de álgebra, pasó trastabillando, gritando por el celular.

—¡He dicho instituto Green Mountain! Ehh, no lo sé, ¿una ambulancia? ¿A los GEOS*? ¡Mire, como usted quiera, pero mande a alguien!

---

* Grupo especial de operaciones.

Luego oí un chillido.

—¡Ha sido ella! ¡Sophie Mercer!

Felicia me estaba señalando. Le temblaba todo el cuerpo.

Incluso con todo aquel barullo, la voz de Felicia resonó en el gimnasio.

—Sophie es... ¡es una bruja!

Suspiré.

«Otra vez.»

1

—¿Y?

Salí del coche y me zambullí en el pesado bochorno del mes de agosto en Georgia.

—¡Alucinante! —murmuré. Me puse las gafas de sol en la cabeza. Con tanta humedad, el volumen de mi pelo se había triplicado. Daba la sensación de que en cualquier momento devoraría las gafas, como una planta carnívora selvática—. Siempre me había preguntado cómo sería vivir dentro de la boca de alguien.

Delante de mí se levantaba el imponente edificio Hécate Hall. Según el folleto que sujetaba en mi mano sudada, era «la más importante institución reformatoria de adolescentes Prodigium».

Prodigium. O sea, una extravagante palabra latina que se usa en lugar de monstruo, que es lo que eran todos los que estaban en Hécate.

Lo que era yo.

En el vuelo desde Vermont hasta Georgia releí el folleto cuatro veces, otras dos más en el ferry que me llevó a la isla de Graymalkin —un poco más allá de la costa de Georgia (donde supe que Hécate había sido construida en 1854)—, y una última vez mientras el coche de alquiler serpenteaba a través del camino de conchas y grava que

16

comunicaba la costa con el estacionamiento de la escuela. A esas alturas ya debía de saberlo de memoria, pero así y todo lo leía compulsivamente y no lo soltaba, como si fuera mi mantita preferida o algo así.

«El propósito del instituto Hécate Hall es proteger e instruir a los jóvenes metamorfos, brujas y hadas que han usado sus habilidades con imprudencia y han puesto en peligro la integridad de la sociedad de Prodigium.»

—No me parece que haya puesto a las otras brujas en peligro sólo por ayudar a una chica a conseguir pareja —le dije a mi madre entornando los ojos, mientras cogíamos mis cosas de la cajuela. Le había estado dando vueltas a esa idea desde que había recibido el folleto informativo, pero no había dicho lo que realmente pensaba hasta ese momento.

Mamá se había pasado todo el vuelo fingiendo que dormía, probablemente para evitar mi mala cara.

—Soph, sabes bien que no se trata solamente de esa chica. También está aquel chico de Delaware que acabó con el brazo roto, el profesor de Arizona al que intentaste hacer que olvidara un examen...

—Mamá, pero si al final recuperó la memoria —dije—. Bueno, casi toda.

Mi madre suspiró y tiró de un baúl hecho polvo que habíamos comprado en una tienda de beneficencia.

—Tu padre y yo te habíamos advertido muchas veces sobre las consecuencias de usar tus poderes. Créeme, esto me gusta menos que a ti; aquí estarás con... con jóvenes como tú.

—O sea, con otros apestados.

Me colgué la bolsa al hombro. Mi madre se quitó las gafas de sol y me miró fijamente. Tenía aspecto cansado y unas gruesas arrugas alrededor de la boca que nunca antes le había visto. Mamá tenía casi cuarenta años, pero aparentaba diez menos.

—Tú no eres una apestada, Sophie. —Levantamos el baúl entre las dos—. Sólo has cometido algunos errores.

A decir verdad, lo de ser una bruja no era tan fantástico como había creído. Para empezar, no volaba por ahí montada en una escoba. Cuando adquirí mis poderes, le pregunté a mi madre si me permitiría hacerlo. Ella me contestó que siguiera tomando el autobús, como todo el mundo. Además, no tenía un libro de hechizos, ni un gato que hablara porque soy alérgica, y en caso de que tuviera que buscar un ojo de salamandra, no sabría ni por dónde empezar.

Eso sí, puedo hacer magia. Es una habilidad que tengo desde los doce años, la edad en que —según dice el folleto informativo empapado en el sudor de mis manos— empiezan todos los Prodigium. Debe de tener algo que ver con la pubertad, supongo.

—Además, es una buena escuela —siguió mi madre, mientras nos acercábamos al edificio.

Pero aquello no tenía aspecto de ser una escuela. Más bien parecía un engendro a medio camino entre una vieja película de terror y la mansión encantada de Disneylandia. Para empezar, tenía como doscientos años y la tercera planta oscilaba como el último piso de un pastel de bodas. En algún momento los muros de la casa debieron de haber sido blancos, pero ahora tenían un color gris aguado casi igual al del camino de grava y conchas. Parecía un peñasco más de la isla.

—Ahh —dijo mi madre. Soltamos el baúl; mamá se asomó a uno de los lados de la casa—. Ven a ver esto.

La seguí. El folleto explicaba que a lo largo de los años habían agregado a la estructura original de la casa «construcciones adicionales». Es decir, que habían derruido la parte trasera para construir un nuevo edificio. Los veinte metros de la estructura original eran de madera grisácea. A esa estructura le habían añadido unas paredes de yeso rosa que se extendían en dirección a un bosque. No cabía duda de que para la construcción de esa casa habían recurrido a la magia, dado que no había rastros de mezcla ni juntas visibles por ningún lado. Siendo tal el caso, una habría esperado encontrarse con un trabajo elegante, pero la verdad era que parecía como si un loco hubiera pegado dos casas una junto a la otra.

Un loco con pésimo gusto.

En el jardín principal había unos enormes robles tachonados de musgo que cubrían la casa de sombras. Además, había plantas por todas partes. Dos macetas polvorientas con helechos que parecían arañas gigantes de color verde enmarcaban la puerta, y una de las paredes estaba casi completamente invadida por una especie de parra de flores rojas. Viendo todo aquello, daba la sensación de que la casa estuviera a punto de ser tragada por el bosque.

Tiré del dobladillo de mi nueva falda de Hécate Hall y me pregunté por qué en una escuela situada en lo más profundo del sur norteamericano obligarían a llevar uniformes de lana. La falda era de color azul a cuadros (de hecho, era una especie de falda escocesa, o un híbrido entre una falda normal y una falda escocesa. Una «faldesa», la había apodado yo). Eché una mirada a la escuela y no pude reprimir un escalofrío. Me pregunté si existiría alguien capaz de mirar semejante sitio sin plantearse qué clase de fenómenos estudiarían allí.

—Mira qué sitio tan estupendo —dijo mamá, tratando de usar su tono más alegre, de inducirme a ver el lado amable.

Yo no estaba tan alegre.

—Sí, precioso, para una cárcel, claro.

Mamá negó con la cabeza.

—Basta ya con esa insolencia adolescente, Soph. Esto no tiene nada que ver con una prisión.

Pues eso era lo que parecía.

—Ya verás cómo será el mejor sitio para ti —dijo.

Volvimos a coger el baúl.

—Supongo —murmuré.

En lo concerniente a mi relación con el instituto Hécate, la frase «es por tu propio bien» había tomado los visos de un mantra. Dos días después de la fiesta de graduación, mi madre y yo habíamos recibido un correo electrónico de mi padre que, a grandes rasgos, nos anunciaba que mi situación había superado el límite permitido y que el Concilio me había sentenciado a entrar al instituto Hécate hasta que cumpliera los dieciocho.

El Concilio era el grupo de abuelos que dictaban todas las normas de los Prodigium.

Ya sé. Un concilio que se llama a sí mismo el Concilio. Qué original.

En fin. Mi padre estaba empleado allí y, al parecer, lo habían obligado a ser el emisario de las malas noticias. «Con un poco de suerte —decía en su correo—, allí te enseñarán a usar tus poderes con un poco más de criterio.»

Los escasos contactos que tenía con mi padre siempre eran por correo electrónico o por teléfono. Mis padres se separaron antes de que yo naciera. Según lo que yo tenía entendido, mi padre no le había revelado a mi madre su naturaleza de hechicero (ésa es la forma en que preferimos llamar a los brujos) hasta que llevaban un año juntos. Mi madre no se lo tomó bien. Le dijo que era un psicópata y volvió corriendo a casa de sus padres. Poco después, supo que estaba embarazada. Entonces consiguió una copia de la *Enciclopedia de la Magia* y la sumó a los libros sobre bebés, sólo por si acaso. Cuando nací, mi madre se había convertido en toda una experta en lo sobrenatural. Cuando a los doce años desarrollé mis poderes, reabrió a regañadientes las líneas de comunicación con mi padre, aunque siguió tratándolo con una absoluta frialdad.

Durante el mes que siguió al correo electrónico de mi padre, intenté reconciliarme con la idea de ir a Hécate. Lo juro. Me dije que por fin estaría rodeada de gente como yo, que ya no tendría que esconder mi identidad y que seguramente aprendería buenos hechizos. Le encontré un montón de cosas positivas.

Pero en cuanto mi madre y yo subimos al ferry que nos llevaría a aquella isla solitaria, empecé a tener dolor de estómago. Y, créanme, ese malestar no tenía nada que ver con que estuviera en un barco.

Según el folleto, se había elegido la isla de Graymalkin como asentamiento del instituto Hécate debido a que su remota ubicación la hacía ideal para mantenerlo en secreto. Para los lugareños, no era sino un internado superexclusivo.

Cuando el ferry se acercó al boscoso trozo de tierra que sería mi hogar durante los dos años siguientes, había cambiado de opinión.

Casi todos los estudiantes estaban en aquel momento por el parque. Sólo un puñado de ellos parecían ser nuevos, como yo. Descargaban sus baúles y arrastraban sus maletas, la mayoría tan gastadas como la mía. Aunque había un par de Louis Vuitton. Sólo una de las chicas (cabello oscuro, nariz un poco ganchuda) era de mi edad; los demás chicos parecían mucho más jóvenes.

No tenía idea de lo que eran: brujas, hechiceros o metamorfos. Nuestro aspecto es absolutamente normal y no hay modo de distinguirnos.

Sólo las hadas eran fáciles de identificar. Eran más altas y de aspecto más digno que la media, y además tenían el cabello liso y brillante con tonalidades que iban de un dorado suave al violeta brillante.

Y tenían alas.

Según mamá, cuando las hadas se mezclan con los humanos utilizan el *glamour*, un hechizo muy complicado que altera la mente de todos aquellos que las rodean y gracias al cual los humanos las ven como personas corrientes en lugar de verlas como criaturas brillantes, coloridas y aladas. Me pregunté si las hadas condenadas a Hécate se sentirían aliviadas. Tiene que ser difícil practicar durante tanto tiempo seguido un hechizo.

Me detuve un instante para poder sujetar la bolsa que llevaba al hombro.

—Por lo menos es un sitio seguro —dijo mi madre—. Eso ya es algo, ¿verdad? Para variar, no tendré que estar constantemente preocupada por ti.

Sabía que a mi madre le iba a resultar difícil que yo estuviera tanto tiempo lejos de casa. No obstante, también era consciente de que se alegraba de tenerme en un sitio en el que no corriera el riesgo de ser descubierta. Cuando te pasas demasiado tiempo leyendo sobre los diferentes medios que se han usado para matar a brujas a lo largo de los años, tiendes a volverte un poco paranoica.

Camino de la escuela, sentí que me sudaban partes del cuerpo que nunca antes me habían sudado. ¿A quién le sudan los oídos? A mamá, como de costumbre, la humedad no la afectaba. No existe circunstancia en la que mi madre no conserve un aspecto obscenamente espléndido; es casi una ley de la naturaleza. Llevaba jeans y camiseta, pero, aun así, todas las cabezas se volvieron hacia ella para mirarla.

O tal vez fuera a mí a quien miraban. Estaba tratando de sacarme el sudor de entre mis pechos discretamente y sin que pareciera que me estaba metiendo mano a mí misma.

Por todas partes me rodeaban cosas de las que sólo había leído. A mi izquierda, una hada de cabello azul y alas color índigo lloriqueaba aferrada a sus alados padres, cuyos pies levitaban a unos centímetros del suelo. Unas lágrimas cristalinas caían de las alas de la niña y los dedos de sus pies flotaban sobre un charco azul marino.

Caminamos bajo los viejos árboles inmensos. A la sombra, la temperatura disminuía medio grado. Ya pisábamos los escalones de entrada cuando resonó en la pesadez del aire un aullido sobrenatural.

Mi madre y yo dimos media vuelta rápidamente y vimos aquella... aquella cosa que les gruñía a dos adultos de aspecto completamente frustrado. No estaban asustados, sólo enfadados. O ni tan siquiera eso.

Un licántropo.

No importa cuánto leas sobre los licántropos, ver a uno de ellos es siempre toda una experiencia.

Para empezar, no se parecía en nada a un lobo. Ni a una persona. En realidad era igual a un perro enorme parado sobre las patas traseras. Tenía un pelaje corto y castaño y unos ojos amarillo brillante que se veían a la distancia. Era más pequeño de lo que me hubiera esperado. De hecho, ni siquiera llegaba a la altura del hombre al que le gruñía.

—Basta, Justin —dijo el hombre.

La mujer, que tenía el cabello del mismo color castaño claro que el licántropo, apoyó una mano en el hombro de su hijo.

—Cariñito —dijo, con su acento del sur de Estados Unidos—, escucha a tu padre. Déjate de tonterías.

El licántropo, ehh... Justin, se calmó por un momento y ladeó la cabeza, como si fuera un cocker spaniel y no una bestia degolladora.

La idea me hizo reír por lo bajo.

Y de pronto, esos ojos amarillos se fijaron en mí.

Volvió a aullar y, antes de darme siquiera tiempo a pensar, se abalanzó sobre mí.

2

El hombre y la mujer me alertaron a gritos. Desesperada, estrujé mi cerebro en busca de las palabras del hechizo reparador de gargantas, sabiendo que me iba a hacer falta. Sin embargo, las únicas palabras que conseguí gritarle al licántropo que corría hacia mí fueron: «¡Perro malo!».

Acto seguido, vi con el rabillo del ojo un estallido de luz. De repente, el licántropo se estampó contra una pared invisible a centímetros de mí, lanzó un aullido lastimero y se desplomó contra el suelo. El pelaje y la piel empezaron a ondularse y modelarse, hasta que se transformó en un chico con pantalones color caqui y saco azul que lloriqueaba dolorido. Sus padres corrieron hacia él al mismo tiempo que mi madre corría hacia mí, arrastrando el baúl.

—Por Dios —dijo, entre respiraciones entrecortadas—. ¿Estás bien, cariño?

—Perfectamente —dije, sacudiéndome la hierba de mi falda escocesa.

—¿Sabes una cosa? —dijo una voz detrás de mí—. Si te paras a pensarlo, un hechizo de bloqueo es mejor que gritar: «Perro malo». Pero es sólo una opinión.

Di media vuelta y vi a un chico apoyado contra un árbol. Llevaba

24

el cuello de la camisa desabrochado, la corbata suelta y el saco de Hécate colgado del brazo. Me sonreía con aires de grandeza.

—Eres bruja, ¿verdad? —añadió. Se despegó del árbol y se pasó una mano por el cabello negro y rizado. Era delgado y esbelto y medía varios centímetros más que yo—. Tal vez con algo de tiempo y de esfuerzo dejes de apestar.

Dicho esto último, comenzó a pasearse tan tranquilo por allí.

Entre el ataque de Justin Caraperro y la aparición de aquel chico raro, que probablemente no era tan guapo como parecía a primer golpe de vista, diciéndome que mi brujería apestaba, estaba que echaba humo.

Busqué a mi madre con la mirada para asegurarme de que no me estaba vigilando. Estaba ocupada preguntándoles a los padres de Justin si su hijo había tenido la intención de morderme. O algo por el estilo.

—Así que soy una mala bruja, ¿eh? —dije en voz baja, concentrándome en la espalda del chico.

Levanté las manos y pensé en el peor hechizo posible. Uno que incluyera pus, mal aliento y varias disfunciones genitales.

Pero no pasó nada.

Ni sentí el agua subiendo por los dedos, ni los latidos acelerados, ni el pelo flotando.

Me quedé allí como una idiota, señalando al chico con todos mis dedos.

Vaya. Era la primera vez que no podía con un hechizo.

Entonces oí una voz que sonaba como una magnolia en melaza:

—Es suficiente, cariño —me dijo.

Me volví hacia el porche de entrada. Entre los temibles helechos había una mujer mayor vestida de azul marino. Sonreía, pero con una sonrisa de muñeca aterradora. Me señaló con un largo dedo.

—No está permitido usar nuestros poderes contra otros Prodigium, aunque nos hayan provocado —dijo. Su voz era ronca, musical y dulce. De hecho, si la casa hubiera hablado, habría tenido exactamente la misma voz—. Añadiré, Archer —la mujer se dirigía al chico de cabello oscuro—, que a diferencia de la señorita tú no eres nuevo en Hécate y sabes muy bien que no se puede atacar a otro estudiante.

El chico resopló.

—¿Habría sido mejor que el lobo se la comiera?

—La magia no siempre es la solución —contestó ella.

—¿Archer? —pregunté. Arqueé las cejas. Puede que me hubieran quitado mis poderes mágicos, pero todavía conservaba el sarcasmo—. ¿Cuál es tu apellido? ¿Algo superfresa como Newport o Vanderbilt? —Abrí los ojos tanto como pude—. Oye, a lo mejor hasta tienes título nobiliario y todo.

Quería herirlo o por lo menos hacerlo enfadar, pero no conseguí ni borrarle la sonrisa de la cara.

—De hecho, me llamo Archer Cross y no, no tengo ningún título. Pero ¿qué hay de ti? —Entrecerró los ojos—. Veamos. Cabello castaño, pecas, pinta de chica de barrio. ¿Allie? ¿Lacie? Seguro que tienes uno de esos nombrecitos lindos acabados en «ie».

¿Alguna vez les ha pasado que mueven los labios pero no emiten ningún sonido? Bueno, pues ya se pueden hacer una idea. Y claro, justo en ese momento mi madre encontró el modo de dejar la charla con los padres de Justin y llamarme por mi nombre.

—¡Sophie, espera!

—¡Lo sabía! —Archer se rió—. Nos vemos, Sophie. —Me miró por encima del hombro y se metió en la casa.

Centré mi atención en la mujer. Debía de tener unos cincuenta años. Su pelo rubio oscuro había sido trenzado, tensado y probablemente amenazado hasta formar un complicado chongo. Llevaba su traje azul de Hécate con cierto aire regio, por lo que supuse que era la directora de la escuela, la señora Anastasia Casnoff. Un nombre como ése suele grabarse en la memoria. No hacía falta que mirara el folleto para recordarlo.

En efecto, la mujer rubia de nombre imponente estaba a cargo de Hécate Hall.

Mi madre la saludó con un apretón de manos.

—Soy Grace Mercer y ésta es mi hija Sophie.

—Sofí —pronunció la señora Casnoff. Su marcado acento del sur de Estados Unidos hizo que mi nombre sonara como una entrada exótica de un restaurante chino.

—Sophie, sin acento al final —dije rápidamente, con la esperanza de evitar que en la escuela me llamaran Sofí para siempre.

—Tengo entendido que no son de por aquí, ¿verdad? —continuó la señora Casnoff, mientras caminábamos hacia la escuela.

—No —dijo mamá, cambiando mi bolsa de un hombro al otro—. Mi madre es de Tennessee, pero hasta ahora nunca habíamos vivido en Georgia. Nos hemos mudado unas cuantas veces.

«Unas cuantas veces.» Era un modo de decirlo que se quedaba corto. En mis dieciséis años habíamos vivido en diecinueve estados. Indiana fue el lugar en el que vivimos por más tiempo: cuatro años, cuando yo tenía ocho. El sitio donde menos tiempo estuvimos fue Montana, tres años antes. Allí no duramos ni dos semanas.

—Ya —dijo la señora Casnoff—. ¿Y a qué se dedica, señora Mercer?

—Señorita —dijo mi madre en seguida, con un tono un poco demasiado alto—. Soy maestra de estudios religiosos. Especialista en mitos y tradiciones.

Las seguí mientras subían los imponentes escalones centrales y entramos en Hécate Hall.

Allí hacía un frío de mil demonios. Al parecer, usaban algún hechizo para acondicionar el aire. Por lo demás, olía como todas las casas viejas: flotaba en el ambiente una extraña mezcla de lustre de muebles, madera antigua y moho de papel envejecido. Un aroma muy parecido al de las bibliotecas.

Me pregunté si la junta entre las dos casas sería tan evidente desde dentro como lo era desde el exterior. Pero todas las paredes estaban empapeladas de un horroroso color borgoña, así que era imposible saber dónde terminaba la parte de madera y empezaba la parte del yeso.

En el interior, el inmenso vestíbulo estaba presidido por una escalera de caracol de caoba sin ningún punto de apoyo visible que se enroscaba a través de las tres plantas de la casa. Detrás de la escalera había un vitral de colores que empezaba en la base de la segunda planta y se elevaba hasta el techo. Los últimos rayos del atardecer centelleaban a través de los cristales y llenaban el vestíbulo de figuras geométricas de colores brillantes.

—Es impresionante, ¿verdad? —comentó sonriendo la señora Casnoff—. Representa el origen de los Prodigium.

La vidriera mostraba el dibujo de un ángel con cara de estar bastante enfadado. El ángel estaba tras unas puertas doradas y blandía una espada negra con una mano. Con la otra señalaba en dirección a tres figuras a las que daba la sensación de estar mandando a freír espárragos; de un modo angelical, por supuesto.

Las tres figuras también representaban ángeles con un aspecto de lo más deprimente. El ángel de la derecha —una mujer de largo cabello rojizo— se cubría la cara con las manos. En el cuello llevaba una pesada cadena de oro formada por pequeñas figuras cogidas de las manos. El ángel de la izquierda llevaba una corona de hojas y miraba por encima del hombro. En el medio, el más alto de los tres ángeles miraba al frente con la cabeza levantada y la espalda erguida.

—Es extraordinario —dije, finalmente.

—¿Conoces la historia, Sophie? —preguntó la señora Casnoff.

Negué con la cabeza. La señora Casnoff sonrió y señaló en dirección al aterrador ángel representado tras las puertas.

—Al terminar la gran guerra entre Dios y Lucifer, los ángeles que no habían tomado partido por ninguno de los bandos se vieron obligados a dejar el Cielo. Un grupo —señaló al ángel alto del medio— decidió esconderse bajo las colinas de los bosques profundos. Así nacieron las hadas. Otro grupo se escondió entre los animales y así surgieron los metamorfos. El último grupo eligió entremezclarse con los humanos y dio origen a los brujos.

—¡Vaya! —dijo mi madre, cuando me volví para mirarla.

—A ver cómo le explicas a Dios que solías dar de bofetadas a una de sus criaturas celestiales.

—¡Sophie! —Mi madre lanzó una risita nerviosa.

—¿Qué? Es lo que hacías. Espero que te gusten los climas cálidos, mami, es lo único que digo.

Mi madre trató de contener la risa.

Antes de seguir con el recorrido, la señora Casnoff frunció el ceño y se aclaró la garganta.

—Los alumnos de Hécate tienen entre doce y diecisiete años. Cuando un joven es sentenciado a Hécate, ya no puede salir de aquí hasta que cumple los dieciocho.

—¿De modo que hay chicos que están aquí sólo durante seis meses y otros que permanecen aquí durante seis años? —pregunté.

—Exacto. A la mayoría de los jóvenes suelen enviarlos cuando consiguen sus poderes, pero tenemos excepciones, como tú.

—Bien por mí —murmuré.

—¿Y cómo son las clases aquí? —preguntó mi madre, lanzándome una mirada asesina.

—Las clases siguen el modelo de Prentiss, Mayfair y Gervaudan.

Mi madre y yo asentimos con la cabeza, como si supiéramos de qué estaba hablando. Pareció que la señora Casnoff se dio cuenta de que no teníamos ni idea de a qué se refería, porque añadió:

—Son los internados más importantes para brujas, hadas y metamorfos, en ese orden. Las clases se asignan teniendo en cuenta la edad de los estudiantes y los conflictos que han de afrontar al mezclarse con el mundo humano.

La señora Casnoff esbozó una sonrisa crispada.

—El plan de estudios es un poco exigente, pero estoy segura de que Sophie no tendrá problemas.

Nunca una palabra de aliento había sonado tan amenazadora.

—El dormitorio de las chicas está en la tercera planta —dijo la señora Casnoff, señalando la escalera—. El de los chicos, en la segunda. Las clases se dan en la primera planta y en las instalaciones que nos rodean. —Señaló a la izquierda y a la derecha de la escalera, donde el vestíbulo se ramificaba en corredores largos y estrechos. Con su traje azul y sus indicaciones parecía una azafata de vuelo. No me habría sorprendido que comenzara a explicarme cómo transformar mi saco azul en un chaleco salvavidas en caso de emergencia.

—Bien, ¿y los estudiantes están separados según sus... hummm? —Mi madre agitó la mano.

La señora Casnoff sonrió. Su sonrisa era tan severa como su peinado.

—¿Según sus habilidades? No, desde luego que no. Uno de los principios fundadores de Hécate es que se debe enseñar a los alumnos a coexistir con las demás razas de Prodigium.

La señora Casnoff nos condujo al otro extremo del vestíbulo. Allí había tres ventanas enormes que se elevaban hasta la última planta. A través de los cristales, vimos el patio donde los jóvenes se reunían bajo los árboles, alrededor de los bancos. He dicho «jóvenes», pero tal vez habría debido decir «criaturas», como yo. A excepción de las hadas, los demás parecían una pandilla de chicos normales. Una chica le ofrecía a otra un pintalabios y se reían. Se me encogió el corazón.

Una sustancia fría me rozó el brazo. Di un salto hacia atrás asustada en el mismo momento en que la silueta de una mujer vestida de azul pasaba a ras de mí.

—Oh, sí —dijo la señora Casnoff, sonriendo apenas—. Ésa es Isabelle Fortenay, una de nuestros espíritus residentes. Seguramente habrán leído que Hécate da asilo a varios espíritus, todos ellos fantasmas de Prodigium. Son inofensivos y totalmente incorpóreos, lo que quiere decir que no pueden tocar nada ni a nadie. A veces consiguen asustar a alguien, pero no pasan de ahí.

—Genial —dije.

Isabelle se esfumó entre los paneles de una pared.

En ese mismo instante, algo se movió a mi lado. Me di la vuelta y vi a otro espíritu al pie de la escalera. Era una chica de mi edad. Llevaba un vestido corto floreado y un cárdigan verde. A diferencia de Isabelle, que no había dado señales de verme, ella me miraba fijamente. Abrí la boca con la intención de preguntarle a la señora Casnoff quién era aquella chica, pero en ese momento la directora llamó a alguien que cruzaba el vestíbulo.

—Señorita Talbot —dijo sin gritar. Su suave voz cruzó la inmensa habitación.

Una chica diminuta que no llegaba al metro cincuenta se detuvo en seco junto a la señora Casnoff. Tenía una sonrisa de circunstancias en los labios. Llevaba unos gruesos anteojos de pasta negra detrás de las cuales sus ojos reflejaban el más completo aburrimiento. Tenía el pelo y la piel blancos como la nieve, excepto por una franja de color rosa chicle en el flequillo.

—Señorita Mercer, le presento a Jennifer Talbot. Según tengo entendido, durante este semestre compartirán habitación. Jennifer, ella es Sofí.

—Sophie, en realidad —la corregí, mientras Jennifer se presentaba a su vez.

—Jenna.

La sonrisa de la señora Casnoff se puso rígida como si tuviera dos tornillos a ambos lados de la boca.

—Santo Dios. Quién sabe qué pasa por la cabeza de estos chicos, señorita Mercer. Una les pone nombres adorables y ellos no hacen otra cosa que destrozarlos y cambiarlos a la primera oportunidad. En todo caso, señorita Mercer, podría decirse que la señorita Talbot, igual que usted, es casi una recién llegada. Sólo lleva un año con nosotros.

Mi madre estrechó entre sonrisas la mano de Jenna.

—Encantada de conocerte. ¿Eres bruja, como Sophie?

—Mamá —susurré. Jenna negó con la cabeza y dijo:

—No, señora, soy una vampira.

Mi madre y Jenna se miraron con cierta incomodidad. La actitud de mi madre me avergonzaba un poco, aunque debo admitir que las palabras de la chica también me habían dejado helada. Las brujas, los metamorfos y las hadas eran una cosa. Los vampiros eran monstruos, y punto. Aquellas historias sensibleras sobre los Niños de la Noche eran pura basura.

—Ah, pues qué bien —dijo mi madre, tratando de recuperar la compostura—. Yo, eh, no sabía que Hécate aceptaba vampiros.

—Es un nuevo programa —dijo la señora Casnoff, mientras le acariciaba el pelo a Jenna. La cara de la muchacha, aunque cortés e inexpresiva, no podía disimular cierto fastidio—. Todos los años Hécate acoge a un joven vampiro para que tenga la oportunidad de estudiar junto a los Prodigium —continuó la señora Casnoff—. Nunca hay que perder la esperanza de reformar a estos desgraciados.

Eché un vistazo a Jenna. «Desgraciados.» Ay, eso tenía que doler.

—Lamentablemente, la señorita Talbot es en la actualidad nuestro único vampiro, aparte de uno de nuestros profesores, que también lo es —dijo la señora Casnoff.

Jenna se limitó a ofrecernos de nuevo su extraña antisonrisa, a la que siguió un silencio incómodo que no se rompió hasta que mi madre dijo:

—Cariño, por qué no pides a... —Miró a mi nueva compañera de cuarto, tratando en vano de recordar su nombre.

—Jenna.

—Eso, eso. Pidamos a Jenna que te muestre el dormitorio. Debo hablar de un par de cosas con la señora Casnoff y luego pasaré a despedirme, ¿de acuerdo?

Miré a Jenna una vez más. Todavía sonreía, pero ahora su mirada se hallaba muy lejos de nosotras.

Me colgué la bolsa al hombro y me dispuse a tomar mi baúl, que estaba junto a mi madre. Jenna se me adelantó.

—No hace falta que me ayudes —dije, pero ella me hizo un gesto con la mano que le quedaba libre.

—No te preocupes. Una de las ventajas de ser un monstruo chupasangre es que tenemos mucha fuerza en los miembros superiores.

No supe qué decir, de modo que le contesté sin convicción:

—¡Oh!

Ella cogió el baúl por un lado y yo por el otro.

—Aquí no habrá un ascensor ni por casualidad, ¿verdad? —me burlé, aunque no del todo.

—Nooo, eso sería demasiado cómodo.

—¿Ni siquiera podemos usar algo como, por ejemplo, un hechizo para mover el equipaje?

—La señora Casnoff insiste mucho en que no se debe usar la magia como excusa para la pereza. Parece ser que cargar peso por la escalera ayuda al desarrollo del carácter.

—Seguro —dije, mientras subíamos con esfuerzo hasta la tercera planta.

—¿Y qué te ha parecido? —preguntó Jenna.

—¿La señora Casnoff?

—Sí.

—Lleva un chongo imponente.

La sonrisita cómplice de Jenna me indicó que había acertado.

—¿Verdad que sí? ¡Por Dios! ¡Qué peinado épico!

En su voz había un ligero rastro de acento sureño. Era muy bonito.

—Hablando de peinados —me atreví a decir—. ¿Cómo es que te dejan llevar ese mechón rosa?

Jenna se alisó el mechón de color con la mano que le quedaba libre.

—Ah, es que no se fijan demasiado en la pobre vampira. Supongo que mientras no me encuentren exprimiendo a mis compañeros de clase, puedo dejarme el color de pelo que se me antoje.

Cuando llegamos al rellano de la tercera planta, me miró de arriba a abajo.

—Si quieres puedo hacértelo. No en rosa, ¿ok? El rosa es mío. ¿Qué tal en rojo?

—Ejem... ya veremos.

Nos detuvimos frente a la puerta de la habitación 312. Jenna soltó su extremo del baúl y buscó las llaves. Su llavero era amarillo brillante y llevaba su nombre escrito en destellantes letras rosa.

—¡Hemos llegado!

Abrió la puerta y le pegó un empujón.

—¡Bienvenida a la Zona del Crepúsculo!

3

La «Zona Rosadísima» habría sido un modo más exacto de llamar a ese sitio.

No tenía ni idea de cómo eran en realidad las habitaciones de los vampiros. Me había imaginado que estarían repletas de objetos negros, de un montón de libros de Camus y que en algún lugar habría un delicado portarretratos con la foto del único humano al que el vampiro había amado y que, sin lugar a dudas, había muerto de manera bella y trágica condenándolo a una eternidad de románticos suspiros de abatimiento.

¿Qué quieren que les diga?, he leído mucho.

Pero aquella habitación parecía haber sido decorada por la hija ilegítima de Barbie y Rosita fresita. Era pequeña, pero más grande de lo que me había imaginado. Allí había sitio para dos camas, dos escritorios, dos tocadores y un futón estropeado. Las cortinas eran de color beige y Jenna había enrollado un pañuelo rosa sobre el tubo que las sostenía. Entre las dos camas, había un biombo chino que también cargaba con la impronta de Jenna, que había pintado la madera de color rosa, como no podía ser de otro modo. Por otro lado, el biombo estaba cubierto de luces rosas de Navidad, y la cama de Jenna, por un trapo de color rosa intenso que recordaba vagamente a la piel de una marioneta.

Jenna vio que me fijaba en el cubrecama.

—¿Verdad que es impresionante?

—Ni tan siquiera sabía que existía esta clase de rosa.

Jenna lanzó lejos sus mocasines y se tiró sobre la cama. Dos cojines de lentejuelas y un andrajoso león de peluche salieron disparados al suelo.

—Se llama frambuesa eléctrica.

—Vaya, ese nombre le viene que ni pintado —sonreí, a la vez que levantaba mi baúl y lo dejaba caer sobre la cama; que se veía tan soso como... como yo en comparación con Jenna.

—Me imagino que a tu anterior compañera le gustaba el rosa tanto como a ti.

La cara de Jenna se congeló durante una fracción de segundo. Luego recuperó su expresión normal y recogió los cojines y el león.

—No, Holly nunca dejó de usar las cosas azules que te dan si no traes las tuyas. ¿Tú has traído tus propias cosas?

Abrí mi baúl y tiré de un extremo de mi cubrecama verde menta. Jenna parecía un poco decepcionada.

—Bueno, al menos es mejor que el azul oficial —suspiró. Se dejó caer en la cama y revolvió su mesita de noche—. Y dime, Sophie Mercer, ¿qué te ha traído a Hex Hall?

—¿Hex Hall? —repetí.

—Hécate es una palabra muy larga —me explicó Jenna—. La mayoría lo llamamos Hex. Además, Hex suena a hechizo, así que la palabra es muy apropiada.

—Ah.

—Vamos, cuéntamelo —insistió—. ¿Hiciste llover ranas o transformaste a alguien en un tritón?

Me eché de espaldas sobre la cama, tratando de imitar el aire despreocupado de Jenna, pero no era agradable estar sobre un colchón descubierto, de modo que me senté y empecé a sacar mis cosas del baúl.

—Hice un hechizo de amor para una compañera de clase. No fue bien.

—¿No funcionó?

—Sí, funcionó demasiado bien. —Le conté la versión corta del episodio entre Felicia y Kevin.

—Vaya —dijo, agitando la cabeza—, qué fuerte.

—Aparentemente, sí —asentí—. Y tú... ¿cómo te convertiste en vampira?

Me contestó con un deje de indiferencia, tratando de esquivar mi mirada.

—Ah, pues como todo el mundo. Me encontré con un vampiro y me mordió. Nada muy interesante.

Me parecía lógico que no quisiera compartir su historia con alguien a quien conocía desde hacía quince minutos.

—¿Y tu madre es normal? —me preguntó.

Mmm. Si había un tema sobre el que yo prefería no hablar el primer día, era ése. Pero tenía que encajar, era eso, ¿no? Compartir maquillaje, ropa y secretos oscuros con mi compañera de habitación. Sí, de eso se trataba.

Me aclaré la garganta.

—Sí, mi padre es brujo, pero no están juntos ni nada.

—Ah —dijo Jenna, con aires de sabionda—. No digas nada más. Un montón de los chicos de por aquí tienen padres divorciados. Parece que ni siquiera la magia te asegura un matrimonio feliz.

—¿Tus padres están divorciados?

Jenna finalmente encontró la pintura de uñas que estaba buscando en su mesita de noche.

—No, son horrorosamente felices. Es decir, eso creo. No los he visto desde que... desde que cambié.

—Uf —contesté—. Chúpate ésa.

—Espero que eso no haya sido un juego de palabras —dijo.

—Claro que no. —Terminé de hacer la cama—. Y dime, ¿debo tener cuidado y no abrir las cortinas? Me refiero a que... como eres una vampira y todo eso.

—No. ¿Ves esto? —Tiró de una cadena de plata que le colgaba del cuello y me mostró un pequeño colgante de color rojo oscuro del tamaño de una gomita. Cualquier otro hubiera pensado que se trataba de un rubí, pero yo había visto dibujos parecidos en los libros de mi madre.

—Una piedra de sangre. —Las piedras de sangre eran pequeñas piedras lisas y huecas rellenas con la sangre de un hechicero o una bruja poderosos y que servían como protección para muchas cosas diferentes. Supuse que, en el caso de Jenna, servía para neutralizar su naturaleza vampírica, lo cual era un alivio. Al menos, ahora sabía que podría comer ajo enfrente de ella.

Jenna empezó a pintarse las uñas de la mano izquierda.

—¿Y qué pasa con la sangre? ¿Cómo te las arreglas? —le pregunté.

Dejó escapar un profundo suspiro.

—Ese tema es bastante embarazoso. Tengo que ir a la enfermería, donde tienen bolsas de sangre, ya sabes, como si fuera la Cruz Roja o algo así.

La imagen me dio escalofríos. La sangre me da asco. Cualquier corte, por pequeño que sea, me hace hiperventilar. Por eso me alegraba saber que Jenna no andaría por la habitación matando el gusanillo. Nunca podría salir con un vampiro. El simple hecho de imaginarme su aliento a sangre... Uff.

Noté que Jenna me miraba. Mierda. ¿Es que se me notaba el asco en la cara? Por si acaso, fingí una sonrisa y le dije:

—¡Fantástico! Debe de ser como uno de esos jugos de supermercado.

—Muy bueno. —Jenna rió.

Nos sentamos en silencio, como buenas compañeras. Un momento después, Jenna me preguntó:

—¿La ruptura de tus padres fue desagradable?

—Supongo que sí —dije—. Fue antes de que yo naciera.

—Ya.

Levantó la vista de sus uñas.

Fui hasta mi escritorio. Alguien —supongo que la señora Casnoff— me había dejado allí un horario de clases. Parecía normalito, pero decía cosas como «9.15 h. – 10.00 h. EM (Evolución de la Magia). Sala Amarilla».

—Sí. Mi madre no suele hablar de ello a menudo. Pero sea lo que fuere que les haya pasado, tuvo que haber sido muy malo. Mi madre nunca le ha permitido a mi padre que me viera.

—¿No conoces a tu padre?

—Tengo una foto y nos comunicamos por teléfono y por correo electrónico.

—Caray, ¿qué habrá hecho? ¿La trataba mal o algo así?

—¡Yo qué sé! —Esa respuesta fue más brusca de lo que habría querido.

—Lo siento —murmuró.

Volví a mi cama y comencé a alisar el edredón. Después de arreglar cinco arrugas imaginarias (y de que Jenna se pintara la misma uña por tercera vez), me di la vuelta y dije:

—Lo siento, no he querido...

—No te preocupes, no pasa nada. Después de todo, no es asunto mío.

El acogedor clima de compañerismo que habíamos conseguido se esfumó.

—Es que desde siempre, o sea, desde que nací, he vivido sólo con mi madre y aún no estoy acostumbrada a lo de «cuéntame toda tu vida». Supongo que siempre hemos tratado de mantener los asuntos privados en casa.

Jenna asintió con la cabeza sin mirarme.

—¿Tu compañera anterior y tú se lo contaban todo?

Volvió a ofrecerme una mirada oscura. Cerró de golpe el barniz de uñas.

—No —dijo con suavidad—. Todo no.

Tiró el frasquito dentro del cajón de la mesita de noche y se levantó de la cama de un salto.

—Nos vemos en la cena.

Cuando salió, estuvo a punto de arrollar involuntariamente a mi madre. Murmuró unas disculpas y salió corriendo.

—Sophie —dijo mi madre, dejándose caer sobre mi cama—, no me digas que ya te has peleado con tu compañera.

Era fastidiosamente buena en leerme los estados de ánimo.

—No sé. Es que soy un desastre para estas cosas de chicas, ¿sabes? Quiero decir, la última vez que tuve una amiga fue en sexto de primaria. No es fácil tener una mejor amiga cuando sólo te quedas en un sitio seis meses como máximo, así que... ¡Ay, mamá, no he querido hacerte sentir mal!

Agitó la cabeza y se secó unas lágrimas perdidas.

—No, no, cariño, estoy bien. Es que, ¿sabes?, me hubiera encantado poder darte una infancia más normal.

Me senté y la abracé.

—No digas eso. Si he tenido una infancia fantástica. Es decir, ¿cuántas chicas crees que llegan a vivir en diecinueve estados? Piensa en todo lo que he visto.

No fueron las palabras más acertadas que podía haber dicho. Sólo conseguí que mi madre se entristeciera aún más.

—¡Y mira este fantástico sitio! Quiero decir, tengo este cuarto padre e increíblemente rosa, y Jenna y yo nos hemos unido tanto que hasta nos hemos peleado, y eso es muy importante en las relaciones de chicas, ¿no crees?

Misión cumplida: mi madre volvía a sonreír.

—¿Estás segura, cariño? No tienes que quedarte si no te gusta. Podría tratar de hacer algo para sacarte de aquí.

Por un momento pensé en decir: «Sí, por favor, tomemos el próximo ferry y larguémonos de este circo de fenómenos». Pero, en lugar de eso, dije:

—Mira, esto no es para siempre, ¿de acuerdo? Sólo son dos años, y nos veremos en Navidad y en verano, como en cualquier internado normal. Estaré bien. Ahora vete antes de que me hagas llorar y parezca una niñita.

Los ojos de mi madre se llenaron otra vez de lágrimas, pero me estrechó en un abrazo.

—Te quiero.

—Yo también te quiero —dije, con un nudo en la garganta.

Después de hacerme jurar que la llamaría tres veces por semana, mi madre se fue.

Y yo me eché sobre mi cama descolorida y lloré como una niña.

4

Una vez que me desahogué, disponía todavía de una hora hasta la cena. Así que decidí explorar un poco el terreno. Abrí dos puertecitas que había en la habitación con la esperanza de encontrar un baño, pero sólo se trataba de un armario.

El único baño en toda la planta quedaba en el otro extremo del corredor. Era un sitio tan espeluznante como el resto del edificio, y no tenía más iluminación que la que proporcionaban las bombillas de bajo voltaje que rodeaban el espejo del lavabo. Los compartimentos de las regaderas, situadas en el fondo del baño, estaban envueltas en sombras. Al echarles un vistazo, pensé que nunca hasta ese momento había sabido lo que era un lugar frío y húmedo.

Lamenté no haber puesto unas chanclas en la maleta.

Además de las mohosas regaderas, en el baño había una serie de tinas con patas, separadas por divisores altos hasta la cintura. Me pregunté quién querría darse un baño frente a un montón de personas.

Aun a riesgo de pescar todo tipo de enfermedades contagiosas, me acerqué a un lavabo y me eché agua en la cara. Me miré al espejo. El agua no había sido de gran ayuda; todavía tenía la cara enrojecida de tanto llorar, sin contar con el encantador efecto de unas pecas que resaltaban más que nunca.

Sacudí la cabeza, como si con ello pudiera mejorar mi imagen en el espejo. No fue así. Suspiré y me decidí a investigar el resto de Hécate Hall.

En mi piso no había nada interesante. Sólo el típico caos que sobreviene cuando pones juntas a unas cincuenta chicas. Había cuatro corredores: dos a la derecha de la escalera y dos a la izquierda. El rellano era amplio y lo habían reconvertido en una sala de estar con dos sillones y varias sillas. Las piezas del mobiliario estaban raídas y ninguna pertenecía al mismo juego que las otras. Como todas estaban ocupadas, me quedé cerca de la escalera.

El hada que había visto un rato antes, la de las lágrimas azules, parecía haberse recuperado del mal rato y estaba acomodada sobre un sillón de color desgastado y se reía con otra hada cuyas alas verde claro golpeaban suavemente el respaldo del sofá. Siempre había creído que las alas de las hadas eran como las de las mariposas, pero en verdad eran más delgadas y traslúcidas. Podías distinguir las venas que las recorrían.

Eran las únicas hadas de la sala. El otro sillón estaba ocupado por unas niñas de unos doce años. Se susurraban cosas las unas a las otras como histéricas. Me pregunté si serían brujas o metamorfas.

La chica de cabello oscuro que había visto en el jardín estaba sentada en una silla de marfil de respaldo alto, pasando ociosa los canales de televisión de un diminuto aparato que reposaba sobre una pequeña librería.

—¿Podrías apagarla, por favor? —dijo el hada de alas verdes, echándole a la chica de la silla una mirada feroz—. Algunas de nosotras tratamos de conversar, Niña Perro.

Como ninguna de las niñas de doce años reaccionó ante el comentario, supuse que serían brujas. Seguramente un metamorfo se hubiera ofendido.

El hada azul se rió y la chica de cabello oscuro se puso en pie y apagó el televisor.

—Me llamo Taylor —dijo, arrojando el control remoto contra el hada verde—. Taylor. Y no me transformo en perro sino en puma. Si quieres tener una buena convivencia durante los próximos años, quizá valga la pena que lo recuerdes, Nausicaa.

Nausicaa puso los ojos en blanco y batió suavemente sus alas verdes.

—Oh, no viviremos juntas mucho tiempo, eso te lo aseguro. Mi tío es el rey de la Corte Seelie y en cuanto le explique que estoy compartiendo habitación con una metamorfa... bueno, digamos que mis condiciones de vida van a cambiar drásticamente.

—Muy bien, lo que tú digas. Pero me da la impresión de que tu tío no ha hecho mucho para mantenerte lejos de este lugar —contraatacó Taylor.

Nausicaa se mantuvo impertérrita ante aquel comentario, pero sus alas empezaron a agitarse con más fuerza.

—No viviré con una metamorfa —dijo el hada—. ¿Sabes por qué? Porque tendría que hacerme cargo de tu orinal.

El hada azul volvió a reír y la cara de Taylor se puso de un rojo morado. Estaba a varios metros de ella, pero noté que sus ojos pasaban de marrón a dorado. Respirando con dificultad, dijo:

—Cierra el pico de una vez. ¿Por qué no te vas por ahí a abrazar un árbol o algo así, hada monstruosa?

Sus palabras sonaban confusas, como si Taylor mascullase con la boca llena de canicas, lo cual era cierto en parte: su boca estaba llena de colmillos.

Nausicaa, afortunadamente, pareció asustarse un poco.

—Vamos, Siobhan —le dijo al hada azul—, dejemos que la fiera se tranquilice.

Las dos hadas se elevaron y se deslizaron hacia la escalera, pasando por delante de mí.

Miré a Taylor; tenía los ojillos apretados y jadeaba. Un momento después se sacudió y abrió los ojos: habían recuperado el color marrón. Luego se puso en pie y reparó en mí.

—Estas hadas —dijo, con una risita nerviosa.

—Ya —dije, como si hubiera estado rodeada de ellas toda la vida.

—¿También es tu primer día? —preguntó.

Cuando asentí con la cabeza, agregó:

—Soy Taylor. Metamorfa, como habrás notado.

—Yo soy Sophie; bruja.

—Qué bien. —Taylor se arrodilló sobre el sillón que habían desocupado las hadas, cruzó los brazos por detrás de la nuca y me miró con sus ojos oscuros.

—¿Y cómo has acabado aquí?

Eché un vistazo a nuestro alrededor. Nadie nos prestaba atención. Aun así, traté de hablar en voz baja.

—Un hechizo de amor que salió mal.

Taylor asintió con la cabeza.

—Aquí hay un montón de brujas por eso mismo.

—¿Y tú? —me atreví a preguntar.

Taylor se apartó un mechón de pelo que le tapaba los ojos y dijo:

—Estoy aquí por cosas como las que acabas de ver. Perdí los estribos con unas chicas en un ensayo de música. Me salió la fiera que llevo dentro. Pero eso no es nada comparable con otras historias de por aquí.

Se inclinó hacia adelante y bajó el tono de voz hasta volverlo casi un susurro.

—Hay una licántropo, Beth, que según dicen llegó a comerse a una compañera. A pesar de eso —suspiró, mirando más allá de mí, a la escalera—, preferiría compartir mi habitación con ella que con esa hada estirada.

Clavó otra vez la mirada en mí.

—¿Tú con qué estás?

Como no me gustó el modo en que dijo «qué» en lugar de «quién», mi respuesta fue un poco cortante.

—Jenna Talbot.

—¡Chica! ¿Con la vampiro? —Se rió a carcajadas—. Olvida lo que he dicho. Prefiero un millón de veces estar con una hada malintencionada antes que con eso.

—No está tan mal —dije, automáticamente.

Taylor tembló y cogió el control remoto que había lanzado sobre Nausicaa.

—Si tú lo dices —murmuró. Volvió a la televisión.

Por lo visto, nuestra conversación había acabado, de modo que bajé a la segunda planta. Aquél era el mundo de los chicos, por lo que no pude explorarlo. Las cosas estaban dispuestas allí de manera exactamente igual a la tercera planta, excepto por el hecho de que el salón estaba todavía en peores condiciones que el nuestro: los sillones perdían relleno y había una mesa de juego destartalada contra una esquina.

La sala estaba vacía, pero de todos modos eché un vistazo a uno de los pasillos. Vi que Justin intentaba meter su inmenso baúl dentro de lo que supuse era su habitación. Hizo una pausa y encorvó los hombros en señal de derrota. Me dio un poco de pena. Al verlo ahí, luchando contra un baúl tan grande como él, recordé que además de ser un licántropo despiadado, también era un chico. Se dio la vuelta y me gruñó, en plan primitivo: «Yo ser chico, tú ser chica».

Bajé la escalera a toda prisa y llegué a la primera planta. Allí reinaba el silencio. Sólo había un par de personas, entre ellas un chico con pinta de atleta vestido con jeans y camisa a cuadros. Parecía mayor para ser alumno de Hécate y, como además no llevaba el uniforme de la escuela, supuse que sería el hermano mayor de algún estudiante.

Una alfombra oriental de arremolinados matices de oro y rojos amortiguó mis pasos desde el rellano principal a uno de los corredores.

Me asomé a la primera habitación que encontré. Parecía ser un antiguo comedor o quizá un gran salón. Frente a la puerta, había una pared completamente de vidrio, por la que pude echar un buen vis-

46

tazo al fondo de la casa. La habitación daba a un pequeño estanque con un muelle y una bonita y destartalada cabaña. Me impresionó la vasta tonalidad de verdes que se desplegaba frente a mis ojos. El pasto, los árboles, la delgada película de algas sobre el estanque —en el que esperaba, con toda mi alma, que nunca tuviéramos que remar ni hacer nada por el estilo—, todo era de un verde brillante y cegador como no lo había visto en mi vida. Hasta las nubes que empezaban a acumularse y amenazaban con la llegada de una tormenta crepuscular tenían un tinte verde lima. El tapiz de la sala también era verde y su tacto era suave y blando, como si estuviera hecha de musgo y césped.

Las paredes estaban cubiertas de fotografías que mostraban siempre la misma imagen: un grupo de Prodigium frente al pórtico de entrada. Era imposible saber si las personas que aparecían en las fotografías eran brujos o metamorfos. Lo que sí quedaba claro era que no había ninguna hada entre ellos. Debajo de cada marco había una plaqueta de oro con el año de la foto. La más antigua databa de 1903; la más reciente, situada a la derecha de la puerta, era del curso anterior al nuestro.

En la foto más antigua sólo había adultos, seis en total. Tenían el aspecto taciturno de las personas que se dedican a patear gatitos por diversión. En la foto de 1967 aparecían los primeros Prodigium jóvenes. Supuse que ése habría sido el año en que Hécate Hall había pasado a ser una escuela. Me pregunté qué habría sido hasta entonces.

En la última foto había un centenar de chicos y chicas mucho más relajados. Localicé a Jenna en la parte de delante de la foto, junto a una compañera mucho más alta que ella. Puesto que estaban cogidas de los hombros, sospeché que aquélla sería la misteriosa Holly.

Para ser honesta, me puse un poco celosa. Me veía incapaz de hacerme tan amiga de alguien como para cogerle del hombro en una foto. En todas las fotos escolares en las que aparecía, yo era la chica que estaba sola, al fondo, con el pelo sobre la cara.

¿Sería ésa la razón por la que Jenna se había puesto así cuando le pregunté sobre su antigua compañera? ¿Habían sido buenas amigas? ¿Era yo la invasora que trataba de ocupar el lugar de Holly? Genial.

—¿Sophie?

Me di la vuelta, sobresaltada.

De pie frente a mí estaban las tres chicas más bellas que había visto en mi vida.

Parpadeé.

La más guapa era la del medio. Tenía un cabello castaño rojizo que le caía en chinos hasta la cintura y que, probablemente, no había visto un difusor de pelo en la vida. Apuesto a que cada mañana despertaba con el pelo exactamente igual que en un anuncio de champú, con pajaritos azules revoloteando alrededor de su cabeza y unos mapaches que le llevaban el desayuno a la cama. O algo parecido a eso. Además, no tenía pecas. Eso me hizo odiarla automáticamente.

Las otras dos no eran tan maravillosas como me habían parecido al principio. La chica de la derecha era una rubia con toda la pinta de chica californiana —cabello liso, piel bronceada, ojos de color azul profundo—, pero tenía los ojos muy juntos y los dientes bastante salidos, como pude observar cuando me sonrió.

Completaba el trío una chica afroamericana más baja que yo. Era más guapa que la rubia, pero no tenía ni una pizca del encanto de la diosa pelirroja del medio. A pesar de todo, al mirar a la menos agraciada de las tres tuve la sensación de que mi cerebro quería verlas guapas. Mis ojos querían saltarse cualquier imperfección.

El *glamour*. Ésa era la única explicación. Sólo que nunca había conocido a una bruja que lo usara. Ésa era magia de la buena.

Debí de quedarme mirándolas como una anormal, porque la rubia se rió por lo bajo y dijo:

—Eres Sophie Mercer, ¿verdad?

Me di cuenta de que mi boca estaba muy abierta. La mandíbula me colgaba, literalmente. La cerré con tanta fuerza que el ruido que hizo se oyó en toda la habitación.

—Sí.

—¡Genial! —dijo la chica más baja—. Te hemos estado buscando. Soy Anna Gilroy, ella es Chaston Burnett —señaló a la rubia— y ella, Elodie Parris.

—Oh —dije, sonriendo en dirección a la pelirroja—, ¡qué bonito! Suena casi como melodía en inglés, *melody*.

La chica sonrió con suficiencia.

—Me llamo Elodie, ¿de acuerdo?

—No seas pesada —la amonestó Anna; luego se dio la vuelta para hablar conmigo—. Chaston, Elodie y yo somos algo así como un comité de bienvenida a los brujos recién llegados. Así que... ¡bienvenida!

Me tendió la mano. Durante unos segundos estuve a punto de besársela, luego recobré el sentido y se la estreché.

—¿Las tres son brujas?

—Acabamos de decirte que sí —contestó Elodie, con lo cual se ganó otra mirada de reproche por parte de Anna.

—Lo siento —dije—. Es que son las primeras brujas que conozco.

—¿De verdad? —preguntó Chaston—. O sea, ¿quieres decir que no habías conocido a otras brujas o que no habías conocido a otras brujas oscuras?

—¿Cómo?

—Brujas oscuras —repitió Elodie. En una competición de las Mayores Presumidas de la Historia, Elodie hubiera vencido a Nausicaa con diferencia.

—Yo es que... no sabía que hubiera distintas clases de brujas.

Las tres chicas me miraron como si les estuviera hablando en una lengua extranjera.

—De acuerdo, pero eres una bruja oscura, ¿no? —preguntó Anna, sacando un papel de la manga de su saco. Era una especie de lista. La repasó de arriba abajo—. Vamos a ver... Lassiter, Mendelson... Aquí estás: Sophie Mercer, bruja oscura. Ésa eres tú.

Me pasó la lista, que llevaba el título de «Nuevos Estudiantes». Había como treinta nombres, todos con una clasificación entre paréntesis: metamorfos, hadas y brujas blancas. Mi nombre era el único clasificado como bruja oscura.

—¿Oscuros y blancos? ¿Qué es eso? ¿Somos como la carne de pollo o qué?

Elodie me miró furiosa.

—¿De verdad no lo sabías? —preguntó Anna, con amabilidad.

—De verdad —dije. Traté de sonar despreocupada, pero en el fondo llevaba un enfado de los mil demonios. ¿De qué servía una madre supuestamente experta en brujas si ignoraba las cosas realmente importantes? De acuerdo, no era culpa suya; a los brujos les aterraba ser descubiertos, de modo que mantenían la información sobre la hechicería en secreto. Pero aquella situación me estaba resultando muy incómoda.

—Las brujas blancas... —dijo Anna. Elodie la interrumpió.

—Las brujas blancas practican hechizos ñoños, como por ejemplo hechizos de amor. También pueden hallar a personas y leer la fortuna. ¿Qué más? ¡Yo qué sé! Hacen aparecer conejos, gatitos, arcoíris, esas tonterías —dijo, agitando la mano con desprecio.

—Ah, ok, claro, hechizos ñoños —dije, pensando en Felicia y Kevin.

—Las brujas oscuras hacemos las cosas importantes —añadió Chaston—. Nuestros poderes son mucho más fuertes. Realizamos hechizos de barrera y, las que somos realmente buenas, controlamos el clima a voluntad. También somos nigromantes.

—¡Vaya! —Levanté una mano—. ¿Nigromantes? ¿Tienes poder sobre los muertos?

Las tres chicas asintieron con entusiasmo, como si en lugar de preguntarles sobre sus poderes para crear un ejército de zombis, las hubiera invitado a ir de compras.

—¡Puf! —exclamé con una mueca de asco, sin pensar en lo que decía.

Error. Las tres sonrisas se esfumaron y un extraño frío invadió la sala.

—¿Puf? —dijo Elodie, con una mueca de desprecio—. Oye, ¿eres una bebé o qué? El poder sobre los muertos es el más codiciado de todos, y a ti parece que te da asco. Dios mío. —Dicho esto, se dio la vuelta en dirección a sus amigas—. ¿Están seguras de que quieren a ésta en el aquelarre?

Había oído hablar sobre los aquelarres. Mi madre me había contado que en los últimos cincuenta años habían dejado de practicarse. En la actualidad, cada bruja iba por su cuenta.

—Un momento —dije, pero Anna siguió hablando como si no me hubiera escuchado.

—Es la única bruja oscura en toda la escuela, aparte de nosotras tres. Y, como saben muy bien, necesitamos ser cuatro.

—Y, además, tengo el poder de la invisibilidad —murmuré. Pero me ignoraron.

—Es peor que Holly —dijo Elodie—. Y mira que Holly era la bruja oscura más patética de todos los tiempos.

—¡Elodie! —dijo Chaston, entre dientes.

—¿Holly? —pregunté—. ¿Se refieren a la chica que compartía habitación con Jenna Talbot?

Tres pares de ojos se clavaron en mí.

—Sí. —Anna se puso en guardia—. ¿Cómo es que la conoces?

—Comparto habitación con Jenna. Fue ella quien me habló de Holly. ¿También era una bruja oscura? ¿Terminó los estudios o simplemente se largó de aquí?

Las tres me miraban horrorizadas. Hasta la cara de la Señorita Sonrisa de Suficiencia estaba pálida de consternación.

—¿Tú eres la nueva compañera de Jenna Talbot? —preguntó.

—Eso he dicho —contesté, con brusquedad. Pero Elodie no pareció inmutarse.

—Escucha —dijo, agarrándome del brazo—, Holly ni se ha graduado ni se ha largado de aquí. Está muerta.

Anna se puso a mi lado, con los ojos bien abiertos y llenos de terror.

—Y fue Jenna Talbot quien la mató.

5

Si alguna vez cuentan que alguien ha sido asesinado, no se rían. No es una buena idea. Se los digo por experiencia y porque eso fue exactamente lo que hice yo.

—¿Jenna? ¿La mató Jenna Talbot? ¿Y qué pasó? ¿La asfixió con diamantina rosa?

—¿Te parece divertido? —preguntó Anna, con el ceño ligeramente fruncido.

Chaston y Elodie me miraron con odio. Supuse que esas dos acababan de cancelar mi credencial provisional de socia de su club.

—Bueno, la verdad es que un poco sí. —Me corregí rápidamente, temiendo que a Elodie empezara a salirle humo de las orejas—. No que alguien haya muerto... ya saben, la muerte es algo horrible. Es que la idea de que Jenna sea capaz de matar a alguien me parece... divertida —dije sin convicción

De nuevo, los tres pares de ojos se posaron en mí. Apuesto a que ensayaban aquella mirada frente al espejo.

—Es una vampira —insistió Chaston—. ¿Cómo explicas que Holly tuviera dos agujeros en el cuello?

Me rodearon las tres, haciendo montón. Afuera, el sol de la tarde se había escondido detrás de unos nubarrones y la sala parecía todavía más lúgubre y sofocante. Unos truenos retumbaron a lo lejos y pude oler en el aire el aroma metálico que antecede a las tormentas.

—Cuando llegó Holly, de eso hace dos años, formamos un aquelarre —empezó a decir Anna—. Éramos las únicas brujas oscuras de la escuela. Así que nos hicimos amigas. Pero al principio del año pasado llegó Jenna y las pusieron en el mismo cuarto.

—Después de eso Holly ya no quiso ir con nosotras —intervino Chaston—. Pasaba todo el tiempo con Jenna y nos mandó a tomar viento. Cuando le preguntamos por qué, nos dijo que Jenna era divertida. O sea, que era más divertida que nosotras.

Me dio a entender con la mirada que era imposible hallar en el mundo a nadie más divertido que ellas tres.

—Mira tú —dije, por decir algo.

—Luego, un día de marzo, encontré a Holly en la biblioteca. Estaba llorando —dijo Elodie—. Me contó que era por Jenna, pero no quiso decirme más.

—Dos días después, Holly estaba muerta —añadió Chaston. Su voz era sombría y grave. Después de semejante declaración, lo único que podía esperarse era el estallido de un trueno que rematara las palabras de Chaston. Pero lo único que se oía en la sala era el murmullo de la lluvia.

—La encontraron en el baño de arriba. —La voz de Elodie era casi un susurro—. Estaba dentro de una bañera, tenía dos agujeros en el cuello y casi no le quedaba sangre en el cuerpo.

Se me revolvió el estómago y el corazón me palpitaba tan fuerte que podía oír sus latidos. Ahora entendía por qué Jenna se había alterado cuando le había mencionado a Holly.

—¡Qué horror!

—Sí. Fue espantoso —asintió Chaston.

—Pero...

—Pero ¿qué? —Elodie entrecerró los ojos.

—Si está tan claro que fue Jenna, ¿cómo es que todavía sigue aquí? ¿El Concilio no puede clavarle una estaca?

—Enviaron a alguien —dijo Chaston, mientras se apartaba un mechón de pelo detrás de la oreja—. Pero el hombre dijo que las heridas de Holly no podían ser de colmillo. Eran demasiado... pulcras.

—¿Pulcras? —Tragué saliva.

—Los vampiros lo dejan todo hecho un desastre cuando comen —contestó Anna.

Hice un gran esfuerzo para lograr que mi cara no expresara nada, y dije:

—Bueno, si el Concilio dice que no fue Jenna, entonces es que no fue ella. Estoy segura de que esos señores no iban a dejar que un vampiro rabioso anduviera suelto en una escuela llena de jóvenes Prodigium.

La única que me miró a los ojos fue Elodie.

—El Concilio se equivoca —dijo rotundamente—. Holly dormía con una vampira y murió porque le sacaron toda la sangre por el cuello. ¿Qué otra cosa pudo haber pasado?

Chaston y Anna seguían sin mirarme. Había algo allí que no cuadraba. No estaba muy segura de por qué las tres chicas estaban tan decididas a convencerme de que Jenna era una asesina, pero fuera por el motivo que fuera, no lo estaban consiguiendo. Además, lo último que quería era empezar mi primer día en la escuela envuelta en una especie de guerra de pandillas entre brujas y vampiros.

—Miren, todavía tengo que deshacer la maleta —dije.

Anna decidió cambiar de táctica.

—Deja un momento el asunto del vampiro, Sophie. Presta atención. —La voz de Anna sonaba lastimera—. Realmente necesitamos a una cuarta bruja para el aquelarre.

—Sí —dijo Chaston—. Además, podríamos enseñarte un montón de cosas sobre las brujas oscuras. No te ofendas, pero me parece que necesitas espabilarte un poco.

—Me lo pensaré, ¿está bien?

Traté de marcharme de ahí, pero la puerta se cerró de golpe ante mis narices. De pronto, empezó a soplar una corriente de aire dentro de la sala y las fotografías temblaron sobre las paredes. Cuando me di la vuelta, vi que las tres chicas me sonreían y que el pelo les flotaba delante de la cara como si estuvieran sumergidas bajo el agua. La única lámpara de la sala parpadeó y se apagó. Unos rastros de luz plateada corrían por debajo de la piel de las muchachas; parecía mercurio. Incluso sus ojos brillaban, incandescentes. Comenzaron a levitar y las puntas de sus pantuflas rozaron la alfombra musgosa. Ahora ya no parecían ni supermodelos ni reinas del comité de recepción, sino brujas, y de las peligrosas.

Traté de resistirme, pero al final caí de rodillas con las manos sobre la cara, preguntándome si sería capaz de hacer lo mismo. Quizá de no haber ocupado mi tiempo en hechizos ñoños, como había dicho Elodie, ahora me vería como ellas: con la piel de plata y los ojos de fuego. Ellas tres desprendían tal poder sobre mí, que me sentía envuelta por un tornado capaz de levantarme por los aires, tirarme contra el vitral y soltarme en el asqueroso estanque. La potencia de las brujas astilló tres de los marcos de las fotografías; una de las astillas se me clavó en el antebrazo. Casi no la sentí.

Todo acabó súbitamente, como había empezado. El viento cesó y las fotografías dejaron de temblar. Las chicas ya no parecían princesas de cuento, sino adolescentes despampanantes.

—¿Lo ves? —dijo Anna, entusiasmada—. Y sólo somos tres. Imagina si fuéramos cuatro.

Me les quedé mirando. Así que ése había sido su argumento de ventas: «¡Mira! ¡A que somos aterradoras! ¡Únete a nosotras, asusta a quien quieras!».

—Vaya —dije—. Eso ha sido... realmente ha sido algo...

—Entonces, ¿qué? ¿Te unirás a nosotras? —preguntó Chaston.

Chaston y Anna me miraban, pero Elodie mantenía sus ojos fijos en otro lado, con expresión aburrida.

Entonces se largaron, como si para ellas yo hubiera dejado de existir.

Me desplomé sobre una silla de respaldo alto, abracé mis rodillas y me quedé mirando la lluvia hasta que cesó.

Jenna me encontró una hora después en la misma posición. Acababa de sonar el timbre que llamaba a la cena.

—¿Sophie? —dijo, asomando la cabeza.

—¡Ey! —Esbocé una sonrisa que, a juzgar por el modo en que Jenna frunció el ceño, debió de ser bastante patética.

—¿Qué ha pasado?

Antes de que pudiera hablarle sobre las tres brujas de anuncio, Jenna se puso a hablar a toda prisa, soltando palabras a tal velocidad que casi podía verlas chocar las unas con las otras en la punta de su lengua.

—Mira, quería pedirte disculpas por lo de antes. No debí meterme donde no me llamaban.

—No —dije, poniéndome en pie—. No, no eres tú, Jenna. No tengo ningún problema contigo.

Una expresión de alivio apareció en su cara. Luego miró hacia abajo. No podría jurarlo, pero me pareció que sus ojos se oscurecían durante unos segundos. Me miré el brazo: tenía un corte en el lugar donde se había clavado la astilla.

Había olvidado por completo el incidente. Era un corte más profundo de lo que imaginaba; sobre la alfombra había unos manchones de sangre.

Eché un vistazo a Jenna, que trataba de no mirarme el brazo.

Sentí un cosquilleo incómodo en la nuca.

—Ah, eso —dije, tapándome la herida—. Ya ves. Estaba mirando las fotos y se me cayeron un par. Un cristal se rompió y me corté. Soy una torpe.

Jenna se volvió hacia la pared, percatándose de que todas las fotografías estaban en su sitio y que había tres cristales resquebrajados.

—Déjame adivinarlo —dijo, suavemente—. Has tenido un altercado con la Trinidad.

—¿Con quién? —dije, forzando una sonrisa—. Ni siquiera sé...

—Elodie, Anna y Chaston. Y puesto que no quieres contármelo, supongo que te habrán dicho lo de Holly.

Genial. ¿Mi única posibilidad de conseguir una amiga tenía que frustrarse a cada paso que daba?

—Jenna —empecé, pero ella me cortó.

—¿Te han dicho que maté a Holly?

No le contesté. Jenna emitió un ruido que quería parecerse a una sonrisa sarcástica, aunque en realidad era porque estaba conteniendo las lágrimas.

—Bien. Soy un monstruo que no puede refrenar sus impulsos y es capaz de comerse a su mejor amiga. —Se le contrajeron un poco las comisuras de la boca—. Las que se traen asuntos oscuros entre manos son ellas, pero el monstruo soy yo —continuó.

—¿Qué quieres decir?

Me miró un segundo antes de darse la vuelta hacia el otro lado.

—No lo sé —murmuró—, eso era lo que decía Holly. Trataban de aprender un hechizo que las hiciera más poderosas, o algo así.

Me vino a la mente la imagen de las chicas flotando sobre la alfombra, con la piel en llamas. Sea lo que lo fuera lo que anduvieran buscando, ya lo habían encontrado.

Jenna sorbió por la nariz. Sentí pena por ella, pero por más que quisiera no lograba quitarme de la cabeza esa mirada que había descubierto en sus ojos hacía un momento.

Era una mirada de hambre.

Traté de no pensar en aquello y me acerqué a ella.

—¡Que se vayan al infierno! —dije, aunque no fue «infierno» la palabra que usé. Hay ciertas situaciones en las que sólo se puede ser vulgar, y aquélla era una de ellas. Jenna me miró con los ojos bien abiertos y en su cara brilló una expresión de alivio. Asintió con la cabeza y las dos estallamos en carcajadas.

Mientras nos dirigíamos al comedor, Jenna no paró de parlotear sobre lo buena que era la tarta de nueces que hacían allí. La miré y pensé en las tres chicas. Estaban muy equivocadas: esa chica era incapaz de hacerle daño a nadie. Pero así y todo, mientras la escuchaba hablar de la tarta con entusiasmo, no pude evitar que un temblor me recorriera la espalda al recordar el modo en que Jenna había clavado sus ojos en mi sangre goteando sobre la alfombra.

6

El comedor era un lugar de lo más extraño. Me habían contado que era un antiguo salón de fiestas remodelado. Así que esperaba algo extravagante: candiles de cristal por todas partes, oscuros y brillantes suelos de madera y paredes cubiertas de espejos. Lo normal para un salón de cuento de hadas. Sin embargo, tenía el mismo aire decadente que el resto de la casa. Claro que había candiles, pero estaban cubiertos por lo que parecían ser grandes bolsas de basura. También había espejos, cubiertos por lonas. Por lo demás, no era más que un revoltijo de mesas amontonadas de distintos tamaños y formas.

Habían colocado una enorme mesa de roble ovalada junto a una mesa de formica y acero que parecía haber sido robada de una cafetería. Según creo recordar, había incluso un banco de picnic. ¿No era aquélla una escuela dirigida por brujas? ¿No existía algo así como un hechizo para hacer muebles?

Entonces reparé en la larga mesa de la comida: grandes cuencos de plata rebosantes de camarones, ollas humeantes llenas de pollo asado, charolas de queso y macarrones empalagosos.

Me quedé boquiabierta frente a una torre de chocolate glaseado de tres pisos, cubierta de grandes y rojas fresas.

—Todo este despliegue es sólo la primera noche —dijo Jenna.

En cuanto terminé de llenar mi plato, Jenna y yo buscamos un sitio donde sentarnos. Vi que Elodie, Chaston y Anna ocupaban una mesa de cristal al fondo del salón, de modo que busqué el lugar más alejado posible de ellas. En la mayoría de las mesas había sitio de sobra. Casi podía oír a mi madre diciendo: «Sophie, tienes que esforzarte por conocer gente», pero mi madre no estaba por allí y Jenna tampoco se sentía de humor para socializar. De modo que reparé en la mesita blanca que estaba al lado de la puerta y se la señalé a Jenna. Parecía diseñada para que las niñitas tomaran el té, pero era la única para dos personas y, ya saben, como dicen por allí, a caballo regalado no se le miran los dientes.

Me senté en una sillita blanca y me di un golpe en las rodillas contra el borde de la mesa. Jenna se desternilló de risa.

Devoré mi deliciosa comida. Cuando terminé, le pregunté a Jenna sobre algunas de las personas que estaban en el comedor. Empecé señalando la enorme mesa de ébano situada sobre una plataforma en un extremo del salón. Era la más grande y bonita del salón y estaba ocupada por los profesores. Sentados alrededor de la mesa había dos hombres y tres mujeres. A la cabecera, la señora Casnoff estaba sirviéndose ensalada. La maestra hada era fácil de identificar gracias a sus alas. El hombre corpulento que estaba junto a ella era el señor Ferguson, un metamorfo, según me contó mi compañera de habitación. A su derecha había una mujer de cabello brillante y de color púrpura con unas gafas gruesas como las de Jenna. Estaba tan pálida que creí que era el vampiro que la señora Casnoff había mencionado antes. Pero en realidad era la señorita East, bruja blanca.

—El vampiro es ese hombre que está a su lado —dijo Jenna, con la boca llena de tarta. Señaló a un hombre muy guapo de cabello oscuro y rizado que debía de tener unos treinta años—. Lord Byron.

Me reí.

—Dios mío, tienes que estar muy desesperado para ponerte el nombre de un poeta muerto.

Jenna me miró:

—No. Es el auténtico lord Byron.

No me lo podía creer.

—¡No es posible! ¿El tipo que escribió ese poema que dice: «Ella camina bella, como la noche» es un vampiro?

—Sí —confirmó Jenna—. Lo convirtieron cuando estaba moribundo en Grecia. De hecho, estuvo mucho tiempo apresado por el Concilio, porque era muy sospechoso. Quería volver a Inglaterra y vampirizar a todos. Cuando abrieron este sitio, lo confinaron aquí y lo obligaron a ser maestro.

—Vaya —dije, observando al hombre sobre el cual había escrito un trabajo para la escuela el año anterior. Lord Byron miraba a su alrededor con el ceño fruncido y una expresión descarada—. ¿Qué puede ser peor que pasar una eternidad aquí?

Luego recordé que estaba hablando con Jenna.

—Lo siento —dije, sin levantar la vista de mi plato.

—No te preocupes —dijo Jenna, llevándose a la boca un tenedor rebosante de pastel—. No pienso pasarme mi larga existencia en Hécate, créeme.

Quería preguntarle qué se sentía ser inmortal. Los vampiros son los únicos Prodigium que no mueren. Las brujas y los metamorfos no viven más que los humanos. Incluso las hadas dejan de brillar para siempre en un determinado momento. En vez de sacar el tema, señalé a la mujer alta de pelo rizado oscuro que estaba sentada frente a la señora Casnoff.

—Y ésa, ¿quién es?

Jenna puso los ojos en blanco y emitió un gruñido.

—Uf. Es la señorita Vanderlyden. O la Vandy, si lo prefieres. Así es como la llamamos, aunque nunca en su presencia. Hazlo y pasarás el año castigada. Es una bruja oscura; o solía serlo. Hace años que el Concilio la despojó de sus poderes. Ahora se ocupa de vigilar los dormitorios y es la profesora de educación física, o lo que sea que entiendan como tal en Hex. En todo caso, es la encargada de que sigamos las normas y esas cosas. Por si fuera poco, es absolutamente malvada.

—Lleva una dona —dije. Yo misma había llevado esas bandas elásticas para el pelo forradas de tela de colores en alguna época, aunque era cuando tenía unos siete años. Vaya tragedia seguir usándolas de adulta.

—Sí. —Jenna sacudió la cabeza—. Tenemos la teoría de que en realidad la dona de la señorita Vanderlyden es una puerta de entrada al Infierno. Cuando necesita cargarse de maldad, la estira y pasa a través de ella.

Me pregunté hasta qué punto Jenna estaba hablando en broma, aunque me hizo gracia su comentario.

—También hay un jardinero —agregó Jenna—. Su nombre es Callahan, pero todos lo llamamos Cal. Esta noche no lo veo por aquí.

Pasamos a los estudiantes. Vi que Archer compartía mesa con otros chicos que le celebraban las bromas. Rogué que no estuvieran burlándose de lo de «perro malo».

—¿Qué me dices de ése? —pregunté, con un desenfado estudiado.

—Archer Cross. Chico malo oficial, rompecorazones, hechicero. Todas las chicas están medio enamoradas de él. Volverse loca por Archer es algo tan común que debería ser una asignatura obligatoria.

—¿Y qué hay de ti? —pregunté—. ¿A ti también te vuelve loca?

Jenna me miró con atención y dijo:

—No es mi tipo.

—¿Qué? ¿No te van los chicos altos, morenos y guapos?

—No —dijo, como si nada—. No me van los chicos.

—Oh. —Eso fue lo único que conseguí decir. Nunca había tenido una amiga lesbiana. ¡Bah!, en realidad nunca había tenido muchos amigos. Con la mirada fija en Archer añadí:

—Hace un rato he tratado de matarlo.

Jenna estaba bebiendo una taza de té helado. Se rió y el té le salió por la nariz. Le conté lo que había pasado entre Archer y yo.

61

—No parece que la señora Casnoff le tenga mucha simpatía —dije.

—Desde luego que no. El año pasado Archer no dejó de meterse en líos. A mitad de curso, dejó la escuela durante casi un mes y circularon muchos rumores. Creíamos que se había largado a Londres.

—¿Por qué? ¿Para pasearse en uno de esos autobuses de dos pisos?

Jenna me miró divertida.

—No, es que en Londres están las oficinas centrales del Concilio. Creímos que había ido a someterse a la Extracción.

Yo había leído sobre ello en uno de los libros de mamá. La Extracción es un ritual muy potente cuyo fin es eliminar los poderes mágicos y al que sólo sobrevive uno de cada cien Prodigium. No sabía de nadie que se hubiera sometido a la Extracción por propia voluntad.

—¿Y por qué querría hacerlo?

Jenna removió la comida de su plato.

—Él y Holly estaban... muy unidos, y cuando ella murió, Archer quedó profundamente afectado. Un par de personas contaron que lo habían escuchado decirle a la señora Casnoff que se odiaba a sí mismo, que quería ser normal, cosas por el estilo.

—Ya —dije—. ¿Salían juntos?

—Podría decirse que sí.

Era evidente que Jenna no iba a contarme mucho más.

—Bien, pues por lo visto no se sometió a la Extracción. Todavía conserva sus poderes —observé.

—Sí, sobre todo con las chicas —dijo Jenna con una risita tonta.

Le tiré un pedazo de pan. Antes de que Jenna pudiera contraatacar, la señora Casnoff se levantó de su silla y elevó las manos por encima de la cabeza. De inmediato se hizo el silencio en el comedor, como si acabara de echar sobre nosotros un hechizo silenciador.

—Alumnos —dijo, con su acento sureño—, la cena ha terminado. Los nuevos deben permanecer en el salón. El resto pueden retirarse.

Jenna me echó una mirada cómplice y se llevó nuestros platos vacíos.

—Lamento lo que estás a punto de ver.

—¿Qué? ¿Qué es lo que va a pasar? —pregunté mientras el comedor se vaciaba.

Jenna sacudió la cabeza.

—Digamos que lamentarás haber comido una segunda porción de pastel.

Dios mío. ¿Lamentarme? Fuera lo que fuese que me esperaba, debía de ser algo absolutamente perverso.

Una fila de personas avanzaban hacia la puerta. La voz de la señora Casnoff resonó por todo el recinto del comedor.

—¿Adónde cree que va, señor Cross?

Archer estaba a punto de cruzar la puerta, a unos pocos metros de mí. Vi que estaba tomado de la mano de Elodie. Interesante. Desde luego, tenía mucho sentido que las dos personas a las que yo menos les gustaba estuvieran saliendo juntas.

La mirada de Archer cruzó todo el salón en dirección a la señora Casnoff.

—No es mi primer año —dijo.

La fila se quedó inmóvil y todo el mundo giró la cara en dirección a Archer con expresión de curiosidad. Elodie le apoyó la mano que le quedaba libre en el hombro. Con la otra se aferraba a Archer como si el chico fuera un premio.

—Ya he visto todas esas estupideces antes —insistió.

El profesor metamorfo, Ferguson, se puso en pie de un salto.

—¡Cuida ese lenguaje! —bramó.

Pero los ojos de Archer estaban clavados en los de la señora Casnoff, que lo miraba sin inmutarse.

—Pero no parece que le hayan hecho efecto —respondió la señora Casnoff a Archer. Entonces señaló la silla que Jenna había dejado vacía y dijo—: Hágame el favor de sentarse.

Apuesto a que, mientras tomaba asiento, Archer siguió murmurando palabras todavía peores.

—¿Qué tal, Sofí? —dijo.

Apreté la mandíbula.

—¿De qué va todo esto?

Archer se apoltronó en la silla. Su rostro tenía una expresión adusta.

—Ahora lo verás.

Entonces todo se volvió negro.

7

Creí que en cuanto se apagaran las luces oiría los ruidos habituales en esa clase de situaciones: risotadas, oooohs, el frufrú de la ropa y el chirrido que hacen las sillas cuando sus ocupantes se acercan para besarse en la oscuridad. En lugar de ello, la sala se quedó en silencio. Era lógico, éramos sólo veinte personas.

Oí que Archer suspiraba junto a mí. Siempre me siento rara cuando estoy al lado de un chico en la oscuridad; incluso aunque el chico en cuestión no me guste. No veía nada. Así que estaba muy atenta a su respiración, a sus movimientos e incluso a su olor (debo admitir que olía a limpio y a jabón).

Iba a preguntarle otra vez de qué iba la cosa cuando en el fondo de la sala apareció junto a la señora Casnoff un pequeño rectángulo de luz, que fue creciendo más y más hasta alcanzar el tamaño de una pantalla de cine y quedar suspendido en el aire, vacío y brillante. Poco a poco fue emergiendo en él una imagen, como si de un proceso de revelado se tratase. Era una pintura en tonos blancos y negros de un grupo de hombres de aspecto severo vestidos de negro. Llevaban grandes sombreros de Puritanos.

—En 1692, en Salem, Massachussets, dos brujas adquirieron sus poderes y sembraron el pánico matando a su paso a dieciocho inocentes —explicó la señora Casnoff—. Un grupo de hechiceros de las inmediaciones de Boston se pusieron entonces en contacto con los hechiceros y brujas de Londres y crearon el Concilio. Tenían la esperanza de que, con los suficientes recursos y organización, el Concilio controlaría mejor la magia y prevendría tragedias similares.

El cuadro se esfumó; en su lugar apareció el retrato de una mujer pelirroja que llevaba un vestido de satén verde sobre un gran Corsé.

—Ésta es Jessica Prentiss —continuó la señora Casnoff. Su voz llenaba toda la sala—. Era una poderosísima bruja blanca de Nueva Orleans. Su hermana menor, Margaret, pereció a causa de una extracción de poderes en 1876. Después de aquel suceso, la señorita Prentiss tuvo la idea de crear un sitio seguro en el cual las brujas cuyos poderes fueran potencialmente peligrosos pudieran vivir en paz.

Luego apareció sobre la pantalla la fotografía del año 1903 que yo había visto un rato antes.

—Después de casi treinta años, su sueño se vio realizado en 1903 —continuó la señora Casnoff—. En 1923, el Concilio concedió a las hadas y a los metamorfos el derecho a asistir a Hécate.

Por supuesto, ni una palabra sobre los vampiros.

—No está tan mal —susurré a Archer—. No es más que una lección de historia.

—Espera un poco —dijo el chico, meneando ligeramente la cabeza.

—En 1967 el Concilio se dio cuenta de que necesitaba un lugar donde los jóvenes Prodigium que usaban sus poderes sin el adecuado nivel de discreción pudieran ser instruidos y moldeados. Una escuela donde aprendieran más sobre la historia de los Prodigium y las terribles consecuencias de poner en evidencia sus habilidades frente a los humanos. Así nació Hécate Hall.

—Un reformatorio para monstruos —dije por lo bajo; Archer me celebró el chiste.

—Señorita Mercer —dijo la señora Casnoff, haciéndome saltar de la silla. Creí que me iba a regañar por haber hablado, pero en lugar de ello me preguntó—: ¿Puede decirnos quién es Hécate?

—Eh, sí. Es la diosa griega de la hechicería.

La señora Casnoff asintió con la cabeza.

—Exactamente. Pero también es la diosa que los griegos situaban en las encrucijadas de caminos. Y es justamente en una encrucijada donde en este momento se encuentran todos ustedes, queridos estudiantes. Y ahora —retumbó la voz de la señora Casnoff— una demostración.

—Ahí va —murmuró Archer.

Un punto de luz brilló en la habitación. Pero esta vez el punto no se transformó en una pantalla, sino en un hombre viejo que rondaría los setenta años. De no haber sido por el leve resplandor que lo rodeaba y lo hacía brillar en la oscuridad, habría pasado por un hombre real. Llevaba puesto un overol de trabajo, una camisa a cuadros y un sombrero que le cubría parte de los ojos. De su mano colgaba una guadaña. Se quedó completamente quieto durante un instante y luego se dio la vuelta y movió la guadaña de un lado al otro manteniéndola muy cerca del suelo. Daba la impresión de estar segando un jardín inexistente. Era espeluznante, como estar viendo una película cuyos personajes cobraran vida.

—Les presento a Charles Walton —dijo la señora Casnoff—. Era un brujo blanco de una aldea británica llamada Lower Quinton. Walton era un hombre solitario que ganaba un triste chelín por hora como jardinero de un granjero local. De vez en cuando, hacía algunos hechizos sencillos para los habitantes de Lower Quinton: pociones para la gota, hechizos de amor... magia simple e inofensiva. Pero en 1945 la aldea se vio perjudicada por una mala cosecha.

Mientras la señora Casnoff hablaba, detrás del hombre se materializaron otras cuatro siluetas. Parecían ser personas normales vestidas con chacos tejidas y zapatos de trabajo. Dos de las figuras me daban la espalda. Las otras dos eran una señora baja, rechoncha, de cara sonrosada y cabellos grises, y un hombre muy delgado con una gorra de cazador de color granate. Parecían uno de esos dibujos de las cajas de galletas, pero sus expresiones faciales eran severas y amenazadoras. El hombre delgado llevaba un rastrillo.

—La gente de Lower Quinton decidió que Charles era el responsable de la mala cosecha. El resto pueden verlo ustedes mismos.

El hombre del rastrillo se precipitó hacia adelante como una exhalación, cogió al viejo por el codo y le hizo dar vueltas. El viejo estaba aterrado. Sabía lo que venía a continuación, pero no pude dejar de mirar. Vi cómo tres personas de aspecto inofensivo que parecían ocupar su tiempo horneando galletas o tomando el té obligaban al viejo a arrodillarse. El hombre delgado le clavó el rastrillo en el cuello.

Esperé oír el grito o el llanto de alguna persona en la sala, o bien que alguien se desmayara. Pero todo el mundo estaba tan sobrecogido como yo. Hasta Archer había dejado de moverse. Estaba inclinado hacia adelante con los codos apoyados en las rodillas y se apretaba las manos.

La dulce abuelita se arrodilló junto al cadáver y cogió la guadaña. Cuando empezaba a lamentarme por haber comido el segundo pedazo de pastel, la escena parpadeó y se esfumó.

La señora Casnoff nos explicó cómo había continuado la historia.

—Después de apuñalarle, los aldeanos grabaron símbolos sobre la piel del cuerpo del señor Walton, con la esperanza de que les sirvieran de protección contra la «diabólica» magia. Así es como los humanos pagaron a Charles Walton cinco décadas de servicio y ayudas prestadas.

De pronto la sala se llenó de imágenes y sonidos. Detrás de la señora Casnoff, unos hombres de traje negro clavaban estacas a una familia de vampiros. El horrible sonido húmedo de la madera perforando sus pechos se parecía al que hacen los besos con ruido.

Una ráfaga de disparos inundó la sala. Una viejecita vestida con una bata de color rosa acababa de coser a balazos a un licántropo.

Éste se desplomó tan cerca de mí que tuve el impulso de agacharme. Me sentía como si estuviera dentro de una película de terror.

En el centro del salón, tres hombres vestidos con togas marrones obligaron a dos hadas de alas grises y traslúcidas a ponerse de rodillas. Las hadas gritaron. Los hombres las cogieron de las muñecas y les pusieron unos grilletes ardientes que les causaron profundas quemaduras en la piel. La sala se llenó de un desagradable olor a barbacoa.

Sentía la boca reseca y los labios adheridos a la superficie de los dientes. Tal vez fue por eso que ni tan siquiera emití un grito de asombro cuando a mi derecha aparecieron las horcas.

En lugar de materializarse lentamente como el resto de las imágenes, ésta había salido disparada desde el suelo como un muñeco de resorte. En las horcas colgaban las brujas. Los cuerpos de esas mujeres se balanceaban en las cuerdas. Tenían las caras moradas y las lenguas les salían por fuera de la boca. Oí unos quejidos; quién sabía si provenían de mis compañeros o de las propias imágenes. Traté de cubrirme el rostro, pero las manos me pesaban y sudaban. Tenía el corazón en la boca.

Sentí un calor tibio en la palma de mi mano. Aparté la mirada de los cuerpos oscilantes y vi que Archer me había tomado la mano. Sin pensar en lo que hacía, enlacé mis dedos con los suyos. Archer miraba fijamente a las brujas. Vi que entre los ahorcados también había algunos hechiceros.

Cuando creía que ya no podría soportarlo más, las imágenes se esfumaron y se encendieron las luces del salón.

La señora Casnoff sonreía frente a todos nosotros con expresión serena.

—Ésta es la razón por la que ustedes están aquí. A esto se exponen cuando usan temerariamente sus poderes frente a los humanos. ¿Para qué? —La voz de la señora Casnoff sonaba fría y dura. Sus ojos recorrieron el salón—. ¿Para ser aceptados?, ¿para alardear?

Su mirada se posó en mí durante un segundo antes de continuar.

—Los humanos usarían con gusto nuestros poderes si pudieran y, sin embargo, siempre nos han perseguido hasta matarnos. Lo que acaban de ver —dijo, moviendo la mano en círculos, de modo que casi pudimos ver nuevamente los ojos nublados y los labios azules de los ahorcados— lo han hecho humanos comunes y corrientes. Y eso no es nada comparado con lo que hacen los que dedican su vida a eliminar a nuestra especie.

Mi estómago ya no amenazaba con amotinarse, pero el corazón todavía me latía con fuerza. Archer estaba de nuevo apoltronado en su silla. Supuse que también él se sentía mejor.

La señora Casnoff volvió a agitar sus manos y aparecieron unas imágenes. Esta vez no se trataba de películas escalofriantes, sino de fotografías.

—Hay un grupo que se hace llamar la Alianza —dijo con aburrimiento al mismo tiempo que señalaba a un conjunto de hombres y mujeres de aspecto soso vestidos de traje. Me pareció que la señora Casnoff iba un poco de sobrada, especialmente teniendo en cuenta que trabajaba para un concilio que se hacía llamar el Concilio. De todos modos, debo admitir que la Alianza era un nombre cursi—. La Alianza está formada por un grupo de agentes que trabajan para las agencias gubernamentales de distintos gobiernos. Afortunadamente, suelen tener tanto papeleo que pocas veces representan una amenaza real.

La fotografía se difuminó y apareció en su lugar el trío de mujeres más pelirrojas que haya visto jamás.

—También debemos tener en cuenta a las Brannick, miembros de una antigua familia irlandesa que lucha contra lo que ellos llaman «monstruos» desde los tiempos de san Patricio. Las actuales portadoras del testigo familiar son Aislinn Brannick y sus dos hijas, Isolda y Finney. Estas dos últimas son un poquito más peligrosas, dado que descienden de Maeve Brannick, una bruja blanca increíblemente poderosa que renunció a su raza para unirse a la Iglesia. Poseen poderes notablemente mayores a los de los humanos corrientes.

Volvió a agitar la mano y las mujeres desaparecieron.

—Y éste es nuestro enemigo más poderoso —siguió la señora Casnoff. Mientras hablaba, se formó sobre su cabeza una imagen negra. Me llevó un minuto darme cuenta de que era la imagen de un ojo, aunque no de un ojo cualquiera: era algo parecido a un tatuaje muy estilizado realizado con tinta negra. El iris era de oro brillante.

»*L'Occhio di Dio*. El ojo de Dios —dijo. Toda la sala respiró al unísono.

—¿Qué es eso? —le pregunté a Archer entre susurros.

Me miró. Sus labios habían recuperado la sonrisita sarcástica. Supuse que se había terminado la camaradería entre nosotros dos, cosa que se confirmó en cuanto habló.

—Oye, ni sabes hacer un hechizo de bloqueo ni sabes quién es *L'Occhio*. ¿Qué clase de bruja eres?

Tenía preparada una respuesta completamente agria que incluía un comentario sobre su madre y la Marina estadounidense, pero la señora Casnoff me interrumpió antes de que pudiera abrir la boca.

—*L'Occhio di Dio* es la mayor amenaza para los Prodigium. Es un grupo con base en Roma que tiene el propósito explícito de barrernos de la faz de la tierra. Se consideran a sí mismos caballeros sagrados, y a nosotros, como el mal que debe ser purgado. Sólo durante el último año, estos caballeros han sido responsables de las muertes de más de mil Prodigium.

Al contemplar el ojo se me erizó el pelo de la nuca. Recordé de pronto por qué la imagen me había resultado tan familiar: la había visto hacía tiempo en los libros de mamá. Yo tenía unos trece años. Estaba pasando las páginas de uno de sus libros porque me gustaba ver las ilustraciones de las brujas famosas cuando me topé con el dibujo de una ejecución que había tenido lugar más o menos en el año 1600. Era tan truculento que no pude quitarle los ojos de encima. Todavía me acordaba de la bruja tumbada de espaldas y atada a una plancha de madera, con el cabello rubio colgando y una mirada de terror en los ojos. De pie frente a ella, un hombre de cabello oscuro sostenía una daga de plata. Su torso estaba al descubierto y tenía tatuado un ojo negro con el iris dorado.

—Durante mucho tiempo pudimos resistir a estos tres grupos porque estaban enemistados e iban cada uno por su cuenta. Pero hemos sabido que es probable que firmen un tratado de paz. Si eso llegara a suceder... —suspiró—. Bien, digamos que no debemos permitir que eso suceda.

El Ojo se desvaneció y la señora Casnoff dio una palmada.

—Bien. Es suficiente por hoy. Mañana tienen un día agitado, de modo que pueden irse. Las luces se apagarán en media hora.

Su voz sonó tan clara y profesional que me pregunté si la parte en que nos había dicho básicamente que todos nosotros íbamos a morir no habría sido una alucinación. Eché un vistazo a mis compañeros. Al parecer, yo no era la única que estaba asustada y confundida.

—Bien —dijo Archer, dándose una palmadita en la pierna—. Eso sí que ha sido una novedad.

Se puso en pie y desapareció entre la multitud de estudiantes antes de que pudiera preguntarle qué había querido decir.

8

Intenté seguir el paso de Archer, que tenía las piernas largas y caminaba a grandes zancadas. Le di alcance a mitad de la escalera.

—¡Cross! —lo llamé por el apellido. No podía pronunciar su nombre en voz alta sin sentirme un personaje de una serie televisiva que dijera: «Archer, regocijémonos con una taza de buen té, viejo amigo».

Se detuvo en seco y giró la cabeza hacia mí. No sonreía con suficiencia, como era común en él.

—Mercer —contestó. Puse los ojos en blanco.

—Quiero saber a qué te referías cuando dijiste: «Eso sí que ha sido una novedad». Pensé que ya habías visto todo eso antes.

Bajó un par de peldaños.

—Lo había visto, cierto —contestó. Estaba a dos escalones de distancia de mí—. Hace tres años, en mi primer día de escuela. Yo tenía catorce años. Pero aquella vez fue diferente.

—¿A qué te refieres?

Se encogió de hombros como si su saco fuera demasiado pesado para él.

—Nos mostraron lo del tal Charles, que parece que les encanta, y lo del licántropo acribillado y a lo mejor un par de hadas en llamas.

Pero no pusieron tantas imágenes y las que había no eran como las que hemos visto hoy.

Me miró como si calculara mi talla.

—No aparecían brujas ni hechiceros colgando. Por cierto, te confieso que me has dejado impresionado.

Me crucé de brazos y fruncí el ceño. No me gustaba la forma en que me estaba mirando.

—¿Ah, sí? ¿Y por qué?

—Es que cuando vi todo eso hace tres años tuve que salir corriendo a ese lavabo. —Señaló con el dedo una puertecita al otro lado del rellano—. Vomité toda la comida. Tú ni siquiera te has puesto pálida, y mira que lo de hoy ha sido mucho peor. Eres una chica dura. Mucho más de lo que yo creía.

Reprimí una carcajada. Quizá daba la apariencia de estar calmada, pero mi estómago se revolvía como si estuviera repleto de punks que bailaran en un concierto. Por un momento, imaginé mis órganos pintados con delineador de ojos y vestidos con jeans rotos. La escena me pareció divertida. Pensé que si mantenía esa clase de pensamientos divertidos, Archer me vería más tranquila y despreocupada todavía.

—No me he creído nada de todo eso —dije.

Archer levantó una ceja. Yo soy incapaz de hacerlo. Cuando lo intento, levanto las dos cejas y, en lugar de sarcástica, parezco sorprendida o asustada.

—¿Qué es lo que no te has creído?

—Todo eso de los humanos que quieren matarnos de modos horribles.

—Me parece que esta hipótesis sobre los humanos tiene una base histórica bastante fiable, Mercer. Diablos, si incluso se han cargado a miles de los suyos tratando de atraparnos a nosotros.

—Sí, en el pasado —argumenté—. En aquellos tiempos también se creía que era posible curarte agujereándote la cabeza o drenándote la sangre. Ahora los humanos están bastante más ilustrados.

—Eso que hemos visto es un hecho. —Otra vez esbozó la sonrisita burlona. Parecía que si estaba mucho tiempo sin sonreír de ese modo, le dolía la cara.

—Mira, mi madre es humana y ama a los Prodigium, ¿de acuerdo? —dije—. Nunca nos haría daño. Si incluso tiene...

—Su hija es una Prodigium.

—¿Qué has dicho?

Suspiró satisfecho. Se echó el saco al hombro y lo sostuvo con el dedo índice, con una actitud que sólo había visto a los modelos en las revistas.

—Es posible que tu mami sea una persona fantástica. Pero ¿de verdad crees que se sentiría tan a gusto con las brujas si no le hubiera tocado criar a una?

Hubiera querido contestarle que sí, pero lo cierto era que su argumento tenía mucho sentido. Después de todo, mi madre era una experta en monstruos sólo porque yo era su hija. Sin contar con que se había alejado de mi padre en cuanto supo que era un brujo.

—Tienes razón —dijo Archer, suavizando un poco el tono—. Los humanos no son lo que eran. Pero esas imágenes eran reales, Mercer, y lo cierto es que siempre nos temerán, nos envidiarán y nos mirarán de reojo.

—No todos —dije, pensando en Felicia y en su grito de histérica: «¡Ha sido ella, es una bruja!». Creo que no soné muy convincente.

Archer volvió a encogerse de hombros.

—Puede que no. Pero hasta ahora has vivido con un pie en cada mundo, que es algo que ya no podrás hacer.

Estas palabras me golpearon con fuerza. Nunca me había considerado diferente al resto de la gente. Quizá porque no me había criado en una familia de Prodigium, como el resto de mis compañeros. Algunos de los jóvenes de la escuela habían dejado de interactuar con humanos después de adquirir los poderes. Empezaba a tener dudas. Casi podía sentirlas recorriéndome la piel como bichos. Pero no pensaba dar el brazo a torcer.

—Sí, pero...

—¡Arch!

Elodie estaba de pie unos escalones por encima de nosotros, con una mano apoyada en su inexistente cadera. Por lo general, cuando en una película pasa algo parecido, la novia se pone verde de celos por la otra chica. Pero puesto que Elodie era una diosa y yo no, habría sido ridículo suponer que se sentía amenazada por mí. De hecho, parecía estar más aburrida que otra cosa.

—Ya estoy contigo, El —dijo Archer. Elodie puso los ojos en blanco, agitó su pelo, hizo ese movimiento de manos que es patrimonio exclusivo de las chicas guapas enfadadas con sus novios y subió al tercer piso. En mi opinión, movía demasiado las caderas, pero, en fin, era sólo mi punto de vista.

—¿Arch? —pregunté. Traté de levantar una ceja pero no funcionó, como de costumbre.

—Nos vemos, Mercer. —Ésa fue su única respuesta antes de darse la vuelta para marcharse. No pude reprimir otra pregunta.

—¿No crees que a veces tienen sus motivos?

—¿Quiénes? —me preguntó, mirándome directo a los ojos.

Eché un vistazo alrededor; toda la sala estaba vacía.

—Esa gente. La Alianza y las chicas irlandesas y el Ojo —contesté—. Quiero decir, lo que vimos es horroroso, pero también debe de haber algunos Prodigium que son peligrosos.

Nos miramos fijamente durante un momento. Primero pensé que mi comentario lo había irritado, pero luego entendí que no estaba enfadado conmigo. Más bien parecía estar estudiándome o algo parecido. Sentí que un extraño ardor me subía desde el estómago hasta las mejillas. No sé si Archer se dio cuenta de ello, pero el caso es que esta vez me sonrió con una sonrisa auténtica. Se me cortó la respiración, como esa vez en cuarto grado cuando Suzie Strelzyck me desafió a tocar el fondo de la alberca. Lo conseguí, pero al impulsarme hacia la superficie sentí como si una compactadora de basura me apretase el pecho. Casi me desmayo al salir del agua.

Bajó los dos escalones que nos separaban y se inclinó hacia mí. Yo tenía la cabeza echada hacia atrás para poder mirarlo y percibí su olor a jabón.

—Si yo fuera tú, no andaría diciendo esas cosas por aquí, Mercer —susurró. Podía sentir su aliento tibio en mi mejilla. No estoy segura, pero creo que hasta pude sentir los latidos de mi corazón.

Lo vi subir la escalera al trote, apreté los dientes y repetí un mantra que decía: «No me enamoraré de Archer Cross, no me enamoraré de Archer Cross, no me enamoraré de Archer Cross, no me...».

Regresé a mi habitación. Jenna estaba cruzada de piernas sobre la cama, leyendo un libro. Suspiré y me eché de espaldas sobre la puerta, que se cerró con un fuerte ruido.

—¿Qué ha pasado? ¿Es por el Show de las Fotos Móviles? —me preguntó, sin levantar la vista del libro.

—No, o sea, sí, claro. Ha sido algo totalmente perturbador.

—Mmm —asintió Jenna—. ¿Algo más?

—Me gusta Archer Cross.

—¡Vaya! Pues sí que eres original —dijo Jenna, riendo.

Me tumbé sobre la cama.

—¿Por qué? —me lamenté sobre la almohada. Giré sobre mí misma y quedé de cara al techo—. De acuerdo, el chico es lindo. Pero hay un montón de chicos lindos.

Mis lloriqueos distrajeron a Jenna de su lectura. Se descruzó de piernas y se apoyó en el borde de la mesita.

—Archer no es lindo —me corrigió—. Los cachorros son lindos, los bebés son lindos, yo soy linda. Archer Cross es un chico bueno. Y eso que no me gustan los chicos.

Perfecto. Si lo que quería era sacarme a Archer de la cabeza, Jenna no sería de gran ayuda.

—Es un canalla —dije—. ¿Recuerdas lo de esta mañana, lo del licántropo?

—Sí —contestó Jenna, con ironía—. Te salvó de un licántropo, está hecho todo un héroe.

—Gracias por tu ayuda —masculé.

—Lo siento.

Jenna echó el cuerpo hacia atrás, se apoyó sobre los codos y dio unos suaves golpecitos contra los cajones del escritorio. Nos quedamos un momento sentadas en silencio, con la mirada clavada en una sospechosa mancha de moho en el techo. Desde el exterior de la casa nos llegaron unos aullidos. Había luna llena y los metamorfos campaban a sus anchas por los terrenos de Hex Hall. Me pregunté si Taylor estaría allí afuera.

—Oh —dijo Jenna, de repente. Se sentó tan de prisa que volcó un bote lleno de lápices—. ¡Pero su novia es una insoportable!

—¡Sí! —dije, sentándome y apuntándola con el dedo—. ¡Gracias! Una novia malvada que me odia, ni más ni menos. Y, por cierto, un chico que se preste voluntariamente a pasar el tiempo con Elodie no puede valer la pena.

—¡Tienes toda la razón! —dijo Jenna, asintiendo enfáticamente con la cabeza.

Me sentí mejor. Giré sobre mí misma y cogí un libro que estaba junto a mi cama.

—Hay algo que no entiendo —dijo Jenna.

—¿Qué?

—Lo de Archer y Elodie. La chica lo estuvo persiguiendo durante todo el año pasado, pero él no quería saber nada de nada. Luego regresó vaya una a saber de dónde y ¡pum! De repente son una pareja. Es extraño.

—No es tan extraño —respondí—. Es decir, Elodie es increíblemente guapa. Ya sabes, seguro que las hormonas hicieron el resto.

—Es posible —dijo Jenna, apoyando la barbilla sobre una mano—. Pero sigue siendo raro. Archer es listo y divertido, además de guapísimo. Elodie, por el contrario, es sosa y estúpida.

—Y superguapa —agregué—. Cuando se trata de chicas guapas, hasta el más listo de los chicos se convierte en un estúpido.

—Eso es cierto —dijo Jenna.

Estaba a punto de sacar nuevamente el tema de Holly cuando nos interrumpió la voz de la señora Casnoff, que parecía salir de un sistema de altavoces, aunque supongo que usaba un hechizo amplificador.

—Damas y caballeros, en vista de la intensa actividad que les espera mañana, esta noche se irán a dormir temprano. En diez minutos se apagarán las luces.

Eché un vistazo a mi reloj

—Oye, son las ocho en punto —dije, sin poder creerlo—. ¿De verdad quiere que nos vayamos a dormir a las ocho?

Jenna suspiró, se acercó a su armario y cogió una pijama.

—Bienvenida a Hécate, Sophie.

Todos los brujos y metamorfos corrimos hacia los lavabos para cepillarnos los dientes. Las hadas no se movieron de donde estaban, seguro que ellas tenían los dientes limpios por naturaleza. Cuando regresé a la habitación, me quedaban tres minutos para ponerme el pijama y zambullirme en la cama. A las 20.10 en punto se apagaron las luces.

Mi cabeza era un hervidero. No sabía si podría conciliar el sueño.

—Oye, ¿no es raro para ti esto de irte a la cama ahora? —le pregunté a Jenna—. Digo, como eres una vampira... ¿No se supone que deberías dormir de día y salir de noche?

—Sí —contestó—, pero mientras esté aquí no tengo más remedio que seguir las reglas. Cuando salga de aquí va a ser todo un problema.

Quién sabe cuándo conseguiría Jenna irse de Hécate. A nosotros nos liberaban cuando cumplíamos dieciocho años, contados según términos humanos. Pero Jenna tendría quince años el resto de su vida.

Me acomodé dentro de la cama y traté de pensar en cosas que me ayudaran a dormir. Cuando un rato después me despertó el chirrido de la puerta de la habitación, tuve la sensación de que hacía sólo un segundo que había cerrado los ojos. Me levanté presa del pánico, con el corazón palpitante. El reloj de la mesita de noche indicaba que eran las doce y pocos minutos.

Una figura oscura se deslizó dentro de la habitación. Mi respiración se volvió entrecortada.

—Tranquila —murmuró Jenna desde su cama—. Probablemente sea uno de los fantasmas. A veces hacen estas cosas.

Entonces oí el chasquido de un cerillo al encenderse. La silueta se hizo visible bajo la tenue luz.

Era Elodie.

Llevaba un pijama de seda púrpura y llevaba en sus manos una vela negra. Se iluminaron otras dos velas y detrás de Elodie aparecieron Chaston y Anna, también en pijama.

—Sophie Mercer —canturreó Elodie—. Hemos venido a introducirte en nuestra hermandad. Dinos las cuatro palabras de iniciación.

Guiñé ambos ojos.

—¿Están bromeando, chicas? ¿Tratan de asustarme, o qué?

Anna suspiró exasperada.

—No. Las palabras son: «Acepto su invitación, hermanas».

Me aparté el pelo de la cara y me senté.

—Ya les dije esta mañana que no sé si quiero unirme a su aquelarre. No voy a decir ninguna palabra de iniciación.

—Oye, que digas las palabras no significa que vayas a unirte a nosotras automáticamente —dijo Chaston, dando un paso adelante—. Significa que podemos empezar el ritual. Te puedes echar atrás cuando quieras.

—Oh, vete con ellas —dijo Jenna. La vi a la luz de las velas, sentada en la cama, con los ojos llenos de desconfianza—. De todos modos no se largarán hasta que se salgan con la suya.

Elodie apretó los labios como si fuera a decir algo, pero se mantuvo callada.

—Muy bien —dije, aparté las sábanas y me puse en pie—. Acepto... acepto su invitación, hermanas.

9

Las tres chicas me guiaron hasta la habitación de Anna y de Elodie.

—¿Cómo consiguieron que las pongan juntas? —susurré—. Tenía entendido que en Hécate se aprendía a convivir con otros Prodigium.

Elodie revolvió su escritorio en busca de algo y no dio señales de haberme oído. Fue Chaston quien me contestó.

—Ya sabes; es que como las brujas somos más numerosas que las hadas y los metamorfos, a veces nos ponen juntas en una misma habitación.

—¿Y por qué somos tan numerosas? —pregunté.

Anna encendió todavía más velas. La habitación se tiñó de una luz suave.

—Las hadas y los metamorfos tienen menos riesgo de terminar aquí porque no se mezclan tanto con los humanos —me contestó.

Elodie encontró una tiza y dibujó sobre el suelo un gran pentagrama que luego rodeó con un círculo.

—Este ritual se hace en el exterior, preferiblemente dentro de un círculo de árboles —dijo, sentándose sobre el dibujo. Chaston y Anna se pusieron a ambos lados de ella. Yo me senté enfrente—. Pero no se nos permite ir al bosque. La señora Casnoff es condenadamente estricta sobre este punto.

Nos cogimos de las manos. Tuve ganas de preguntar si lo siguiente era cantar *Cumbayá*.

—Sophie, ¿cuál fue el primer acto de magia que ofrendaste al universo? —preguntó Elodie.

—¿Perdón?

—El primer hechizo que hiciste —dijo Chaston, inclinándose hacia adelante y dejando que su cabello rubio le cayera sobre los hombros—. El primer hechizo es sagrado para las brujas, ¿sabes? Cuando tenía doce años creé una tormenta de tres días. Anna congeló el tiempo durante, eh, ¿durante cuánto tiempo, Anna?

—Diez horas —contestó Anna.

Miré fijamente a Elodie. En sus ojos se reflejaba el titilar de las velas.

—¿Y tú? —le pregunté.

—Transformé el día en noche.

—Vaya.

—Cuéntanos de ti, Sophie —pidió Chaston, con entusiasmo.

Primero pensé en mentirles, en decirles que había transformado en piedra a alguien o algo por el estilo. Pero luego lo medité mejor y se me ocurrió que si esas tres se daban cuenta de qué clase de bruja chapucera era yo, quizá me dejarían en paz con todo ese asunto del aquelarre.

—Cambié el color de mi pelo. Rojo.

Las tres me miraron sorprendidas.

—¿Rojo? —preguntó Anna.

—No lo hice a propósito ni nada de eso —dije—. Estaba tratando de alaciármelo de manera permanente, pero hice algo mal porque en lugar de alaciarse se volvió de un rojo intenso. Aunque sólo por tres semanas. Así que ése fue mi primer acto de magia.

Se quedaron en silencio. Anna intercambió unas miraditas con Chaston.

—Tal vez debería irme —dije.

—¡No! —gritó Chaston, apretándome la mano como si quisiera exprimirla.

—No, no te vayas —agregó Anna—. Tal vez tu primer hechizo fuera un poco estúpido, es cierto, pero estoy segura de que desde entonces habrás realizado otros más importantes, ¿a que sí? —Movió la cabeza de arriba abajo, dándome ánimos.

—¿Cuál fue el hechizo que te trajo aquí? —preguntó Elodie. Estaba muy quieta, y le brillaban los ojos—. Seguro que fue interesante.

Nuestras miradas cruzaron el círculo y se encontraron.

—Un hechizo de amor.

Anna y Chaston suspiraron al unísono y me soltaron las manos.

—¿Un hechizo de amor? —preguntó Elodie, con desdén.

—¿Y ustedes? —Las miré a las tres, una por una—. ¿Cómo fue que terminaron aquí?

Anna fue la primera en hablar.

—Transformé en rata a un chico de mi clase de inglés.

Chaston se encogió de hombros.

—Ya te lo he dicho. Creé una tormenta que duró tres días.

Elodie clavó la mirada en el suelo durante un segundo y respiró hondo. Cuando levantó la cabeza se veía tranquila, relajada incluso.

—Hice desaparecer a una niña.

Tragué saliva.

—¿Por cuánto tiempo?

—Para siempre.

Ahora era yo la que necesitaba tomar aire.

—De modo que las tres han hecho daño a personas con sus hechizos.

—No —dijo Anna—. Hicimos hechizos poderosos de acuerdo a nuestra naturaleza. Los humanos simplemente se interpusieron.

Era todo lo que necesitaba saber. Me puse en pie.

—Muy bien, pues les agradezco la invitación, pero, ¿saben?, esto no va a funcionar.

Chaston volvió a cogerme la mano.

—No, no te vayas —dijo. Sus enormes ojos brillaban a la luz de las velas.

—Oh, déjala —dijo Elodie, con un tono de fastidio en la voz—. Está claro que se cree mejor que nosotras.

—Oye, yo no he dicho eso.

—Pero necesitamos una cuarta bruja —interrumpió Chaston.

—No, si es una carga —respondió Elodie.

—La necesitamos. No hay otra bruja oscura —dijo Anna, en voz baja—. Si no somos cuatro, no tendremos fuerza suficiente para sostenerlo

—¿Para sostener qué? —pregunté. Pero Elodie espetó entre dientes:

—Cierra el pico, Anna.

—De todos modos, no funcionó —dijo Chaston, presa del desánimo.

—¿Están hablando en código o algo así? —pregunté.

—No —dijo Elodie, poniéndose de pie—. Estamos hablando acerca de cosas relacionadas con el aquelarre y que, por lo tanto, no te conciernen.

No creo que nadie me hubiera mirado antes con tanto odio. Me quedé perpleja. Acababa de rechazar su invitación al aquelarre, pero tampoco era para tanto. No les había escupido a la cara ni nada parecido.

—Lamento haber herido sus sentimientos —dije—. Pero... el problema no son ustedes sino yo, ¿saben?

Vaya, eso sí que era un argumento original.

Anna y Chaston se levantaron y se pusieron a mi lado. Anna frunció el ceño con enfado. Chaston parecía estar preocupada.

—También tú nos necesitas a nosotras, Sophie —dijo Chaston—. No te será fácil andar por aquí sin la protección de tus hermanas.

—¿Necesito protección?

—No creas que aquí te recibirán con los brazos abiertos —dijo

Elodie—. Entre la sanguijuela que tienes de compañera y tu padre, sin nosotras no serás más que una paria.

Se me cayó el alma a los pies.

—¿Qué pasa con mi padre?

Se miraron las unas a las otras.

—No lo sabe —murmuró Elodie.

—¿Qué es lo que no sé?

Chaston abrió la boca para contestarme, pero Elodie la detuvo.

—Deja que lo averigüe por sí misma. Suerte para sobrevivir a Hécate, Sophie. Vas a necesitarla —dijo Elodie, abriendo la puerta. Ningún desaire podía superar la frialdad con que se estaban despidiendo de mí.

El comentario sobre mi padre me distrajo. Caminé directamente al centro del círculo y, sin querer, tumbé las velas de una patada. La cera caliente cayó sobre mi pie descalzo y me hizo apretar los dientes de dolor. Juraría que oí reír por lo bajo a Anna.

Llegué a la puerta cojeando. Antes de salir, me di la vuelta una vez más en dirección a Elodie, que me miraba gélidamente.

—Lo siento —dije—. No sabía que rechazar una invitación a un aquelarre pudiera llegar a ser algo tan grave.

Por unos segundos pensé que no iba a contestarme. Pero bajó la voz y me dijo:

—Durante años los humanos me han tratado como a un monstruo. No permitiré que nadie vuelva a hacerlo —dijo. Me miró con los ojos apretados—. Y menos una bruja de cuarta como tú.

Luego me cerró la puerta en las narices.

Me quedé en el pasillo. Sólo oía el sonido de mi propia respiración. ¿La había tratado como si fuera un monstruo? Me acordé de la cara que había puesto cuando Elodie había contado que había hecho desaparecer a un niña y llegué a la conclusión de que sí, de que probablemente la había tratado mal.

—¡Oye, ya basta! —gritó alguien.

Al otro lado del corredor se abrió una puerta de la que salió, dan-

85

do pasos apresurados, Taylor. Llevaba una camisa de dormir varias tallas más grande y el pelo enredado sobre la cara. En su boca se veían unos enormes colmillos.

—¡Largo de aquí! —chilló, señalando el pasillo. A través de la puerta abierta vi que Nausicaa, Siobhan y otras dos hadas estaban cruzadas de piernas en el suelo. El círculo que formaban emanaba una luz verde. No tenía ni idea de qué se trataba eso.

El grupo se puso de pie.

—No puedes prohibirme que lleve a cabo los rituales de mi pueblo —dijo Nausicaa.

Taylor se apartó el pelo de la cara.

—No —dijo—, pero puedo ir a decirle a Casnoff que ustedes cuatro estaban tratando de comunicarse con la Corte de Seelie con ese espejito.

Nausicaa frunció el ceño y se agachó para coger el cristal verde y luminoso.

—Esto no es un espejito como tú dices, sino un reservorio de rocío recogido de las flores de noche de lo más alto de la colina de...

—¡Me da igual lo que sea! —gritó Taylor—. Tengo clase de Clasificación de Metamorfos a las ocho y no puedo dormir con ese «espejito» haciendo luz sobre mi cara.

Siobhan se inclinó y dijo algo al oído de Nausicaa; su pelo azul le tapaba la cara.

Asintiendo, Nausicaa hizo unos gestos a las otras hadas.

—Vamos. Sigamos con lo nuestro en un sitio menos... primitivo.

Taylor puso los ojos en blanco.

Las hadas pasaron delante de mí. Siobhan me echó una mirada de desprecio y se transformó, como sus amigas, en un círculo de luz del tamaño de una pelota de tenis y salió volando por el corredor.

—¡Por fin, maldita sea! —dijo Taylor para sí misma, antes de mirarme sonriente. Sus colmillos casi habían desaparecido, pero sus ojos todavía tenían ese tono dorado—. Hola de nuevo —me saludó a continuación.

—Hola —dije, débilmente, levantando la mano.

—¿Qué haces levantada a estas horas?

Señalé la puerta de Elodie con la cabeza.

—Ya sabes, socializándo un poco. ¿Y tú? ¿No deberías estar fuera, correteando por los bosques?

Taylor parecía estar confundida.

—No, eso es para los licántropos.

—¿Y hay diferencia?

Taylor borró de su cara la expresión amistosa.

—Sí —dijo, bruscamente—. Yo soy metamorfa. Eso significa que me transformo en un animal verdadero. Los licántropos son una cosa a medio camino entre animales y personas. —Se estremeció—. Monstruos deformes.

—No le hagas caso —gruñó una voz a mis espaldas.

Era la voz de una chica lobo pelirroja y más grande que Justin. Estaba de pie al final del corredor, cerca de la escalera.

—Los metamorfos nos tienen envidia porque somos mucho más poderosos que ellos —prosiguió, apoyando la espalda sobre la pared. Aquella postura tan humana la hacía todavía más aterradora.

Tragué saliva y retrocedí hasta la puerta de la habitación de Elodie. Taylor no estaba asustada sino irritada.

—Créetelo si es lo que quieres, Beth. —Luego, dirigiéndose a mí, dijo—: Hasta mañana, Sophie.

—Hasta mañana.

La licántropo se quedó quieta en su sitio, con la lengua colgando y un brillo aterrador en los ojos. Para ir a mi habitación no tenía más remedio que pasar frente a ella. Así que di unos pasos en su dirección tratando de disimular el miedo que sentía en ese momento. Ya no cojeaba, pero el pie sobre el que se había derramado la cera todavía me ardía.

Cuando me tuvo cerca, la licántropo estiró su enorme mano cubierta de garras mortales. Creí que tenía la intención de destriparme y me asusté. Pero entonces me dijo que se llamaba Beth. De modo que imaginé que lo que esperaba era un apretón de manos.

Acerqué mi mano con cautela.

—Soy Sophie —dije.

Sonrió. Su sonrisa era aterradora, aunque su intención no era atemorizarme.

—Encantada de conocerte —dijo con su voz grave.

Bien. Las cosas no estaban saliendo tan mal y podía hacerme cargo de la situación. Probablemente ya se había comido a alguien y no quería...

Hundió el hocico en mi cabello y respiró honda y estremecedoramente.

Su boca dejó caer un tibio chorro de baba sobre mi hombro descubierto.

Me quedé muy quieta. Transcurridos unos instantes, me soltó.

—Lo siento, cosa de lobos —dijo, encogiendo los hombros avergonzada.

—No hay problema —dije. Pero no podía pensar en otra cosa que no fuera en la saliva de aquella chica sobre mi piel.

Me alejé de ella a toda prisa.

—¡Nos vemos! —gritó.

—¡Sí, claro, seguro! —contesté, sin darme la vuelta.

Cuando llegué a la habitación me lancé sobre el escritorio y cogí un puñado enorme de pañuelos de papel.

—Uf, uf, uf —me quejé, mientras me frotaba el hombro.

Cuando conseguí quitarme de encima aquella baba, me puse a buscar gel desinfectante para limpiarme las manos y derribé una lámpara sin querer. Entonces recordé que Jenna estaba durmiendo y me volví hacia ella para pedirle disculpas.

—Lo sien...

Jenna estaba sentada en la cama y apretaba una bolsa de sangre contra su boca. Sus ojos estaban enrojecidos.

—Siento lo de la lámpara —dije, débilmente.

Jenna bajó la bolsa. Tenía la barbilla manchada de sangre.

—Me apeteció un aperitivo de media noche. Creí que tardarías en volver —dijo, con suavidad. Lentamente, sus ojos recobraron el color natural.

—No pasa nada —dije, hundiéndome en la silla de mi escritorio. Tenía el estómago revuelto, pero no quería que Jenna lo notara.

«Ahora estás en Hécate», me había dicho Archer. ¡Pues vaya! Esa noche había descubierto hasta qué punto eso era cierto.

—Aunque no me creas, esto no es lo más raro que he visto esta noche.

Se limpió el mentón con el dorso de la mano, rehuyendo mi mirada.

—Entonces, ¿ya te has unido al aquelarre?

—Oh, demonios, no —dije.

—¿Por qué no? —me preguntó. Evidentemente, mi respuesta la había sorprendido.

Me froté los ojos. De pronto, me sentía realmente cansada.

—No va conmigo.

—Probablemente, porque no eres una chica malvada y descerebrada.

—Sí. Creo que ésa ha sido la razón principal. Que no soy malvada y tengo cerebro. Luego me encontré a unas hadas peleando con una metamorfa. Por cierto, ¿qué demonios es un Seelie?

—¿La Corte de Seelie? Es un grupo de hadas buenas que practican la magia blanca.

—¿Hadas buenas? Pues entonces no me gustaría conocer a las malas —murmuré.

Jenna señaló con la cabeza los pañuelos de papel que yo todavía aferraba en mi mano.

—¿Y eso?

—¿Eh? ¡Ah, sí! Después de la pelea de las hadas, una licántropo me husmeó el cabello y me cubrió de babas. Esta noche ha sido toda una experiencia, créeme.

—Y termina con la imagen de una vampira tomando un aperitivo —dijo Jenna. Hablaba quitándole importancia a sus palabras, pero sus manos estaban crispadas sobre la manta frambuesa eléctrica.

—Oye, no te preocupes —dije—. Los lobos babean, los vampiros beben y...

Se rió, cogió la bolsa de sangre y me preguntó tímidamente:

—¿Te molesta si...?

El estómago se me encogió, pero me esforcé en sonreír.

—Acaba con ella —dije.

Me eché sobre la cama.

—Se pusieron como locas conmigo, ¿sabes?

Jenna dejó de sorber la bolsa de sangre por un momento.

—¿Quiénes?

—Las chicas del aquelarre. Me dijeron que iba a necesitar protección contra el desastre social que se me viene encima porque...

—Porque comparto la habitación contigo.

Me senté.

—Sí, eso es parte del asunto. Pero también dijeron algo sobre mi padre.

—Vaya —dijo Jenna pensativa—. ¿Quién es tu padre?

—Un hechicero cualquiera, hasta donde yo sé. Se llama James Atherton.

—Nunca lo había oído nombrar —dijo Jenna—. Aunque, de todos modos, yo no me entero de nada. Entonces ¿dices que Elodie y las chicas se han enfadado contigo?

Recordé la mirada de Elodie.

—Pues sí —dije quedamente.

De pronto Jenna soltó una carcajada.

—¿Qué pasa?

Jenna movió la cabeza de un lado a otro y la tira de cabello rosa le cubrió un ojo.

—Sólo estaba pensando. Es tu primer día y ya te has hecho amiga de la paria de la escuela, has hecho enfadar a las chicas más populares de Hécate y te has enamorado del chico más guapo. Si consigues que mañana te castiguen serás una leyenda.

10

Me costó una semana y media convertirme en leyenda, según la definición de Jenna. La primera semana transcurrió tranquila. Para empezar, las clases eran ridículamente simples. Parecían una excusa para que nuestros maestros nos hablaran hasta el agotamiento. Incluso la clase de lord Byron, que me había generado grandes expectativas, resultó ser un gran festival de bostezos. Cuando no se revestía a sí mismo de retórica y afectación, se enfurruñaba detrás de su escritorio y nos mandaba callar. Algunos días, nos permitía dar largos paseos alrededor del estanque para que fuéramos «uno con la naturaleza». Eso era divertido.

Yo creía que nos enseñarían a hacer hechizos, pero, según Jenna, eso sólo pasaba en las auténticas escuelas de Prodigium: sitios lujosos a los que enviaban a sus hijos los Prodigium más poderosos. Pero Hécate era técnicamente una institución reformatoria, así que lo único que aprendíamos allí eran historias sobre las cazas de brujas del siglo XVI y cosas por el estilo.

Por suerte, Jenna y yo íbamos juntas a casi todas las clases.

—No existen clases especiales para vampiros —me explicó—. El año pasado me dieron el mismo horario que a Holly. Este año han hecho lo mismo.

La única asignatura que no compartíamos era Educación Física o «Defensa», como la llamaban en Hécate. En mi horario constaba que se daba cada quince días, de modo que no comenzamos hasta mediados de la segunda semana.

—¿Por qué cada dos semanas? —le pregunté a Jenna—. No lo entiendo. El resto de las clases son diarias.

Estaba vistiéndome con el atroz uniforme azul de educación física, compuesto por unos pantalones de algodón azul brillante y una camiseta azul (demasiado estrecha para respirar) con dos letras H impresas en volutas blancas sobre mi pecho izquierdo.

—Es que si tuvieras clases de defensa cada día acabarías en el hospital —dijo Jenna.

Después de escuchar este comentario, no podía esperarse que me dirigiera al invernadero que había sido reconvertido en gimnasio llena de confianza.

El gimnasio estaba aproximadamente a medio kilómetro de la casa. Después de caminar cien metros ya estaba empapada en sudor. Sabía que en Georgia hacía calor, y ya había vivido antes en sitios cálidos como Arizona o Texas. Pero en ninguno de aquellos lugares hacía ese bochorno húmedo que parecía dispuesto a absorber cualquier indicio de vida y que te daba la sensación de estar criando moho en la piel.

—¡Sophie!

Eran Chaston, Anna y Elodie, que venían hacia mí. Ni siquiera los espantosos uniformes de gimnasia conseguían ocultar su belleza. Alucinante.

Cuando se acercaron vi que también ellas estaban sudadas. Eso me hizo sentir mucho mejor. Las tres chicas coincidían conmigo en varias clases, pero no me habían vuelto a dirigir la palabra hasta entonces. Me pregunté qué se traerían entre manos.

—Ey —dije, con aire despreocupado—. ¿Qué quieren? ¿Han venido a anunciarme que voy a morir pronto en manos de unos conejitos o quieren dispararme unos relámpagos?

Chaston se rió y me pasó el brazo por los hombros, gesto que fue toda una sorpresa para mí.

—Mira, Sophie, hemos estado hablando y lamentamos mucho lo de la otra noche. Si no quieres unirte a nuestro aquelarre, pues no pasa nada.

—Exacto —agregó Anna, poniéndose a mi lado—. Creo que exageramos un poco.

—¿De veras? —dije.

—Estamos tratando de pedirte disculpas —añadió Elodie. Caminaba de espaldas delante de nosotras. Deseé con toda mi alma que chocara contra un árbol—. He hablado con Archer y me ha dicho que eres legal.

—¿En serio? —pregunté, sin poder evitarlo.

«Bien, Sophie, tu sí que sabes ser estupenda», pensé.

—Sí, me explicó que no sabes nada sobre los Prodigium. De hecho, me dijo que tus conocimientos son patéticos.

Traté de sonreír, pero algo oscuro y afilado se retorció en mi estómago.

—Vaya.

—Sí —dijo Chaston—. Por eso mismo hemos pensado que tal vez el otro día te asustamos un poco.

—Podría decirse que sí.

A lo lejos, divisamos el invernadero. Era un gran edificio blanco de madera y cristal, cuyas ventanas reflejaban la luz de la mañana con tanta fuerza que hacía daño en los ojos. A diferencia del resto de Hécate, era un sitio de aspecto alegre. Un grupo de estudiantes campaba por sus alrededores como si fueran arándanos.

—Pues lo sentimos mucho —dijo Anna. Me pregunté si ensayarían para hablar por turnos las tres. Me las imaginé sentadas en círculo, cepillándose el pelo y diciendo: «Muy bien, yo digo que nos sentimos mal, y luego tú le dices que el presumido de tu novio piensa que es patética».

—Entonces —preguntó Chaston—, ¿crees que podríamos ser amigas?

Sonrieron las tres a la vez expresando las mejores intenciones, incluso Elodie. Debería haberme imaginado que aquello no podía terminar bien, pero sonreí como una estúpida.

—De acuerdo, seamos amigas.

—¡Genial! —gritaron Anna y Chaston al unísono. Elodie se tomó un segundo para decir, con las mandíbulas apretadas, que ella también se alegraba.

—De acuerdo —dijo Chaston, mientras nos acercábamos al invernadero—. Ahora que somos amigas, me parece que tenemos que explicarte un par de cosas sobre la clase de defensa.

—La profesora de la clase es la Vandy. Y es horrorosa —dijo Elodie.

—Ah, la dama de la dona.

Pusieron los ojos en blanco al mismo tiempo. Seguramente en su tiempo libre se dedicaban a la natación sincronizada.

—Sí —dijo Anna—. Esta estúpida dona.

—Jen... eh, alguien me dijo que en realidad era una especie de puerta al infierno.

Se rieron las tres.

—Ya le gustaría a ella —dijo Anna, gravemente.

—La Vandy era una bruja oscura bastante buena —explicó Elodie—. Hasta que, como dicen por aquí, empezó a ir de creída. Trabajaba para el Concilio y trató de quedarse con el control de Hécate y... en fin, es una larga historia. Los del Concilio la obligaron a someterse a una extracción.

—Y como parte del castigo —agregó Anna, en un susurro conspirativo— la enviaron aquí. Pero no como directora ni nada de eso, sino como una simple maestra, para que sirva de ejemplo. Por eso es tan arpía.

—Seguro que se ensañará contigo porque eres nueva —explicó Chaston.

—Pero es supervanidosa —se entrometió Elodie—. Si tienes un problema, elogia sus tatuajes.

—¿Los tatuajes? —pregunté. De cerca, el invernadero se veía más grande de lo que había creído. ¿Qué sería lo que criaban allí? ¿Secuoyas?

—Sí, tiene los brazos cubiertos de pequeños tatuajes rojos. Son algún tipo de símbolo mágico, como runas, las letras que se empleaban para escribir los antiguos idiomas germánicos —explicó Elodie—. Está muy orgullosa de ellos. Si le dices que te gustan, te ganas a la Vandy para siempre.

Cuando atravesamos la puerta principal del invernadero, Chaston me llevaba cogida del hombro. Aquél era un sitio inmenso y como dentro éramos sólo unas cincuenta personas, todavía parecía más grande. A pesar de ser un lugar muy luminoso, no hacía calor. Corría un aire fresco, así que supuse que debían de usar el mismo hechizo refrigerador que en la casa. Por alguna razón, la clase de Defensa no se dividía por edades. Había un par de chicos de doce años con cara de estar muertos de miedo.

Ese lugar no difería mucho del gimnasio de una escuela normal: suelos de madera, colchonetas azules, pesas. Pero también había otros objetos menos habituales: un montón de grilletes ajustados a la pared y las horcas de tamaño natural al fondo del salón.

Elodie corrió inmediatamente en busca de Archer. Los uniformes de los chicos eran iguales a los de las chicas. La camiseta de Archer se ajustaba a su cuerpo y marcaba unos pectorales mucho más definidos de lo que hubiera imaginado, tratándose de un chico delgado. Intenté apartar la mirada y disimular la pequeña chispa de celos que sentí cuando Archer le dio a Elodie un beso rápido en los labios.

Me saludó con la mano una chica pelirroja y alta.

—¡Hola, Sophie!

Le devolví el saludo, preguntándome quién diablos era. Entonces me acordé: Beth, la licántropo. Me caía mucho mejor ahora que no estaba babeando sobre mí. Me hizo gestos de que me acercara, pero antes de que pudiera moverme una voz nasal interrumpió el parloteo de los alumnos.

—¡Muy bien, chicos!

La Vandy avanzó entre la multitud. Iba vestida con el mismo uniforme que nosotros. Sus tatuajes saltaban a la vista: eran de color rojo fuerte y el contraste con su piel blanca y fofa los hacía parecer más brillantes todavía.

La Vandy llevaba el cabello recogido con su omnipresente dona. Sus ojos pequeños y oscuros como los de los puercos examinaban a la multitud. Incluso a distancia se le notaba en la cara que estaba tensa y nerviosa, como si deseara que alguien la desafiase para poder aplastarlo como a un insecto.

En resumen: daba un miedo de muerte.

—¡Atención! —espetó con su aguda voz. Tenía el mismo acento sureño que la señora Casnoff, pero en su caso no sonaba suave y armonioso sino áspero.

»Estoy segura de que los otros maestros ya les han explicado que las clases de Historia de la magia, Clasificación de vampiros y Cuidados personales de los licántropos —vi cómo unos pocos chicos, Justin entre ellos, se erizaban al escuchar la palabra licántropo— son más importantes que ésta. Pero díganme: ¿creen que esas asignaturas los ayudarán cuando les ataquen los humanos o las Brannick o, peor aún, un miembro del Ojo? ¿Creen que los libros acudirán en su ayuda cuando L´Occhio di Dio llame a su puerta?

Supongo que no nos vio lo suficientemente impresionados, porque la Vandy se hinchó de rabia y su dedo estuvo a punto de perforar el sujetapapeles que tenía frente a ella cuando señaló uno de los nombres de la lista.

—¡Mercer! ¡Sophie! —gritó.

Mascullé entre dientes una palabrota y levanté la mano.

—Eh, aquí, yo.

—¡Venga usted aquí!

La Vandy me tiró del brazo y me arrastró hasta que me tuvo frente a ella.

—Bien, señorita Mercer, según esta lista, éste es su primer curso en Hécate. ¿Es eso correcto?

—Sí.

—¿Sí qué?

—Eh, sí, señora.

—Parece ser que está usted aquí porque hizo un hechizo de amor. ¿El hechizo era para usted o era para entablar amistad con un humano, señorita Mercer?

El grupo se rió por lo bajo. Sentí que acababa de ponerme roja como un tomate. ¡Cómo odiaba tener la piel tan blanca!

Al parecer, ésa era una pregunta retórica y la Vandy no me dio tiempo a responder. Se dio la vuelta y se arrodilló junto a una bolsa de lona. Cuando se incorporó, llevaba una estaca de madera en la mano.

—¿Cómo se defendería usted de esto, señorita Mercer?

—Soy una bruja —respondí automáticamente. Otra vez, murmullos y risitas entre la multitud. Me pregunté si Archer se estaría riendo también, pero luego pensé que prefería no saberlo.

—¡Así que es usted una bruja! —dijo la Vandy—. ¿Y eso qué importa? ¿Acaso no la mataría a usted un pedazo de madera puntiagudo si se lo clavaran en el corazón?

«Estúpida, estúpida, estúpida», me dije.

—Ehh... sí, supongo que sí.

La Vandy sonrió. Era una de las sonrisas más perturbadoras que había visto en mi vida. Estaba claro que el bichito al que quería aplastar ese día era yo.

Se apartó de mí y deslizó su mirada por el grupo de alumnos. Entonces entornó los ojos y dijo:

—Señor Cross.

«Dios Santo. No, por favor, por favor, por...»

Archer se abrió paso entre la gente y se quedó junto a la Vandy, con los brazos cruzados sobre el pecho. El pelo de Archer brilló a la luz del sol que llegaba a través de las ventanas. No era tan negro como me había parecido en un primer momento, sino del mismo tono castaño oscuro de sus ojos.

La Vandy se acercó a mí y me dio la estaca.

No sé cómo serán las estacas que usan normalmente los caza-vampiros, pero aquélla era bastante miserable. Estaba hecha de madera barata y me raspaba la piel. No me sentía cómoda con ella, así que dejé que colgara a un lado. Pero la Vandy me cogió del codo y colocó mi brazo en posición de ataque, lista para atravesarle el pecho a Archer.

Lo miré y me di cuenta de que hacía esfuerzos por no reírse. Tenía los ojos llenos de lágrimas y apretaba la boca con fuerza.

Apreté la estaca en mi mano. Tal vez no fuera mala idea clavarle aquella estaca en el corazón, después de todo.

—Señor Cross —dijo la Vandy, sonriendo con dulzura—. Hágame el favor de desarmar a la señorita Mercer con la técnica nueve.

Archer se puso serio de repente.

—No hablará en serio.

—Lo hace usted o lo hago yo.

11

Durante un segundo creí que Archer volvería a negarse, pero me miró y murmuró:

—De acuerdo.

—¡Excelente! —gritó la Vandy—. Ahora, señorita Mercer, ataque al señor Cross.

La miré fijamente. En mi vida había blandido ni un matamoscas, y esa mujer esperaba que arremetiera contra un chico con un palo de madera afilado.

—¿Cree que podría hacerlo antes de que se ponga el sol? —preguntó la Vandy con una sonrisa helada.

Me encantaría contarles que ése fue el momento en que descubrí a la princesa guerrera que llevo en mi interior y que salté sobre Cross como toda una experta, mostrando los dientes y blandiendo mi arma. Hubiera sido fantástico. Pero la verdad es que levanté la estaca a la altura del hombro y avancé dos o tres pasos arrastrando los pies.

Entonces, unos dedos me atornillaron la garganta. Solté la estaca y sentí en el muslo derecho un dolor como si acabaran de darme una puñalada. Al caer al suelo, me di un golpe tan fuerte que me dejó sin aliento. Y por si acaso todavía me quedaba un hilillo de aire en los pulmones, acto seguido algo duro y pesado que parecía una rodilla me aplastó el esternón. La punta de la estaca me arañó la piel debajo del mentón y la cara de Archer apareció sobre la mía. Lo único que pude hacer cuando él se apartó de mí fue girar sobre mí misma, llevarme las rodillas al pecho y rogar que el oxígeno volviera al interior de mis pulmones.

—¡Muy bien! —dijo la Vandy sabe Dios desde dónde. Literalmente, yo veía las estrellas. Con cada nueva bocanada de aire respiraba vidrios rotos.

Lo bueno de todo aquello fue que Archer dejó de gustarme. Supongo que es normal que el romance se vaya al diablo si el chico que te gusta te clava un rodillazo en la caja torácica.

Después sentí que unas manos me cogían de las axilas y me ayudaban a ponerme en pie.

—Lo siento mucho —murmuró Archer.

Lo miré con odio. Todavía tenía la garganta hinchada y amoratada, de modo que no le contesté. No me sentía capaz de emitir ninguna palabra, y mucho menos la clase de palabras que deseaba decirle a Archer en esos momentos.

—Bien —dijo la Vandy, alegremente—. El señor Cross nos ha mostrado una técnica excelente, aunque yo hubiera aplicado más fuerza sobre el pecho del oponente.

Archer hizo un débil movimiento afirmativo con la cabeza. Me pregunté si con eso estaba tratando de decirme que había aceptado poner en práctica la técnica porque en caso de que lo hubiera hecho la Vandy, habría sido mucho peor. Pero poco me importaba eso. Todavía estaba enojada con él.

—Y ahora, señor Cross, la habilidad cuatro —dijo la Vandy.

Pero, esta vez, Archer meneó la cabeza:

—No.

—Señor Cross —repitió la Vandy amenazadoramente, pero Archer tiró la estaca a sus pies. Me imaginé que la Vandy lo destriparía, lo apalearía o, al menos, lo amonestaría. Pero en lugar de eso, cogió la estaca del suelo, me la dio a mí y recuperó su dura sonrisa.

Yo estaba segura de que acabaría vomitando. ¿No había otro novato al que torturar? Eché un vistazo a mi alrededor y vi que muchos de mis compañeros me miraban con cara de solidaridad. También con alivio. Después de todo, se habían librado de ser aplastados por la Vandy.

—Muy bien. Miren y aprendan, señores. Ésta es la habilidad cuatro. Señorita Mercer, atáqueme.

Me quedé inmóvil, mirándola fijamente.

La profesora apretó los labios irritada. Y luego, sin previo aviso, impulsó su mano hacia adelante con la intención de atraparme. Pero esta vez no me tomó desprevenida; estaba furiosa y herida. Sin pensar en lo que hacía, levanté la pierna y le di una fuerte patada.

«Eso le habrá dolido.»

Estampé violentamente la suela de mi calzado deportivo sobre el pecho de la mujer. Me parecía imposible que aquél fuera mi pie. Tenía que ser el pie de otra persona, porque yo nunca le había dado una patada a nadie y mucho menos a un profesor.

Pero no. El pie era mío y le había dado a la Vandy en todo el pecho y la había tumbado sobre la colchoneta azul, no muy lejos del sitio en el que antes me habían tumbado a mí.

Oí cómo los cincuenta estudiantes contenían la respiración al unísono y luego soltaban el aire en un gemido colectivo.

Y entonces reaccioné: lo que acababa de hacer era grave, muy grave. Me puse de rodillas y le tendí la mano a la Vandy.

—Oh, Dios mío. Yo... yo no quise...

La Vandy rechazó mi ayuda y se puso en pie. Las aletas de la nariz estaban a punto de estallarle.

—Señorita Mercer —dijo, respirando pesadamente, como un toro—, deme una razón para no castigarla durante todo el mes.

Mi boca se movió, pero no salió ningún sonido. Entonces, recordé las benditas palabras de Elodie.

—Me gustan sus tatuajes.

A mi alrededor la clase lanzó un suspiro de sorpresa; parecía un globo que perdía aire.

La Vandy inclinó la cabeza y entornó los ojos.

—¿Qué ha dicho?

—Que me gustan sus tatuajes, la tinta. Sus, ya sabe, sus tatuajes. Están increíbles.

Aunque nunca había visto a nadie con un aneurisma, me pareció que la Vandy estaba a punto de sufrir uno. Me puse nerviosa y miré entre la multitud. Mis ojos se encontraron con los de Elodie, que sonreía burlonamente. En ese momento supe que acababa de cometer un grave error.

—Espero que no haya planeado nada para su tiempo libre en Hécate, señorita Mercer —dijo la Vandy—. Queda usted castigada por el resto del semestre. Tareas de almacén.

¡El resto del semestre! Sacudí la cabeza sin podérmelo creer. No sabía de nadie al que lo hubieran castigado dieciocho semanas. ¿Y qué demonios significaban las tareas de almacén?

—Vamos —dijo alguien. Era Archer, que miraba fijamente a la Vandy—. Ella no sabe nada. No la han criado como a nosotros.

La Vandy se apartó de la frente un mechón de pelo.

—¿En serio, señor Cross? ¿Le parece que el castigo a la señorita Mercer es injusto?

Archer no contestó, pero asintió con la cabeza.

—De acuerdo, perfecto. Pues lo compartirá con ella.

Elodie chilló. Eso me gustó.

—Ahora, quiero que se esfumen de mi gimnasio y vayan a presentarse ante la señora Casnoff —ordenó la Vandy, frotándose el pecho.

Antes de que la Vandy terminara de hablar, Archer ya estaba en la puerta. Yo tardé en reaccionar porque todavía me sentía aturdida, por no decir malherida. Me acerqué hasta la salida cojeando y tratando de esquivar las miradas de Chaston y de Elodie.

Archer caminaba delante de mí. Me costó mucho alcanzarlo.

—¿«Me gusta su tinta»? —gruñó, cuando estuve cerca de él—. Como si no tuviera ya suficientes motivos para odiarte.

—Disculpa, ¿tú estás enojado conmigo? ¿Tú? Oye, fui yo quien casi termina con el espinazo fracturado. A ver si te tranquilizas.

Archer se frenó tan de golpe que tuve que retroceder tres pasos para ponerme a su lado.

—Si te hubiera tocado la Vandy, ahora estarías en la enfermería. Disculpa que te haya salvado el pellejo, una vez más.

—No necesito que me salven el pellejo —contraataqué, roja de furia.

—De acuerdo —dijo. Siguió caminando. Pero entonces me acordé de algo que acababa de decir.

—¿Por qué has dicho que la Vandy tiene motivos para odiarme?

Archer no aminoró la marcha, de modo que corrí a su lado.

—Fue tu padre quien le hizo esos tatuajes.

Lo aferré del codo, pero mis dedos se resbalaron sobre la piel sudada.

—¿Cómo?

—Esas marcas indican que ha sufrido una extracción. Son un símbolo de que metió la pata, no un símbolo de orgullo. ¿Por qué demonios tuviste que...?

Se frenó. Yo lo estaba fulminando con la mirada.

—Ha sido Elodie —murmuró.

—Sí. Esta mañana tu novia y sus amigas me dieron una información muy útil sobre la Vandy.

Suspiró y se frotó la nuca. La camiseta se le ajustó todavía más al pecho. Aunque no es que me importara.

—Mira, la cuestión con Elodie es que...

—No sigas —dije, levantando una mano—. ¿Cómo está eso de que mi padre le hizo los tatuajes?

Archer me miró, incrédulo.

—¡Vaya!

—¿Qué?

—De verdad no lo sabes.

Nunca antes había sentido mi presión sanguínea, hasta ese momento. Era la misma sensación que cuando hacía magia, sólo que acompañada de furia homicida.

—¿Qué es lo que no sé?

—Tu padre es el jefe del Concilio. O sea, el hombre que nos ha enviado a todos aquí.

12

Al oír las palabras de Archer, hice algo que no había hecho en toda mi vida: montar un drama. Es decir, me eché a llorar, y no con lágrimas de trágica y poética belleza, sino con la cara enrojecida y llena de mocos.

Siempre he tratado de no llorar en público, especialmente si entre el público hay un chico del cual estoy enamorada perdidamente y que además ha tratado de asfixiarme de un rodillazo. Pero, por alguna razón, descubrir que todavía había más cosas sobre las que no tenía ni idea me sacó de mis casillas.

Archer no pareció escandalizarse ante mi rabieta, lo que hablaba bastante bien de él. Estiró los brazos con la intención de abrazarme o de darme una bofetada, pero antes de que tuviera oportunidad de consolarme o cometer un nuevo acto de violencia contra mi persona, di media vuelta y salí corriendo. Por lo visto, no había tenido suficiente con los llantos. Así que para darle más intensidad al momento dramático, corrí y corrí a través de la hierba. Creo que quedé bastante mal con Archer, pero en esos momentos me daba igual. Me ardía el pecho y sentía la garganta irritada a causa de las lágrimas y también por un principio de asfixia. No podía dejar de pensar en lo idiota que era.

No sabía nada de nada sobre hechizos de defensa.

No sabía nada de nada sobre tatuajes.

No sabía nada de nada sobre esos estúpidos y malvados y enormes ojos italianos.

No sabía nada de nada sobre mi padre.

No sabía cómo ser una bruja.

No sabía nada, «no sé nada, no sé nada».

Perdí la noción del tiempo. Cuando llegué al estanque del fondo de la escuela me temblaban las piernas y me dolía el pecho. Entre los llantos y la carrera, me había quedado sin aliento. Me senté en un pequeño banco de piedra junto a la orilla del agua sin darme cuenta de que estaba cubierto de musgo. El contacto de mi piel contra el musgo recalentado por el sol me produjo un ligero ardor.

Me quedé bastante rato en la misma posición: con los codos sobre las rodillas y la cabeza entre las manos, sintiendo cómo el aire raspaba el interior de mis pulmones. Mi frente chorreaba sudor; las gotas caían sobre mis muslos. Además, me sentía un poco mareada.

Estaba enojada con todo el mundo. Me parecía comprensible que mamá se hubiera muerto de miedo al enterarse de que papá era un hechicero. Pero ¿por qué no me había permitido nunca hablar con él? No me hubieran venido mal un par de consejos sobre la Vandy. Ya saben a qué me refiero, un simple consejo amistoso del tipo «por cierto, tu profe de educación física me odia a muerte, así que te odia a ti también. Que tengas suerte».

Me recosté sobre el banco, refunfuñando. La piedra caliente rozó mi brazo desnudo y me reincorporé de un salto. Sin pensar mucho en lo que hacía, apoyé la mano sobre la piedra y pensé: «Cómodo». Mi dedo índice expulsó una pequeña chispa plateada. Inmediatamente, el banco empezó a ondularse y estirarse hasta transformarse en una *chaise longue* aterciopelada con un estampado de cebra de color rosa fuerte. Sospecho que Jenna estaba influyendo bastante en mis gustos.

Me acomodé en mi nuevo y confortable asiento. Un agradable

zumbido me recorría el cuerpo. Desde mi llegada a Hécate no había hecho magia, así que se me había olvidado lo bien que solía sentirme incluso tras practicar los hechizos más insignificantes. No podía crear cosas de la nada —pocas brujas podían hacerlo y, de todos modos, para ello se necesitaba una magia muy oscura—, pero sabía cómo transformar los objetos.

Apoyé una mano sobre mi pecho y convertí el uniforme de gimnasia que llevaba puesto en una camiseta sin mangas de color blanco y unos pantalones cortos de color caqui. Después apunté con el dedo índice hacia la orilla del estanque y una espiral de agua se elevó y giró hasta formar un vaso de té helado que quedó flotando frente a mis ojos.

Me tumbé sobre el respaldo de la *chaise longue* y bebí un sorbo de té. Estaba muy satisfecha de mí misma y con una leve sensación de borrachera por la magia. Bien, era una perdedora, pero una perdedora de las que hacían magia.

Me tapé los ojos con el brazo cubierto de sudor y me dediqué a escuchar el trinar de los pájaros y el suave golpeteo del agua sobre la orilla del lago. Aunque fuera por un instante, me olvidé de que estaba metida en un lío muy serio.

Bajé el brazo y giré la cabeza en dirección al lago. En la otra orilla había una chica de pie. El estanque era estrecho y se la veía con claridad: era el fantasma vestido de verde que había visto el primer día. Me miraba fijamente, otra vez.

Eso era más que aterrador. Levanté la mano y la saludé sin demasiada convicción. Ella también levantó la mano. Después, desapareció. No se esfumó lentamente como el fantasma de Isabella, sino que en un instante estaba allí, y al siguiente ya no.

—Curiorífico y rarífico —dije. El silencio a mi alrededor hizo que mi voz sonara demasiado fuerte. Me asusté un poco.

Mi buen humor se fue disipando al mismo tiempo que el halo del hechizo. Al poco rato estaba vestida otra vez con el uniforme. Me pareció raro, pues mis hechizos solían durar más tiempo. La silla se endureció y calculé que en cinco minutos estaría sentada de nuevo sobre piedra mohosa.

Volví a pensar en mis padres y en su aparente inclinación a la mentira. Entre los dos me habían metido en un tremendo lío, así que tenía derecho a odiarlos. Aunque eso no era lo más trágico del asunto. Lo más trágico era comprobar que mi peor pesadilla se estaba haciendo realidad: una cosa es que te sientas diferente de los demás cuando no te queda más remedio, ya que en efecto eres diferente; y otra cosa es ser una marginada entre los marginados.

Suspiré y me tumbé sobre la *chaise longue*, que comenzaba a cubrirse de musgo en un costado. Cerré los ojos.

—Sophie Alice Mercer, eres un fenómeno entre fenómenos —murmuré.

—¿Disculpa? —dijo una voz.

Abrí los ojos. Frente a mí flotaba una silueta humana. Tenía el sol a su espalda, por lo que no era más que un bulto negro, pero era imposible no identificar ese moño: era la señora Casnoff.

—¿Estoy en problemas? —pregunté, sin levantarme.

Me pareció que la señora Casnoff me sonreía, pero probablemente fuera una alucinación producto del calor. Puso una mano en mi hombro e hizo que me sentara sobre el asiento.

—Según el señor Cross, tiene trabajo en el almacén, así que yo diría que sí que está en problemas. Pero eso no es asunto mío sino de la señora Vanderlydeu.

Al ver mi *chaise longue* de color rosa hizo una mueca de desagrado. Apoyó la mano en el respaldo y, tras una lluvia de chispas rosa, transformó mi hechizo en un respetable diván azul moteado de grandes flores.

—Así está mejor —dijo, secamente. Se sentó a mi lado—. Ahora, Sophie, ¿podrías decirme qué haces en el estanque en lugar de estar en clase?

—Tengo angustia adolescente, señora Casnoff —respondí—. Tengo que, ya sabe, escribir en mi diario íntimo y cosas así.

Resopló delicadamente.

—El sarcasmo es una cualidad que no queda bien en las chicas, Sophie. No he venido hasta aquí para que me hables de tus aflicciones sino para que me digas la verdad.

Le eché un vistazo. Estaba perfectamente vestida con su traje de lana color marfil. (¡Sí, lana! ¡Con aquel calor! Aquella mujer tenía problemas serios.) Suspiré. Si mi madre, que era súper linda, no podía conmigo, ¿qué ayuda podía ofrecerme aquella magnolia de acero de peinado embalsamado?

Aun así, me encogí de hombros y se lo conté todo.

—No sé nada sobre las brujas. Todos los que están aquí han crecido entre hechiceros menos yo. Es una mierda.

Su boca hizo esa mueca de disgusto otra vez. Pensé que me regañaría por la palabra «mierda» pero, en lugar de ello, me dijo:

—El señor Cross me ha contado que no sabías que tu padre es el jefe del Concilio.

—Es cierto.

—Desconozco por qué tu padre no te lo ha contado, pero imagino que tendrá sus razones. Además, tu presencia aquí es muy delicada —dijo. Se quitó una pelusilla de la ropa.

—¿Qué significa eso?

Se tomó un largo rato antes de contestar. Finalmente, me cogió las manos entre las suyas. Pese al calor tenía la piel seca y fría y su textura era parecida a la del papel. La miré a la cara y noté que era más mayor de lo que yo creía. Alrededor de los ojos tenía toneladas de delgadas arrugas.

—Acompáñame a mi despacho, Sophie. Tenemos que hablar de ciertas cosas.

13

El despacho de la señora Casnoff quedaba en la primera planta, más allá de la sala de sillas quebradizas. Me fijé en que habían cambiado las sillas viejas por otras de aspecto macizo y que los sillones mohosos habían sido retapizados con una alegre tela de rayas amarillas y blancas.

—¿Cuándo han cambiado los muebles?

—No los hemos cambiado. Es un hechizo de percepción —dijo la señora Casnoff, mirando por encima del hombro.

—¿Perdone?

—Ésta fue una de las ideas de Jessica Prentiss. Los muebles de la casa reflejan el estado de ánimo de quien los contempla. Así podemos saber cómo te sientes en la escuela por lo que ves.

—¿O sea que los muebles feos los imaginé yo?

—En cierta forma.

—¿Y el exterior de la casa? No se ofenda, pero se ve muy asqueroso.

La señora Casnoff rió.

—No, el hechizo sólo funciona en las salas comunes de la casa, como las zonas de descanso o las clases. Hécate tiene que mantener un aire amenazador, ¿no te parece?

Al llegar a la puerta del despacho me di la vuelta y eché un último vistazo a las sillas. Ahora brillaban y oscilaban un poco, como el calor que se eleva de una carretera en un día de sol.

Era raro.

Pensaba que la señora Casnoff tenía la habitación más grande y magnífica de la casa. No sé, un sitio lleno de libros viejos, muebles de roble antiguo y ventanas desde el suelo hasta el cielorraso. Pero era una pequeña habitación sin ventanas que apestaba a perfume de lavanda y a algo más —algo amargo— que no tardé en reconocer como té. Sobre el escritorio, que en realidad era una mesita simple de madera, comenzaba a hervir el agua en una tetera eléctrica.

Había bastantes libros, pero estaban apilados contra las paredes formando hileras verticales. Traté de leer los títulos, pero los que no estaban borrados por el paso del tiempo, estaban escritos en lenguas que no conocía.

La única pieza de mobiliario del despacho de la señora Casnoff que cumplía remotamente mis expectativas era la silla. Más que una silla, diría que era un trono alto, pesado, cubierto de terciopelo púrpura. La silla al otro lado del escritorio era como quince centímetros más baja. Al sentarme, me sentí como si volviera a tener seis años. Supongo que de eso se trataba.

—¿Quieres té? —preguntó, después de sentarse con toda corrección en su trono purpúreo.

—Claro.

Me sirvió el té y, sin preguntarme, le añadió la leche y el azúcar. Nos quedamos unos instantes en silencio.

Tomé un sorbo de la taza. Tenía el sabor exacto del té que me preparaba mi madre los días lluviosos de invierno. Días que pasábamos acomodadas en el sofá leyendo o conversando. El sabor familiar me reconfortó e hizo que me relajara un poco. Creo que también eso era intencionado. Miré a la señora Casnoff.

—¿Cómo ha sabido que...?

—Soy una bruja, Sophie.

111

Fruncí el ceño. No soporto que me manipulen. Es algo que ocupa el primer puesto entre las cosas que odio, junto a las serpientes y alguna cantante pop de moda.

—Así que sabe un hechizo para conseguir que el té sepa a té.

La señora Casnoff bebió un sorbo de su taza; me pareció que trataba de contener la risa.

—Este hechizo es un poco más complicado. —Señaló la tetera—. Ábrela.

Me incliné hacia adelante y la abrí.

Estaba vacía.

—Tu bebida favorita es el té irlandés de tu madre. Si hubiera sido la limonada, habrías tenido limonada. Si hubiera sido chocolate caliente, lo mismo. Es un hechizo de confort básico, muy útil para hacer sentir a gusto a la gente. Tú estabas verdaderamente cómoda antes de que tu suspicacia natural te obligara a comenzar a hacerte preguntas.

Vaya. Aquella mujer era buena. Nunca se me hubiera ocurrido un hechizo multipropósito. Pero ni muerta iba a dejar que se me notara lo impresionada que estaba.

—¿Y si mi bebida favorita hubiera sido la cerveza? ¿Me habría dado una jarra helada?

Levantó los hombros de un modo demasiado elegante para decir que los encogió.

—Probablemente me hubiera bloqueado.

Se levantó para sacar una cartera de piel de entre una pila de carpetas y se sentó otra vez en su trono.

—Sophie, cuéntame qué es lo que sabes exactamente sobre tu familia.

Apoyó la espalda contra el respaldo de su silla y cruzó un tobillo sobre el otro, como si tratara de ser la mujer más informal del mundo.

—No sé mucho —dije con cautela—. Mi madre es de Tennessee y mis abuelos murieron en un accidente de coche cuando ella tenía veinte años.

—No me refería a esa rama de la familia —dijo la señora Cas-noff—. ¿Qué sabes de tu familia paterna?

La señora Casnoff no disimuló su impaciencia. Tuve la sensación de que de mi respuesta dependían cosas muy importantes.

—Lo único que sé es que mi padre es un hechicero llamado James Atherton. Mamá lo conoció en Inglaterra y le dijo que había crecido allí, pero no tiene ni idea de si eso era verdad o no.

La señora Casnoff suspiró y empezó a revolver la cartera de piel. Se llevó las gafas a la frente y murmuró:

—Veamos, acabo de ver... Oh, sí, aquí está.

Se inclinó hacia la cartera, pero de pronto dejó de buscar y se me quedó mirando.

—Sophie, es fundamental que lo que hablemos aquí quede entre nosotras. Tu padre me dijo que compartiera esto contigo cuando lo considerase adecuado y ha llegado la hora.

Asentí con la cabeza. ¿Qué otra cosa se puede hacer en una situación semejante?

A la señora Casnoff le bastó con aquel gesto afirmativo. Sacó una fotografía en blanco y negro de la cartera y me la pasó. Una mujer de cabello claro, quizá rubio o pelirrojo, pocos años mayor que yo, miraba al frente. Sonreía, aunque la suya era una sonrisa forzada y expresaba una profunda tristeza. A juzgar por el modo en que iba vestida —con un vestido oscuro y vaporoso que se le enroscaba en las pantorrillas, como si una brisa lo estuviera moviendo—, la fotografía había sido tomada en los años sesenta. A su espalda se levantaba el edificio de Hécate. Alguna vez los postigos habían sido blancos. Me fijé en sus grandes ojos claros y muy separados. Me resultaban familiares. Había visto esos mismos ojos en la única foto que tenía de mi padre.

—¿Quién...? —Se me quebró un poco la voz—. ¿Quién es?

La señora Casnoff me miraba fijamente.

—Esta es tu abuela —dijo sirviéndose otra taza de té—. Lucy Barrow Atherton.

Mi abuela. Sentí que se me cortaba la respiración y clavé mi mirada en la foto, tratando desesperadamente de encontrarme a mí misma en ella. Aquella mujer y yo no nos parecíamos en nada. Ella tenía pómulos filosos y altos y yo tengo una cara más bien redonda. Su nariz era más larga y sus labios, mucho más delgados.

—¿Estuvo aquí? —pregunté.

La señora Casnoff se subió las gafas y asintió con la cabeza.

—De hecho, Lucy creció aquí, antes de que Hécate fuera una escuela. Creo que esta foto es apenas posterior al nacimiento de tu padre.

—¿Usted llegó a conocerla?

La señora Casnoff hizo un gesto de negación.

—Me temo que eso fue antes de mi llegada. Pero la conocen muchos Prodigium. Tiene una historia muy peculiar.

Hacía dieciséis años que no paraba de preguntarme quién era yo y ahora estaba frente a frente con la respuesta.

—¿Por qué?

—El día que llegaste te conté la historia de los Prodigium, ¿recuerdas?

Claro que lo recordaba, habían pasado sólo dos semanas. Pero, por una vez, no recurrí al sarcasmo.

—Claro. Los ángeles, la guerra contra Dios...

—Exacto. En tu familia, no hubo casos de personas con poderes hasta el año 1939, cuando tu bisabuela Alice cumplió diecisiete años.

—Creía que las brujas nacían con poderes. Mamá dice que sólo los vampiros nacen como humanos.

La señora Casnoff asintió.

—Generalmente es así. Sin embargo, siempre hay algún humano singular dispuesto a cambiar su destino. En general, encuentran un libro de hechizos o un encantamiento especial o cualquier otra cosa que los ponga en contacto con lo divino, con lo místico. Muy pocos sobreviven al proceso. Tu bisabuela se encuentra entre ellos.

Como no supe qué decir, tomé un sorbo de té. Se había enfriado y el azúcar se había posado en el fondo de la taza. Tenía aspecto de jarabe.

114

—¿Cómo lo hizo?

La señora Casnoff suspiró.

—Lamentablemente, eso es algo que escapa a mi conocimiento. Tampoco quedan personas que puedan dar testimonio de lo que pasó, si es que Alice llegó a hablar con alguien sobre su experiencia. Todo lo que yo conozco acerca de la historia de tu bisabuela es porque lo he ido recogiendo de distintas fuentes. Al parecer entabló relación con una bruja muy desagradable llamada Thorne que trataba de aumentar sus propios poderes con ayuda de la magia negra, que está prohibida por el Concilio desde el siglo XVII. No se conoce con exactitud el origen del vínculo de Alice con la señorita Thorne, ni si Alice sabía nada de la naturaleza de aquella mujer. Lo cierto es que el hechizo transformó a Alice.

—Espere un momento. ¿Ha dicho que la señorita Thorne usaba magia negra?

La señora Casnoff asintió con la cabeza.

—Sí. Una magia terriblemente peligrosa, por cierto. Alice tuvo suerte de que no la matara. La señorita Thorne no fue tan afortunada.

De pronto me sentí como si acabara de tragarme una hielera y se me hubiera helado el estómago. Aunque parezca contradictorio, me caían chorros de sudor por la frente.

—O sea, que mi bisabuela se transformó en bruja por medio de la magia negra, la más peligrosa del mundo.

La señora Casnoff volvió a asentir. Me miraba fijamente.

—Tu bisabuela era una aberración, Sophie. Siento tener que decírtelo así, pero es la palabra que más se le ajusta.

—¡Vaya! —Mi voz sonaba ronca y me aclaré la garganta—. ¿Qué fue de ella?

La señora Casnoff suspiró de nuevo.

—La confinaron en un manicomio hasta que un miembro del Concilio la encontró por casualidad y la trajo a Hécate junto con tu abuela Lucy.

Eché otro vistazo a la foto.

—¿Con mi abuela?

—Sí. Alice estaba embarazada cuando la encontraron. Esperaron a que diera a luz y las trajeron.

Se sirvió otra taza de té con un gesto de concentración; el mismo gesto de concentración que se esperaría de un cirujano que estuviera operando un cerebro.

—¿Y qué pasó entonces? —pregunté. Tenía la sensación de que la señora Casnoff no quería contarme más cosas sobre aquella historia.

—Alice no se adaptó bien a su transformación —dijo, sin mirarme—. Después de pasar tres meses en Hécate, se las arregló para escapar. Nadie sabe cómo lo hizo. Tenía a su disposición magia muy poderosa. Luego...

La señora Casnoff interrumpió sus palabras con otro sorbo de té.

—¿Después qué? —repetí.

Levantó los ojos hacia mí.

—*L'Occhio di Dio* la ejecutó.

—¿Cómo sabe que...?

—Tienen una manera muy particular de deshacerse de nosotros —respondió con sequedad—. En todo caso, había dejado a Lucy aquí, y el Concilio se encargó de estudiarla.

—¿En plan experimento científico?

Creo que mi tono de voz sonó bastante exaltado. Pero es que estaba más que asustada.

—Los poderes de Alice superaban todo lo conocido hasta ese entonces. Es el Prodigium más poderoso del que tengamos noticia, de modo que para el Concilio era fundamental saber si le había transmitido a su hija mitad humana todo ese poder.

—¿Se lo había transmitido?

—Sí. Y ella se lo transmitió a tu padre.

Sus ojos se encontraron con los míos.

—Y tu padre a ti.

14

Después de nuestra pequeña reunión, la señora Casnoff me dio el resto de la tarde libre para que pudiera reflexionar sobre «lo que había aprendido». Pero no me veía capaz de reflexionar, así que subí a la tercera planta. En un hueco del pasillo había un banco con teléfonos rojos para uso de los alumnos.

Los alumnos de Hécate tenían distintas formas de comunicarse con sus familias. Los vampiros usaban la telepatía, aunque Jenna no llamaba mucho a casa; los metamorfos tenían una especie de instinto de manada; las hadas se comunicaban por medio del viento y los insectos voladores (justo esa misma mañana había visto a Nausicaa hablando con una libélula); las brujas y los hechiceros teníamos supuestamente a nuestra disposición un montón de hechizos de comunicación, como por ejemplo hacer que nuestras palabras aparecieran escritas en las paredes o bien usar gatos como canales de voz, pero yo no conocía ninguno de aquellos hechizos. Además, sólo eran útiles entre magos, y dado que mamá era humana, nada mejor que la comunicación tradicional.

Levanté el teléfono. El contacto de la superficie arenosa del auricular con mi mano sudada me dio un escalofrío.

Mi madre atendió la llamada en seguida.

—Mi padre es el jefe del Concilio —dije, antes de que mi madre pudiera decir hola.

La oí suspirar.

—Ay, Sophie, habría querido decírtelo.

—Pero no lo hiciste —dije. Tenía un nudo en la garganta.

—Sophie...

—No me dijiste nada.

Me ardían los ojos. Mi voz sonaba varios tonos más grave.

—No me dijiste nada de mi padre ni me dijiste que es posible que yo sea, ya sabes, la bruja más poderosa de todos los tiempos. No me dijiste que papá fue el que... el que me sentenció a estar aquí.

—No tuvo elección —dijo mamá. Sonaba cansada—. ¿Qué crees que hubieran pensado los otros Prodigium si hubiera hecho una excepción con su hija?

Me limpié la mejilla con el dorso de la mano.

—Vaya, pues tienes razón, no me gustaría hacerle quedar mal —dije.

—Cariño, llamaré a tu padre y arreglaremos esta...

—¿Por qué no me dijiste que hay gente que quiere matarme?

Mamá respiró entrecortadamente.

—¿Quién te ha dicho eso? —Mi madre sonaba ahora más enojada que yo.

—La señora Casnoff —respondí.

Durante la conversación en su despacho, la señora Casnoff me había explicado que uno de los motivos de mi encierro en Hécate era que querían mantenerme a salvo. «No puedes culpar a tu padre, —había dicho— *L´Occhio di Dio* mató a Lucy en 1974, y tu padre sufrió muchos atentados. Consiguió mantener tu existencia en secreto durante quince años, pero ahora es cuestión de tiempo hasta que *L´Occhio* sepa de ti, y cuando esto suceda estarás indefensa, a no ser que tengas protección y te mantengas lejos del mundo.» «¿Y qué hay de esas irlandesas?», había preguntado yo. Los ojos de la señora Casnoff habían esquivado los míos. «Las Brannick no son un motivo de preocupación», me había contestado. Sabía que estaba mintiendo, pero me sentía demasiado afligida para hacérselo saber.

—¿Es cierto? —le pregunté a mi madre—. ¿Mi padre me encerró aquí porque corro peligro?

—Quiero que me pases con la señora Casnoff ahora mismo —dijo mi madre, sin contestar a mi pregunta. En su voz había mucha rabia y también mucho miedo.

—¿Es cierto? —repetí.

No me contestó.

—¿Es cierto? —grité.

En alguna parte del pasillo se abrió una puerta. Miré por encima de mi hombro y vi que Taylor se asomaba por la puerta. Cuando me vio, meneó la cabeza y cerró la puerta de nuevo.

—Sophie —dijo mamá—, hablaremos de esto cuando vengas a casa en las vacaciones de invierno. No es algo que podamos hablar por teléfono.

—Entonces es verdad —dije, llorando.

Al otro lado de la línea se hizo un silencio tan profundo que pensé que mi madre había cortado. Luego oí un hondo suspiro.

—Ya hablaremos de esto.

Colgué el auricular de un golpe. El teléfono hizo un ruido metálico en señal de protesta. Me dejé caer al suelo, me abracé las rodillas y apoyé la cabeza sobre ellas.

Me quedé en esa posición durante un largo rato, respirando con dificultad y tratando de contener el llanto. Una parte de mí se sentía extrañamente culpable, tal vez por no sentirme orgullosa de ser una bruja invencible. Pero lo cierto es que no estaba orgullosa, para nada. Me parecía perfecto que Elodie y sus amigas disfrutaran con sus hechizos, con su piel brillante y el pelo flotante; yo prefería llevar otra clase de vida. Quizá deseaba abrir una pequeña tetería o una librería de libros de astrología y chakras. Sí, eso sería divertido. Incluso me veía llevando un vestido rojo y vaporoso.

Entonces sentí un escalofrío en la espalda que me hizo interrumpir mis pensamientos. Levanté la mirada; la chica del lago estaba al final del corredor. Por primera vez me di cuenta de que tendría aproximadamente mi edad. La chica frunció el ceño. El vestido verde le flotaba a la altura de los tobillos como si lo agitara una corriente de aire. Antes de que yo pudiera abrir la boca para preguntarle quién era, giró sobre sus talones y se largó. Sus pasos no hacían el menor ruido sobre los escalones de madera.

Otro escalofrío me recorrió el cuerpo: de la coronilla a los pies. Ya sé que no era normal tenerle miedo a los fantasmas en una escuela para monstruos, pero aquello empezaba a pasarse de raro. Era la tercera vez que me topaba con esa chica y tenía la impresión de que me estaba estudiando. Lo que no sabía era por qué.

Me levanté y caminé hacia el pasillo. Antes de llegar al recodo, me detuve. Tenía miedo de encontrarla al otro lado. De que me estuviera esperando.

«¿Qué puede hacerte, Sophie? ¿Decirte *buuu*? ¿Atravesarte? No es más que un fantasma, por el amor de Dios», me dije.

Caminé por el pasillo a toda prisa, conteniendo la respiración, y, de pronto, choqué contra algo muy sólido, que no parecía ser un fantasma. Traté de gritar, pero sólo me salió un resoplido: «Uggh».

Unas manos me ayudaron a ponerme en pie.

—Guau —dijo Jenna, entre risillas.

—Oh, hola —dije, sin aliento a causa del choque, pero bastante aliviada.

—¿Te encuentras bien? —Jenna estudió mi cara con preocupación.

—Ha sido un día largo.

Jenna sonrió.

—Seguro. He oído lo de la Vandy.

Refunfuñé. Entre secretos familiares, asesinos y fantasmas, se me habían olvidado mis problemas más inminentes.

—Ha sido culpa mía, por hacerle caso a Elodie.

—Eso seguro —dijo Jenna, enroscándose en un dedo el mechón

rosado—. ¿Es verdad que te han castigado con trabajos en el almacén durante todo el semestre?

—Sí. Por cierto, ¿de qué se trata ese castigo?

—Es una cosa espantosa —dijo, categóricamente—. Es el sitio donde el Concilio almacena todos los artefactos mágicos rechazados. Un revoltijo que llega hasta el techo. Te harán catalogar toda esa basura. Inténtalo y ya me contarás.

—¿Que intente el qué?

—Todo lo que tienen ahí abajo es basura, pero basura mágica que se mueve. Es imposible catalogarla porque nunca se queda quieta en un mismo sitio.

—Genial —murmuré.

—Cuidado, Sophie. Me parece que la sanguijuela tiene hambre.

Al final del pasillo, a la espalda de Jenna, se encontraba Chaston. Nunca la había visto sin la compañía de Elodie y de Anna. Así que quedaba un poco fuera de sitio.

Chaston sonrió con sorna. Se le notaba que trataba de imitar el comportamiento de Elodie.

—Cierra el pico, Chaston —le dije, irritada.

—De entrante tenemos... bruja —dijo, soltando una carcajada desagradable antes de desaparecer tras la puerta de su dormitorio.

Jenna estaba más pálida que de costumbre. Puede que fuera por un efecto de la luz, pero durante unos segundos me pareció que tenía los ojos enrojecidos.

—Sanguijuela —dijo—. Ése es nuevo.

—Oye —dije, sacudiéndola por los brazos—, no dejes que te hagan sentir mal. Especialmente ella. No vale la pena.

Jenna asintió con la cabeza.

—Tienes razón —dijo, sin dejar de mirar en dirección a la puerta de Chaston—. Oye, ¿vienes a Clasificación de metamorfos?

Negué con la cabeza.

—Casnoff me ha dado la tarde libre.

Gracias a Dios, Jenna no me preguntó por qué.

—Qué bien. Entonces, te veré a la hora de la cena.

Al separarme de Jenna pensé en ir a la habitación y echarme a dormir o leer, pero finalmente decidí ir a la biblioteca. Tal como me había pasado con el resto de la casa, ahora aquella habitación tenía un aspecto mucho menos cochambroso. Las sillas ya no parecían tener hongos dispuestos a comerme; de hecho, resultaban cómodas.

Repasé los estantes durante unos minutos, hasta encontrar lo que andaba buscando.

Se trataba de un libro negro con el lomo agrietado. No tenía título, pero la cubierta llevaba impreso un gran ojo dorado.

Me senté sobre mis piernas en una de las sillas y abrí el libro por sus páginas centrales. Había ilustraciones satinadas: reproducciones de pinturas, casi todas ellas. También había un par de fotografías borrosas en las que se veía el castillo asolado en el que, supuestamente, se ubican los cuarteles centrales de *L'Occhio di Dio*. Pasé las páginas hasta dar con una ilustración que ya había visto antes en los libros de mamá. Era tan espantosa como la recordaba: la bruja de ojos aterrados tumbada de espaldas, el hombre de cabello oscuro curvado sobre ella con el puñal de plata en la mano, el ojo tatuado en el pecho, sobre el corazón.

Pasé las imágenes y leí el texto con detenimiento.

«La sociedad comenzó a funcionar en 1129 y empezó su labor en Francia, como una filial de la Orden de los Caballeros Templarios. Originariamente, los caballeros tenían el encargo de lidiar con el mundo de los demonios, hasta que se trasladaron a Italia y cambiaron su nombre por el de *L'Occhio di Dio*: El Ojo de Dios. El grupo se hizo rápidamente famoso por sus brutales acciones contra toda clase de Prodigium, y por atacar a los humanos que ayudaban a éstos. Muy pronto pasaron de ser caballeros santos a algo no muy distinto de los terroristas. Como sociedad estrictamente secreta, es un grupo de asesinos de élite con un único objetivo: la aniquilación completa de los Prodigium.»

—Vaya, qué bonito —me dije.

Hojeé otras páginas. El resto del libro explicaba la historia de los líderes del grupo y de sus víctimas más notables. Alice Barrow no estaba entre ellas. Pensé que a lo mejor la señora Casnoff había exagerado la importancia de aquella bruja.

Estaba por dejar el libro en su estante, cuando de pronto llamó mi atención una ilustración en blanco y negro que me heló la sangre. Mostraba a una bruja tendida en la cama, con la cabeza a un lado y los ojos vacíos. Junto a su cuerpo había dos hombres de aspecto sombrío. Llevaban abiertas las camisas, lo suficiente para dejar a la vista sus tatuajes. Uno de ellos sostenía un delgado báculo terminado en punta con aspecto de picahielo. El otro aguantaba una jarra con un líquido negro de aspecto sospechoso. Eché un vistazo al pie de la ilustración.

«La extracción del corazón es el método de ejecución preferido por el Ojo, aunque también es conocida su técnica de drenaje de sangre. No se sabe si esta técnica se emplea para luchar contra los vampiros o por alguna otra causa.»

Miré los ojos vacíos de la bruja y un escalofrío me recorrió el cuerpo. En el cuello no tenía marcas de agujeros como las de Holly, pero estaba claro que esos hombres la habían desangrado de algún modo.

Claro que era imposible que algo así sucediera en Hécate. Estábamos en una isla, protegidos por más hechizos de los que cualquiera pudiera imaginar. Era muy difícil que un miembro del Ojo pudiera localizarnos sin ser detectado antes.

Pasé las páginas del libro hacia atrás en busca de algún capítulo que hablara sobre las técnicas del Ojo para superar hechizos protectores, pero todo cuanto pude leer sostenía que el Ojo no usaba la magia sino la fuerza bruta.

Me llevé el libro a escondidas. Más tarde, en la habitación, se lo mostré a Jenna. Creí que le interesaría, pero apenas lo miró. Se dio la vuelta y se metió en la cama.

—*L´Occhio di Dio* no mata de esa manera —dijo, mientras apagaba las luces—. No actúan en secreto ni nada por el estilo. Al contrario, les gusta que se sepa que han sido ellos.

—¿Y tú cómo lo sabes? —pregunté.

Se quedó quieta. Creí que no me contestaría. Pero cuando nos quedamos a oscuras me respondió:

—Porque los he visto.

15

Dos días más tarde empecé a trabajar en el almacén.

Antes que nada, debería de decirles que nunca había estado en un almacén. De hecho, nunca había pensado que alguien pudiera ir a un almacén como no fuera a buscar vino.

Ese almacén en particular era un sitio poco acogedor. Para empezar, el suelo parecía hecho de polvo endurecido, lo cual no era nada agradable. Pese a las altas temperaturas del exterior, allí hacía frío y el aire olía a humedad y a moho. Agreguen a todo esto el alto techo del cual colgaban bombillas desnudas, la ventanilla que daba a la pila de abono orgánico y los infinitos estantes llenos de basura cubierta de polvo y entenderán de inmediato cuán terrible sería estar castigada allí durante todo un semestre. Para empeorar las cosas, la Vandy había decidido ser más malvada si cabe y exigirnos que cumpliéramos nuestro castigo tres noches a la semana, después de la cena. De modo que, mientras los demás estuvieran haciéndose tontos en las habitaciones o participando en uno de los épicos ensayos de lord Byron, Archer y yo teníamos que catalogar toda la basura que el Concilio consideraba demasiado importante para tirar pero no tanto como para guardarla en su cuartel general.

—Al menos estarás con el guapo —me había dicho Jenna esa mañana, tratando de ayudarme a levantar mi ánimo.

—Trató de matarme y su novia es Satanás —le contesté—. Me cuesta verlo guapo.

A decir verdad, tengo que admitir que, cuando la Vandy nos obligó a oírla disertar sobre nuestros deberes al pie de la escalera, no pude evitar echarle a Archer unas miraditas de soslayo. Admitiré que, por muchos instintos homicidas que tuviera y haciendo a un lado a su novia malvada, lo cierto era que el chico seguía siendo guapísimo. Como de costumbre, llevaba la corbata suelta y la camisa remangada a la altura del codo. Estaba cruzado de brazos y miraba a la Vandy con una combinación de aburrimiento y diversión.

Esa pose le hacía un gran favor a sus brazos y sus pectorales. Menuda injusticia que hubiera elegido por novia a Elodie habiendo tantas chicas por ahí.

—¡Señorita Mercer! —El grito de la Vandy me sobresaltó y estuve a punto de perder el equilibrio. Me sujeté a la barandilla; Archer me sostuvo por el codo y me guiñó un ojo. Traté de centrar mi atención en la Vandy, como si fuera la mujer más fascinante del mundo.

—¿Necesita que le repita lo que tiene que hacer, señorita Mercer? —La Vandy sonreía burlonamente.

—No, ya lo he entendido —tartamudeé.

Se me quedó mirando un minuto. Creo que trataba de dar con una respuesta ingeniosa. Pero la Vandy, como todas las personas mezquinas, era tonta y no supo hacer otra cosa que empujarnos a Archer y a mí por la escalera.

—Tienen una hora —gritó sin mirarnos.

La Vandy tiró de la vieja puerta, que chirrió de dolor al cerrarse. Por si fuera poco, oí un clic.

—¿Me lo parece a mí o nos encerró? —le pregunté a Archer. Mi voz sonaba más desesperada de lo que hubiera deseado.

—Sí, nos ha encerrado —contestó. Cogió un sujetapapeles que la Vandy había dejado sobre una hilera de botes y latas.

—Pero eso es ilegal.

Sonrió sin levantar los ojos del sujetapapeles.

—Deberías olvidarte de la legalidad y las otras encantadoras ridiculeces de los humanos, Mercer.

De repente levantó la mirada y abrió bien los ojos.

—¡Acabo de recordar algo!

Dejó el sujetapapeles y buscó en su bolsillo.

—Aquí tienes —dijo, caminando hacia mí y posando en mi mano un objeto liviano.

Lo miré.

Era una bolita de kleenex.

—Eres un burro.

Tiré la bolita a sus pies y él la pisó. Notaba que mi cara estaba enrojecida.

—No me extraña que Elodie sea tu novia —murmuré. Cogí el sujetapapeles y pasé las hojas haciendo aspavientos. Eran unas veinte hojas, con unos cincuenta artículos anotados en cada una. Les eché un vistazo. Había escritas cosas como «cuerda de Rebecca Nurse» y «mano amputada de A. Voldari».

Arranqué las diez primeras páginas y se las pasé a Archer, junto con un bolígrafo.

—Tú te encargas de esa mitad —dije, esquivando su mirada. Luego caminé hasta el estante más alejado, el que estaba junto a la pequeña ventana.

Por un momento pensé que iba a decirme algo, porque se quedó inmóvil en su sitio. Finalmente suspiró y se dirigió al extremo opuesto del almacén.

Trabajamos en el más absoluto silencio durante quince minutos. Se trataba de una tarea muy sencilla, por no decir ridículamente tediosa. Aunque la Vandy se había tomado una eternidad en explicárnosla. Debíamos buscar en los estantes aquellos objetos marcados en el papel e indicar luego en qué ranura de cada estante estaban colocados. Lo único complicado era que muchos de los objetos no tenían etiquetas y a menudo resultaban difíciles de identificar. Por ejemplo, en el estante G4 ranura 5 había un trozo de tela roja que podía ser tanto el «pedazo de cubierta de Grimorio de C. Catellan» como el «fragmento de toga ceremonial de S. Cristakos». O puede que no fuera ni una cosa ni la otra, sino uno de los objetos de la lista de Archer. Habría sido más fácil que trabajáramos en conjunto, pero yo estaba enojada por lo del kleenex.

Me puse en cuclillas y cogí un tambor de piel hecho jirones. Mis ojos recorrieron la lista, pero sin mirarla en realidad. Sabía que había hecho mal en llorar delante de él, pero jamás me hubiera imaginado que él llegaría a ser tan imbécil como para reírse de mí. No es que lo creyera mi mejor amigo, pero la primera noche me había parecido que algo nos unía.

Evidentemente, no era el caso.

—Oye, ha sido una broma —dijo de pronto. Me giré como un trompo en su dirección. Estaba en cuclillas detrás de mí.

Volví a mi trabajo en el estante.

—¿Qué has querido decir sobre mí y Elodie? —preguntó.

Puse los ojos en blanco y centré mi atención en el estante H.

—No es tan difícil de entender. Elodie se rió a costa de mí el otro día y tú lo has hecho hoy. Muy compenetrados. Me encantan las parejas que comparten aficiones.

—Oye —dijo—, yo también terminé aquí por la jugarreta de Elodie, ¿te das cuenta? Traté de ayudarte.

—Yo no te lo pedí —contesté, simulando estudiar con atención algo que parecía un puñado de hojas de árbol guardadas en un líquido ámbar. Hasta que me di cuenta de que no eran hojas de árbol sino pequeños cadáveres de hada. Traté de disimular la repulsión mientras rebuscaba entre las páginas alguna referencia del tipo «pequeñas hadas muertas».

—Pues no te preocupes —dijo Archer, revisando en sus hojas—. No volverá a suceder.

Nos quedamos callados durante un instante, mirando nuestras respectivas hojas.

—¿Has visto algo que pueda ser un paño de altar?

—Fíjate en el estante G4 fila 5 —contesté.

Luego dijo como si nada:

—Elodie no es tan mala. Sólo tienes que conocerla.

—¿Eso fue lo que sucedió entre ustedes?

—¿A qué te refieres?

Tragué saliva. De repente, me había puesto nerviosa. La verdad era que no quería escucharlo hablar bien de Elodie, pero estaba intrigada.

—Jenna me dijo que tú... que eras algo así como el miembro fundador del Club de los Enemigos Mortales de Elodie. ¿Qué pasó?

Miró hacia otro lado y se puso a tomar cosas sin siquiera mirarlas.

—Cambió —dijo—. Después de la muerte de Holly. ¿Has oído hablar de Holly?

Asentí con la cabeza.

—La compañera de cuarto de Jenna. Anna, Chaston y Elodie me han puesto al día.

Se pasó una mano por el cabello oscuro.

—Sí, todavía insisten en culpar a Jenna. En todo caso, Holly y Elodie estaban muy unidas al principio. Además de eso, Holly y yo estábamos comprometidos.

—Espera un momento —dije, levantando la mano—. ¿Cómo que estaban comprometidos?

Archer parecía confundido.

—¿Tampoco lo sabes? Todas las brujas se comprometen con un hechicero soltero al cumplir los trece, un año después de obtener sus poderes —dijo frunciendo el ceño.

Me quedé con la boca abierta. A los trece todavía pensaba en cosas como si iba a permitir o no que un chico me diera un beso con lengua. La idea del compromiso me superaba por completo.

—¿Estás bien? —me preguntó.

—Sí—mascullé—. Es que me resulta tan raro, tan Jane Austen.

—No está tan mal.

129

—Como tú digas; los matrimonios acordados entre adolescentes son buenos.

Negó con la cabeza.

—No nos casamos en la adolescencia. Sólo nos prometemos. La bruja tiene derecho a rechazar a su prometido y a cambiar de opinión. Pero los emparejamientos suelen ser buenos y se basan en la complementariedad de poderes, la personalidad, esas cosas.

—Si tú lo dices. Pero no me imagino con un prometido.

—Pues es probable que ya tengas uno.

Me quedé mirándolo.

—¿Disculpa?

—Tu padre es un hombre realmente importante. Estoy seguro de que te consiguió pareja cuando cumpliste los trece.

No quería oír hablar de eso. La idea de que un hechicero anduviera por ahí planeando convertirme en su mujercita era demasiado para mí. ¿Y si el chico estaba en Hécate? ¿Y si lo conocía? Dios, ¿y si era el de aliento apestoso que se sentaba junto a mí en Evolución de la magia?

Pensé que tenía que interrogar a mi madre al respecto cuando hablara nuevamente con ella.

—Muy bien —le dije a Archer—. Sigue contando.

—Creo que nadie sabe lo afectada que quedó Elodie por la muerte de Holly. Empezamos a hablar de ello y de Hécate durante el verano y, ya sabes, una cosa llevó a la otra.

—Ahórrame los detalles escabrosos —dije, sonriendo. En el interior de mi pecho, algo se retorció un poco. Se veía que la chica le gustaba realmente. Con eso se esfumaban mis esperanzas de que Archer confesara que Elodie no le gustaba y que la abandonaría de la manera más humillante, a ser posible delante de todo el mundo y en cadena nacional.

—Mira, les diré a Elodie y a sus amigas que te dejen en paz. De todos modos, te lo digo en serio: deberías darle otra oportunidad. Deberías conocer a Elodie por dentro. Tiene profundidades ocultas.

—Te había pedido que me ahorraras los detalles escabrosos —dije, sin pensar.

Por un momento ni siquiera me di cuenta de lo que acababa de decir. Al cabo de un segundo caí en la cuenta y maldije mi boca sarcástica. Me puse roja como un tomate. Archer me miraba pasmado.

Y luego comenzó a reír.

Yo también me puse a reír. En un abrir y cerrar de ojos, estábamos los dos sentados sobre el suelo sucio, secándonos las lágrimas de los ojos con las manos. Realmente, hacía mucho que no me reía con alguien y que no soltaba un chiste verde. Por un momento, conseguí olvidar que llevaba en mi interior el germen del mal y que me acosaba un fantasma.

Fue bonito.

—Sabía que me caerías bien, Mercer —dijo, cuando logramos serenarnos. Me ruboricé, pero por suerte podía atribuirse al acaloramiento por las risas.

—Vamos a ver —dije, inclinándome sobre un estante para recobrar el aliento—, si todo el mundo se promete a los trece, entonces Elodie ya debe de estar prometida a alguien.

—Lo está. Pero ya te he dicho que el compromiso se puede renegociar. Es decir, algunas chicas creen que valgo la pena.

—Debe de ser por tu modestia —dije, tirándole mi bolígrafo.

Lo cogió en el aire.

En lo alto, rechinó la puerta. Nos pusimos en pie de un salto, con cara de culpabilidad, como si nos hubieran atrapado dándonos un beso.

Lo único en lo que podía pensar en ese instante era en la imagen de Archer y yo besándonos contra uno de los estantes; me subieron calores por todo el cuerpo. Clavé mi mirada en sus labios, sin intención. Cuando levanté la vista hacia sus ojos, noté que él me estaba mirando de un modo completamente inescrutable, como la vez que hablamos en la escalera. Volvió a dejarme sin aliento.

—Mercer, Cross —gritó la Vandy.

Me sentí aliviada sólo de oírla.

Como era previsible, Elodie esperaba a Archer en el rellano de la segunda planta. Una lámpara cercana le daba un brillo dorado a su piel inmaculada y le resaltaba los tonos rubí del cabello.

Eché una mirada a Archer. Vi que la miraba como... pues del mismo modo que yo lo miraba a él.

Ni siquiera me molesté en decir adiós. Subí corriendo la escalera y me metí en mi habitación.

Jenna no estaba allí. Después de pasar un rato en el asqueroso almacén, necesitaba una ducha urgente. Así que saqué una toalla de mi baúl, una camiseta de tirantes y un pantalón de piyama de mi armario. La planta estaba vacía y me imaginé que todos estarían pasando el rato en el salón de abajo.

Me sentía incapaz de sacarme de la cabeza a Archer y esa sensación descorazonadora de estar enamorada del novio de una diosa viviente. Abrí la puerta del baño. Allí dentro había un vapor tan denso que apenas se podía ver. Di un paso adelante y mis pies chapotearon sobre un pequeño charco. Se oía correr el agua.

—¡Hola! ¿Hay alguien aquí? —pregunté.

Como no recibí respuesta, pensé que alguien había dejado los grifos abiertos para hacer una broma. Eso no iba a gustarle a la señora Casnoff. El agua caliente no le sienta nada bien a los suelos de doscientos años.

Entonces el vapor empezó a salir por la puerta abierta.

Y pude ver por qué estaba abierto el grifo.

Tardé en entender lo que tenía delante de mis ojos. Lo primero que pensé fue que Chaston se había quedado dormida en la bañera y que el color rosa del agua se debía a alguna sal de baño o algo parecido. Acto seguido, me di cuenta de que los ojos de Chaston estaban entrecerrados, como si estuviera borracha, y que el agua era rosa no por las sales, sino por la sangre.

16

Chaston tenía dos pequeñas punzadas debajo de la mandíbula y unas heridas más extensas y graves en las muñecas. Todavía brotaba sangre de ellas.

Sin pensarlo dos veces corrí a su lado y farfullé un hechizo de sanación. No era un hechizo muy bueno y lo sabía. Sólo lo había usado para curarme los raspones de la rodilla, pero merecía la pena intentarlo. Los agujeros del cuello se contrajeron un poco, pero no conseguí hacer nada más. Dios, ¿por qué era una bruja tan mediocre?

Chaston parpadeó por un instante y abrió la boca, tratando de hablar.

Corrí al pasillo.

—¡Señora Casnoff! ¡Que alguien me ayude! —grité.

Se asomaron muchas cabezas.

—¡Oh, Dios mío! —gimió alguien—. ¡No, otra vez no!

La señora Casnoff apareció en bata. Llevaba su largo cabello trenzado cayéndole por la espalda. Por alguna razón, al verla palidecer ante la visión de Chaston en la bañera, sentí que se me aflojaban las piernas y que me afloraban las lágrimas a los ojos.

—Es... es Chaston —fue todo lo que pude decir—. Ella... hay sangre por todas partes.

La señora Casnoff me agarró de los hombros con fuerza. Se puso en cuclillas y me miró a los ojos.

—Sophie, ve a buscar a Cal tan rápido como puedas. ¿Sabes dónde encontrarlo?

Tenía la cabeza aturdida y confundida, como la de un personaje de una campaña contra las drogas.

—¿El jardinero? —pregunté, estúpidamente.

¿Por qué un jardinero? ¿Era técnico médico o algo así?

La señora Casnoff asintió con la cabeza, aferrada todavía a mis hombros.

—Sí, Cal —repitió—. Vive junto al estanque. Ve a buscarlo y dile lo que ha pasado.

Corrí en dirección a la escalera. En mi carrera vi que Jenna salía de nuestra habitación. Creo que me llamó, pero para entonces yo ya me encontraba en la puerta y salía hacia la noche.

Aquel día había hecho calor, el aire fresco me puso la piel de gallina. No había más luz que la de los rectángulos de las ventanas de la casa reflejados en la hierba. Sabía que el lago estaba a mi izquierda, de modo que giré en esa dirección y corrí a toda prisa. El aire se me clavaba en los pulmones como un cuchillo. Divisé un bulto oscuro. Deseé con toda mi alma que fuera la casa de Cal y no una bodega o algo así. Traté de disipar el pánico, pero no pude pensar en otra cosa que en Chaston desangrándose hasta la muerte en las cerámicas blancas y negras.

Golpeé la puerta y ésta se abrió en seguida. Cal apareció frente a mí.

Pero no era el viejo y malhumorado que yo había imaginado, sino un chico atlético; el chico al que había visto el primer día y que había confundido con hermano mayor de un estudiante. No podía tener más de diecinueve años y lo único que tenía de rústico era la camiseta de algodón que llevaba puesta y la expresión huraña.

—Lo estudiantes no pueden... —empezó, pero lo interrumpí.

—Me envía la señora Casnoff. Es por Chaston. Está malherida.

134

En cuanto mencioné a Casnoff, cerró la puerta. Pasó por delante de mí y corrió hacia la casa. Yo estaba agotada y me costó seguirlo.

Cuando llegamos, ya habían sacado a Chaston de la bañera, la habían envuelto en una toalla y le habían vendado el cuello y ambas muñecas, pero todavía estaba muy pálida y no podía abrir los ojos.

Elodie y Anna estaban junto al lavamanos, agarradas la una a la otra y sollozando. La señora Casnoff estaba de rodillas junto a la cabeza de Chaston, murmurando algo. No sé si se trataba de un hechizo o palabras de consuelo o algo así.

Cuando entró Cal, la señora Casnoff respiró aliviada, como si en lugar de una prestigiosa directora fuera una abuelita asustada.

—Gracias por venir —dijo suavemente. Cuando se puso en pie noté que su bata estaba empapada de sangre hasta las rodillas. No pareció importarle—. Vamos a mi despacho —añadió la señora Casnoff dirigiéndose a Cal, quien se puso de rodillas y tomó a Chaston en brazos.

La señora Casnoff salió al pasillo y apartó con el brazo el tumulto de alumnos.

—Atrás, niños, déjenos espacio. Les aseguro que Chaston estará bien. Ha sido un pequeño accidente.

Todo el mundo retrocedió y el jardinero salió del baño con la chica en brazos. La mejilla de Chaston descansaba sobre su pecho. Tenía los labios morados.

Cuando se fueron alguien dijo «Wow». Era Siobhan; estaba apoyada contra el marco de la puerta del baño.

—¿Qué? No me digas que no darías un poco de sangre para que esa criatura te llevara en brazos —dijo Siobhan, en el mismo momento en que Elodie y Anna salían del baño, pálidas y temblorosas.

Elodie clavó la mirada detrás de mí y entrecerró los ojos.

—Has sido tú —dijo.

Me di la vuelta. Jenna había salido de la habitación.

—Lo has hecho tú —repitió Elodie avanzando lentamente. Jenna, en una muestra de valor o locura absoluta, le sostuvo la mirada y no se movió ni un centímetro.

Pese a que seguíamos preocupadas por Chaston, la perspectiva de una pelea entre Jenna y Elodie provocó el repentino cambio de humor de los testigos de la escena del baño. ¿Por qué? ¿Quién sabía? Tal vez como un modo de quitarnos de la cabeza toda esa sangre, o tal vez porque las adolescentes son criaturas horribles que disfrutan viendo pelear a dos chicas.

Jenna vaciló durante un segundo y bajó la vista al suelo. Cuando levantó la cabeza se la veía cansada y aburrida.

—No sé de qué estás hablando.

—¡Mentirosa! —gritó Elodie. Las lágrimas le resbalaban por las mejillas—. Los vampiros son todos unos asesinos. No deberían estar aquí.

—Tiene razón —añadió alguien. Era Nausicaa. Dio un paso al frente de la multitud y agitó las alas con rabia. Taylor estaba detrás de ella, con sus ojos oscuros bien abiertos.

Jenna rió, pero su risa sonó forzada. Poco a poco todas las ahí presentes comenzaron a rodearla. Jenna parecía muy pequeña y muy sola en medio de las alumnas.

—¿Y qué? ¿Ninguno de ustedes ha matado? ¿Ninguna bruja, ningún metamorfo, ninguna hada? ¿Los vampiros somos los únicos que matamos? —preguntó. Su voz temblaba un poco.

Todos los ojos estaban clavados en Elodie, acaso esperando el momento en que se abalanzara sobre el cuello de Jenna. Elodie tenía la situación en sus manos y lo sabía. Sus ojos brillaban cuando dijo:

—¿Y tú qué sabes? Ni siquiera eres una Prodigium de verdad.

La multitud de chicas suspiraron al unísono. Elodie había dicho lo que todos pensaban y nadie se atrevía a decir en voz alta. Vaya si lo había hecho.

—Los poderes de nuestras familias son muy antiguos —siguió Elodie, muy pálida salvo por un ligero rubor en sus mejillas—. Descendemos de los ángeles. Y tú ¿qué eres? Una humana patética infectada por un parásito. Un monstruo.

Jenna temblaba.

—¿Así que yo soy un monstruo? ¿Y qué hay de ti? Holly me contó lo que trataban de hacer tú y tus amiguitas.

Esperaba que Elodie le replicara con algún argumento, pero en lugar de ello se puso muy pálida. Anna dejó de llorar y la cogió del hombro.

—Vamos —imploró, tan alto como pudo.

—No sé de qué hablas —dijo Elodie, pero se le notaba que estaba asustada.

—Pues déjame que te lo cuente yo. Me refiero a tu pequeño aquelarre para invocar a demonios.

La gente se quedó en silencio. Yo no pude contener un grito de sorpresa.

Elodie miró a Jenna con odio. Anna se limitó a gimotear.

—Holly me contó que querían ser más poderosas y que harían un ritual de invocación y que para eso necesitaban un sacrificio —balbuceó Jenna—. Tenían que dejar que el demonio se alimentara de alguien y...

Elodie recuperó la compostura.

—¿Un demonio? ¿Qué crees que nos harían la señora Casnoff y la Vandy y el Concilio si invocáramos a un demonio? ¡Por favor!

Alguien rió entre la multitud y la tensión que había en el ambiente se disipó. La risa de una persona suele dar permiso para reír a las otras. Y eso fue exactamente lo que sucedió.

Jenna aguantó ante las risas mucho más tiempo del que hubiera aguantado yo. Luego me dio un empujón y se metió en la habitación. Cerró la puerta de un golpe.

En cuanto Jenna se fue, la gente comenzó a murmurar.

—¿Quién será el próximo? —preguntó Nausicaa a Siobhan.

Las alas de Siobhan se encogieron.

—Lo único que hice yo fue volar para tomar el autobús. No merezco estar encerrada entre asesinos.

—Jenna no es una asesina —sostuve. Lo cierto era que no estaba segura de ello. A fin de cuentas, Jenna era una vampira y los vampiros se alimentan de humanos. Y quizá también de brujas.

Quería apartar de la mente cualquier pensamiento al respecto, pero me asaltó el recuerdo de Jenna, el primer día en Hécate, tratando de apartar la mirada de mi herida.

—Sophie tiene razón —dijo Taylor, para mi sorpresa—. No hay pruebas de que Jenna haya matado a nadie.

Quien sabía si Taylor creía en lo que decía o si buscaba un modo de irritar a Nausicaa. Sea como fuere, me estaba haciendo un favor.

—Gracias —dije. Pero Beth se interpuso entre Taylor y yo.

—Yo no prestaría atención a nada de lo que diga Sophie Mercer, Taylor —dijo.

Me la quedé mirando. ¿Qué había pasado con nuestro pequeño momento de olisqueos, con nuestro vínculo?

—Uno de los lobos me ha dicho que Sophie es hija del jefe del Concilio.

Oí unos murmullos. Todas las chicas se me quedaron mirando con expresión de sorpresa y confusión.

Pues vaya.

—Fue el padre de Sophie quien permitió vampiros en Hex —dijo Beth. Me miró y pude ver el brillo de sus colmillos sobresaliendo de las encías—. ¡Pues claro que dirá que Jenna es inocente! Defiende el trabajo de su papá.

No estaba yo para tonterías como aquéllas.

—Oye, para tu información nunca he visto a mi padre. Y tampoco me interesa tu programa político o lo que sea. Rompí las reglas y me enviaron aquí, como a todos ustedes.

Taylor entrecerró los ojos.

—¿Tu padre es el jefe del Concilio?

Antes de que yo tuviera tiempo de contestar apareció en la escalera la señora Casnoff, todavía en bata. Parecía muy nerviosa, aunque le habían vuelto los colores a la cara, lo que era una buena señal.

—Atención, señoritas —dijo con una voz calmada pero poten-

te—. Gracias a los esfuerzos de Cal, la señorita Burnett ha recuperado la conciencia y parece estar poniéndose bien.

Las alumnas respiraron aliviadas.

—¿Quién es ese Cal? —le pregunté a Anna.

Creí que me soltaría que si era estúpida o algo así, pero al parecer
las buenas noticias le habían cambiado el ánimo lo suficiente como
para que no le molestara portarse bien conmigo.

—Es un brujo blanco. Un brujo superpoderoso —contestó—.
Puede curar heridas que son imposibles para cualquier otro brujo o
bruja.

—¿Y por qué no curó a Holly?

Anna me miró por encima del hombro. Volvía a ser la misma
engreída de siempre.

—Holly ya estaba muerta cuando la encontraron, y todo por culpa de tu amiguita. Cal sólo puede curar a los vivos. Lo que no puede
hacer es traer de regreso a los muertos. Nadie puede.

—Ah —dije, sin convicción. Anna se puso a hablar con Elodie.

—Sus padres vendrán a buscarla mañana —siguió la señora Casnoff—. Esperamos que vuelva con nosotros después de las vacaciones de invierno.

—¿Ha dicho algo? —preguntó Elodie—. ¿Ha dicho quién ha
sido?

La señora Casnoff frunció el ceño.

—No es el momento. Y confío en ustedes para que no vayan por
ahí esparciendo rumores. Nos tomamos este accidente muy en serio
y lo último que necesitamos es que cunda el pánico.

Elodie abrió la boca, pero la señora Casnoff levantó la mano para
detener uno de sus desagradables comentarios.

—Muy bien —dijo la señora Casnoff, dando palmadas—. Todos
a la cama. Seguiremos hablando del tema mañana.

17

Cuando regresé a la habitación, encontré a Jenna sentada sobre el tocador con la cabeza entre las rodillas.

—¿Jenna?

No me miró.

—Otra vez —dijo, con voz grave—. Igual que con Holly.

Respiró hondo y se estremeció.

—Cuando vi que se llevaban a Chaston lo he revivido todo. Los agujeros en el cuello, las heridas en las muñecas. Lo único diferente es que Chaston estaba blanca, en cambio Holly tenía un tono gris cuando la sacaron.

Su voz se quebró.

Me senté en la cama y apoyé mi mano sobre su rodilla.

—Oye —dije suavemente—, no ha sido culpa tuya.

Me miró. Sus ojos estaban rojos de furia.

—Sí, pero todos creen lo contrario. Creen que soy un monstruo chupasangre.

Se levantó del tocador de un salto.

—Yo no pedí esto —murmuró en voz baja, sacando su ropa del armario y tirándola sobre la cama—. Yo no pedí venir a esta maldita escuela.

—Jen —dije. Pero Jenna se movía sin parar.

—¡Lo odio! —gritó—. Odio las estúpidas clases de Historia de la brujería en el siglo XIX y todo lo demás. ¡Dios! Quisiera tomar un curso de álgebra o alguna estupidez de ésas. Quisiera poder comer una comida de verdad en una cafetería y conseguir un trabajo y poder ir a una fiesta de fin de año.

Sollozó y se sentó sobre la cama, como si toda su furia se hubiera evaporado de golpe.

—No quiero ser un vampiro —susurró. Estalló en llanto y se cubrió la cara con su camiseta negra.

Miré a mi alrededor. Me di cuenta de que el color rosa de nuestra habitación no reflejaba ninguna clase de alegría; la triste realidad era que Jenna buscaba en él un modo de aferrarse a su antigua vida, cualquiera que hubiera sido. Hay ocasiones en que lo mejor es no decir nada, y ésta era una de ellas. Me acerqué, me senté sobre la cama y le acaricié el pelo, como había hecho mi madre conmigo el día en que me enteré de que me habían confinado en Hécate.

Después de un rato, Jenna se recostó sobre los cojines y empezó a hablar.

—Amanda era muy amable conmigo —dijo suavemente.

No tuve que preguntarle quién era Amanda. Finalmente, me estaba contando cómo se había convertido en vampiro.

—Lo mejor de ella era su amabilidad. Más que su belleza, más que su simpatía, más que su inteligencia. Tenía todas esas cualidades, pero su amabilidad fue lo que me sedujo de ella. Hasta entonces nadie me había prestado demasiada atención. Cuando me contó que era vampira y que quería que estuviera junto a ella para siempre, no le creí hasta que sentí sus colmillos.

Hizo una pausa. No se oía más ruido que el que hacían las ramas de los robles del jardín al ser acariciadas por la brisa.

—El cambio fue... sorprendente. Me sentía más fuerte y mejor, ¿sabes?, como si mi vida anterior no hubiera sido más que un sueño. Las dos primeras noches que pasé con ella fueron las mejores de mi vida. Entonces, la mataron.

—¿Quiénes?

Sus ojos se encontraron con los míos. En su iris, vi brillar el reflejo descolorido de mi imagen.

—El Ojo —contestó.

Me puse a temblar.

—Eran dos. Entraron a la fuerza en el motel donde estábamos escondidas y le clavaron una estaca a Amanda mientras dormía. Pero ella se despertó y empezó a... a gritar y tuvieron que agarrarla entre ambos. Yo conseguí salir de la habitación y corrí sin parar. Me escondí en el cobertizo de un jardín durante tres días. Cuando abandoné el escondrijo, tuve que robar en un supermercado porque me moría de hambre. En cuanto me llevé la primera chocolatina a la boca, sentí que me moría. Traté de masticar, pero al final tuve que escupirla.

Jenna hizo una pausa para tomar aire.

—El gerente de la tienda me encontró de rodillas en el estacionamiento del supermercado. Vio el envoltorio y me amenazó con llamar a la policía y yo...

Jenna se enmudeció y esquivó mi mirada. Apoyé mi mano sobre su hombro, en un intento por consolarla y decirle que no me importaba que hubiera bebido la sangre de una persona. Sin embargo, me sentía incapaz de mirarla a los ojos.

—Luego, me sentí mejor. Tomé un autobús y fui a ver a los padres de Amanda. También ellos eran vampiros. Al padre de Amanda lo habían mordido hacía muchos años y él se había encargado de cambiarlos a todos. Contactaron con el Concilio y me enviaron aquí.

Volvió a mirarme.

—Nunca imaginé cómo iban a ir las cosas —dijo, lastimeramente—. No quiero ser así sin Amanda. La única razón para ser un vampiro era que estuviéramos juntas. Me lo prometió.

Los ojos de Jenna brillaban a causa de las lágrimas.

—Vaya —dije—. No sabía que las chicas podían hacerte tanto daño como los chicos.

Suspiró y echó la cabeza hacia atrás. Cerró los ojos.

—Van a echarme.

—¿Por qué?

Me miró incrédula.

—A ver si te enteras, me van a echar la culpa de lo de Chaston. Lo que le ocurrió a Holly fue demasiado para ellos. No soportarán que dos chicas hayan sufrido el mismo accidente en seis meses. Alguien va a tener que pagar por esto y puedes apostar a que seré yo. —Sacudió la cabeza.

—¿Por qué? —repetí.

Jenna era la única persona en Hex a la que podía considerar mi amiga. Ella y Archer, pero éste no contaba. Yo estaba enamorada de él y esto ponía en duda el concepto de amistad. Si Jenna se iba, yo quedaría a merced de Elodie y de Anna.

De ningún modo.

—No puedes saberlo. Probablemente Chaston pueda explicar lo que le ha pasado. Espera y habla con la señora Casnoff. Tal vez mañana las cosas se tranquilicen un poco.

—¿Qué tal tu castigo en el almacén?

—Horrorífico.

—¿Y tu amor imposible con Archer Cross?

—Tú lo has dicho. Completamente imposible.

Asintió con la cabeza y cogió uno de los sacos de Hécate.

—Me alegro por ti.

Nos quedamos en silencio como buenas compañeras.

—¿Qué es eso de que Elodie y su aquelarre trataban de invocar a un demonio?

—Es lo que me contó Holly —dijo Jenna, cerrando su armario—. La señora Casnoff empezó con todo ese asunto de que L´Occhio di Dio nos va a matar a todos, ya sabes, eso que tanto le gusta decir. Las brujas se asustaron y quisieron invocar a un demonio para tener más poder y protección hasta que las cosas se calmaran.

—¿Lo consiguieron?

Negó con la cabeza.

—No lo sé.

Las luces se apagaron y nos quedamos a oscuras. Oí unos gritos de sorpresa procedentes del pasillo. La voz de la señora Casnoff dijo:

—Hoy apagaremos todas las luces. A la cama, niños.

Jenna suspiró.

—Cómo no amar Hex Hall.

Chocamos contra los muebles, soltamos un par de palabrotas y finalmente dimos con nuestras respectivas camas.

Me metí debajo de mis sábanas refunfuñando. No me había dado cuenta de lo cansada que estaba hasta que mi cabeza tocó la suavidad del cojín. Estaba casi dormida cuando Jenna susurró: «Muchas gracias».

—¿Por qué? —pregunté.

—Por ser mi amiga.

—Vaya —contesté—. Eso es lo más cursi que me han dicho en la vida.

Jenna pareció ofenderse, pero un segundo después me lanzó una pila de cojines sobre mi cabeza.

—Sólo trataba de ser amable —insistió. Estaba riéndose.

—Pues no lo hagas. Me gusta que mis amigos sean malvados y odiosos.

—Pues así será —dijo.

Pocos minutos después, nos quedamos dormidas.

Me despertaron los gritos de Jenna y el olor a quemado.

Me senté sobre la cama confundida. La luz de la mañana se filtraba en la habitación y caía directa sobre la cama de Jenna. Me costó un minuto entender que el humo provenía de allí.

La cama de Jenna.

Jenna trataba desesperadamente de ponerse en pie, pero se había enredado en las sábanas y el pánico hacía que se moviera con torpeza.

Salté hacia ella y la cubrí con mi edredón. La piel de sus manos, que normalmente era pálida, estaba enrojecida y tenía ampollas.

Sin pensarlo dos veces, la empujé al interior del armario. Una vez estuvo a salvo, cogí una manta y tapé la ranura por donde entraba la luz. Jenna seguía llorando, pero ya no gritaba de dolor.

—¿Qué ha pasado? —grité a través de la puerta.

—Mi piedra de sangre, ha desaparecido —chilló.

Corrí hasta su cama y me agaché para buscar debajo de ella. Me dije que probablemente se le habría caído, que se le habría roto el cierre, que se le habría enganchado en el cojín.

Quería creer en cualquiera de esas posibilidades.

Deshice la cama, incluso saqué el colchón, pero el talismán de Jenna no aparecía por ninguna parte.

Me puse furiosa.

—¡Quédate aquí! —le grité.

—¿Adónde quieres que vaya? —contestó. Pero yo ya estaba en la puerta.

En el pasillo había unas cuantas chicas. Reconocí a una tal Laura Harris, de clase de Evolución de la magia. Al verme, abrió los ojos como platos.

Corrí a la puerta de Elodie y llamé a golpes. Abrió. La empujé para abrirme paso.

—¿Dónde está?

—¿Dónde está qué? —preguntó. Tenía ojeras.

—La piedra de sangre de Jenna. Sé que la tomaste tú. ¿Dónde la has metido?

Los ojos de Elodie brillaron.

—Yo no he tomado ninguna estúpida piedra. Y si lo hubiera hecho, tu amiga se lo tendría muy merecido después de lo que le ha hecho a Chaston.

—Ella no le ha hecho nada a Chaston. ¡Podrían haberla matado! —grité.

—Si no ha sido ella, entonces ¿quién? —preguntó Elodie levantando la voz. Debajo de la piel le corrían hilillos de luz, y el pelo empezaba a levantarse por encima de su cabeza. También yo podía sentir mi magia. Latía como un segundo corazón.

145

—Tal vez haya sido el demonio que invocaron.

—Como dije ayer por la noche, si hubiéramos invocado a un demonio, la señora Casnoff se habría enterado —contestó Elodie. Parecía enojada—. Todos se habrían enterado.

—¿Qué pasa?

Nos volvimos en dirección a la puerta. Anna estaba a nuestra espalda, con el cabello empapado y una toalla en la mano.

—Sophie cree que hemos robado la estúpida piedrita de protección de la vampira.

—¿Qué? Eso es ridículo —dijo Anna con voz tensa.

Cerré los ojos y traté de controlar mi temperamento y mi magia. Luego, me representé mentalmente el collar de Jenna y dije:

—Piedra de Sangre.

Elodie puso los ojos en blanco, pero de pronto se oyó el ruido de un cajón del tocador de Anna al abrirse. La piedra asomó entre una pila de ropa. En su centro brillaba una luz roja. El collar flotó hasta mi mano y lo cogí en un puño.

En la cara de Elodie había un matiz de sorpresa que se desvaneció en seguida.

—Pues ya tienes lo que querías. Ahora lárgate.

Anna mantenía la mirada fija en el suelo. Quería decirle algo que la fulminara, algo que la hiciera morir de vergüenza, pero decidí que no valía la pena.

Cuando volví a la habitación, Jenna había dejado de sollozar y se sorbía la nariz.

Entreabrí la puerta del armario y le pasé la piedra. Cuando se la hubo puesto salió del armario y se sentó en la cama, agitando la mano quemada.

Me senté junto a ella.

—Deberías dejar que te revisen —le dije. Asintió. Todavía tenía los ojos acuosos y enrojecidos.

—¿Han sido Elodie y Anna?

—Sí. Bueno, en realidad ha sido Anna. Creo que Elodie no lo sabía. Aunque tampoco creo que estuviera en contra.

Jenna se estremeció y soltó un suspiro. Le aparté el mechón rosado de los ojos.

—Tienes que explicarle a la señora Casnoff lo que ha pasado.

—No —dijo—. Ni en broma.

—Jenna, habrían podido matarte —insistí.

Se puso en pie y se envolvió con mi edredón.

—Sólo empeoraría las cosas —dijo—. No haría más que poner en evidencia que los vampiros somos distintos y que no deberíamos estar aquí.

—Jenna —volví a decir.

—Déjalo —contestó, con vehemencia. Me daba la espalda.

—Pero estás herida...

Se dio la vuelta hacia mí. Sus ojos estaban inyectados en sangre y tenía la cara crispada por la furia. Sus colmillos asomaron por la boca al mismo tiempo que me cogía de los hombros. Aquella cara no era la de mi amiga.

Aquélla era la cara de un monstruo.

Lancé un grito de miedo y de dolor. Cuando Jenna me soltó, se me aflojaron las piernas y me desplomé sobre el suelo.

Jenna vino inmediatamente a mi lado. Era de nuevo la Jenna de siempre, de pálidos ojos azules que parecían pedir disculpas.

—Dios mío, Sophie, ¡cuánto lo siento! ¿Te encuentras bien? —Le caían lágrimas por las mejillas—. A veces, cuando me pongo nerviosa me pasa que... oye, nunca te haría daño. Lo sabes, ¿verdad?

No confiaba en lo que podía llegar a decirle en caso de responder a su pregunta, de modo que me limité a asentir con la cabeza.

—¿Están bien, chicas? —La señora Casnoff estaba de pie en nuestra puerta. La expresión de su cara era indescifrable.

—Estamos bien —dije, mientras me ponía en pie—. He resbalado y Jenna me estaba ayudando.

—Ya veo —dijo la señora Casnoff. Nos miró a ambas durante un segundo y finalmente dijo—. Jenna, me gustaría hablar contigo, si tienes un momento.

—Claro —contestó ella. Su voz reflejaba cualquier cosa, salvo tranquilidad.

Las dos salieron de la habitación. Yo me senté sobre la cama. Tenía los hombros doloridos. Los dedos de Jenna me habían dejado marcas.

Me froté los brazos distraídamente durante un buen rato. Todavía tenía impregnado en la nariz el olor a carne quemada.

Después me sumí en mis pensamientos.

18

Las cosas no mejoraron la semana siguiente. Como nadie había tenido noticias de Chaston, Jenna seguía siendo la sospechosa número uno.

Tuve que regresar al almacén con Archer. Era nuestra cuarta jornada de castigo y el trabajo se había vuelto más sistemático. Trabajábamos unos veinte minutos en los estantes. En general, la mitad de las cosas que ya habíamos catalogado aparecían en otro sitio, de modo que pasábamos el tiempo tratando de ordenarlas de nuevo. Cuando terminábamos, hacíamos una pausa y conversábamos sobre nuestras familias. También nos insultábamos, lo cual no era nada sorprendente, dado que éramos jóvenes y que no teníamos nada en común. Su familia era súperrica y vivía en una mansión de la costa de Maine. Por el contrario, mi madre y yo habíamos vivido en todas partes: desde la casa de Vermont a la habitación del hotel Ramada. Pese a nuestras diferencias, siempre esperaba con ansia el momento de ponerme a charlar con él. De hecho, aunque les parezca patético, me desesperaba los días que no había castigo.

Archer estaba sentado en los escalones y yo, en un espacio libre del estante M. Señaló con un dedo hacia la esquina donde descansaba una pila de cuencos vacíos y polvorientos. Dos de ellos se elevaron en el aire, giraron, se enroscaron y se transformaron en latas de refrescos. Hizo un movimiento rápido en mi dirección y una de las latas flotó hasta mis manos. Estaba helada.

—Estoy impresionada. —Lo dije en serio. Él asintió con la cabeza en señal de agradecimiento.

—Me lo imagino. No cualquiera transforma un cuenco en un refresco. ¡Que el mundo tiemble ante mi poder!

—Al menos está claro que tienes poderes.

Me miró con curiosidad.

—¿Qué se supone que quieres decir con eso?

Vaya.

—Eh... ya sabes, hay quien dice que el año pasado dejaste la escuela porque querías que te extrajeran tus poderes.

Estaba segura de que Archer estaba enterado de los rumores. Pero pareció sorprenderse ante lo que acababa de decir.

—Así que eso es lo que creen.

—Saben que no es así —me apresuré a contestar—. Todos te vieron detener a Justin.

Sonrió y se le marcaron dos hoyuelos a los costados de la boca.

—«Perro malo» —dijo, mirándome.

Puse los ojos en blanco pero no pude disimular mi sonrisa.

—Cierra la boca. ¿Y adónde fuiste?

Se encogió de hombros y apoyó los codos sobre las rodillas.

—Necesitaba descansar. No es algo tan inaudito. El Concilio tiene fama de no dejar que nadie salga de Hex, pero si le pides permiso para ausentarte, en general te lo concede. Supongo que después de lo de Holly entendieron que necesitaba salir de aquí.

—Claro —dije. La mención de Holly hizo que Chaston volviera a mi cabeza. Sus padres la habían recogido al día siguiente del ataque. Estuvieron dos horas en el despacho de la señora Casnoff. Después de eso, la directora se reunió con Jenna.

Cuando Jenna volvió a la habitación, no dijo ni una palabra. Se tumbó de espaldas sobre la cama y se quedó mirando fijamente el techo.

Estos pensamientos hicieron que se esfumara mi buen humor. Archer se dio cuenta y me preguntó:

—¿Jenna está bien? Esta noche no ha comido con nosotros.

Suspiré y me eché hacia atrás.

—No está bien —dije—. No come, no va a clase, apenas se levanta de la cama. No sé qué le habrán dicho en esa reunión, pero está convencida de que todo el mundo la culpa.

—Sí. Elodie está realmente enfadada con ella —asintió Archer.

—Vaya, qué pena. Espero que no le salgan arrugas.

—No seas así.

—Mira, lamento que tu novia esté molesta, pero resulta que a la única amiga que tengo aquí la acusan de algo que no ha hecho y Elodie es la que lidera la cacería. Me cuesta bastante sentir pena por tu novia, ¿de acuerdo?

Esperaba que Archer replicara algo, pero por lo visto no se sentía con ánimos. Se puso en pie y cogió el sujetapapeles.

—¿Has visto algo que pueda parecer un «instrumento musical poseído por demonios propiedad de J. Mompesson»?

—Posiblemente. —Salté del estante y fui a buscar aquel viejo tambor que había visto hacía pocos días, pero ya no estaba en su lugar. Cuando lo encontramos (se había escondido detrás de una pila de libros que se desintegraron al primer contacto) ya casi había llegado la hora de terminar.

—Espero de todo corazón que esos libros no fueran importantes —fue el único comentario de Archer.

La Vandy ya no pasaba a buscarnos; se limitaba a quitar el cerrojo. Oímos el clic que indicaba que la puerta acababa de abrirse, recogimos nuestros sujetapapeles y subimos la escalera.

Juraría haber visto un destello de color verde con el rabillo del ojo, pero cuando me di la vuelta no vi nada. Así y todo, se me erizaron los pelos de la nuca. Me froté el cuello.

—¿Estás bien? —preguntó Archer mientras abría la puerta.

—Sí —dije, aunque estaba muerta de miedo—. ¿Puedo hacerte una pregunta loca?

—Ésas son mis favoritas.

—¿Crees que alguien de por aquí sabría cómo invocar a un demonio?

Pensé que reiría y que haría un comentario sarcástico, pero me miró desde el otro lado de la puerta, con toda la intensidad de la que era capaz.

—¿Por qué lo preguntas?

—Por algo que dijo Jenna el otro día. Dijo que Holly había muerto porque alguien había invocado a un demonio.

Después de digerir mis palabras en silencio, Archer negó con la cabeza.

—Imposible. Si hubiera demonios en la escuela, la señora Casnoff lo sabría. Son bastante llamativos.

—¿Por qué? ¿Son verdes y cornudos? —Me ruboricé—. No lo he dicho con doble intención. He dicho cornudos por los cuernos de los demonios, no por ti.

—No necesariamente. A veces toman la forma de un humano. También hay humanos que son demonios.

—¿Alguna vez te has enfrentado a uno?

Me miró incrédulo.

—¿Yo? No, paso. Me gusta mi cara y quiero conservarla así.

Llegamos a la escalera principal.

—Entiendo —dije—. Pero tú eres un buen hechicero. ¿Podrías enfrentarte a un demonio?

—No sin eso —dijo, señalando la figura del ángel del vitral sobre nuestras cabezas—. ¿Ves esa espada? Es el Cristal del Demonio. Sólo con ella puedes matar a un demonio.

—Pues qué nombre tan original —dije.

Archer se rió.

—Búrlate si quieres —dijo—, pero esa espada es muy potente.

Además, se encuentra en el Infierno, de modo que no es fácil conseguirla.

—Vaya —dije, mirando la ventana y cambiando de opinión.

—¡Archer! —gritó Elodie desde alguna parte.

Pasé por delante de él.

—Bueno, gracias por todo. Nos vemos —dije.

—Oye, Mercer.

Me di la vuelta.

Archer se había quedado al pie de la escalera. Al verlo bajo la luz del candelabro que colgaba del techo me olvidé de lo irritante que era. Estaba tan guapo que sentí una fuerte opresión en el pecho.

—¿Qué? —pregunté, tratando de parecer lo más burocrática posible.

—¡Arch! —Elodie pasó delante de mí a toda prisa. Archer desvió la mirada hacia su novia.

Subí la escalera corriendo para no tener que ver la imagen de Elodie en brazos de Archer.

19

Chaston envió al Concilio, a principios de octubre, una declaración por escrito en la que aseguraba no recordar nada sobre el ataque, de modo que a Jenna le permitieron quedarse en la escuela. Creí que la noticia la pondría contenta, pero no fue así. Jenna había abandonado sus habituales risas y palabras.

Yo comencé a adaptarme al estilo de vida de Hécate. Me iba bien en las clases, y Elodie y Anna, conmovidas por las noticias sobre Chaston, dejaron de torturarme durante un par de semanas. Incluso podría decirse que me ignoraban. Pero hacia mediados de octubre, las cosas volvieron a la normalidad, lo que significaba que ellas dos retomaron sus viejas costumbres de hacer comentarios desagradables sobre cualquier cosa y de charlar de ropa sin parar.

La Vandy decidió que Archer fuera mi compañero permanente en clase de defensa, probablemente con la esperanza de que me matara por accidente. Pese a eso, conseguí no meterme en más líos con ellas. Lo cierto era que Archer no me asustaba, pero estar tanto tiempo junto a él era una tortura. Cuanto más tiempo pasábamos bloqueando ataques y catalogando cosas en el almacén, más profundos me parecían mis sentimientos hacia él. Eso era algo en lo que yo ni siquiera quería pensar. Archer no sólo me gustaba porque era guapo

—y, créanme, era muy guapo—, sino por la forma en que se pasaba la mano por el pelo y por cómo me miraba cuando le hablaba (como si mis palabras realmente fueran interesantes) y por la manera en que le brillaban los ojos cuando le hacía reír, y ¡diablos!, porque me encantaba hacerle reír.

A medida que fui conociéndolo, me costó cada vez más entender por qué salía con Elodie. Podía pasarse el día entero jurando que Elodie era más que una cara bonita; lo cierto era que en los dos meses que yo llevaba en Hécate, sólo la había oído hablar de hechizos para borrar las pecas o para lograr que el pelo brillara más. Y, por cierto, que cada vez que hablaba de pecas me lanzaba una miradita burlona. Llegó al punto de escribir, en clase de lord Byron, un ensayo sobre la belleza física como herramienta de acceso al mundo humano. Algo ridículo.

Fue en clase de Evolución de la magia de la señorita East cuando la oí hablar del vestido que conjuraría para el baile anual de *Halloween* que iba a tener lugar dentro de dos semanas.

—La mayoría de la gente cree que las pelirrojas no podemos vestir de rosa —estaba diciendo—, pero todo depende del matiz de rosa que se use. El rosa suave y el rosa oscuro quedan bien. El rosa fuerte es para los mugrientos.

Hablaba en voz muy alta, con la intención de que Jenna la oyera. Ésta estaba sentada junto a mí y fingió no prestar atención a los comentarios de Elodie, aunque más tarde la vi pasarse los dedos por su mechón rosa.

Le di un golpecito con el codo.

—No les hagas caso. Son unas estúpidas.

—¿Cómo ha dicho, señorita Mercer?

La señorita East estaba junto a mi escritorio, con una mano apoyada en la cadera. Era una de las profesoras más *cool* de Hécate. Jenna y yo solíamos decir que tenía aspecto de dominatriz chic. Era delgada como un riel y llevaba su cabello oscuro recogido en un moño. Vestía siempre de negro y llevaba unos tacones asombrosamente altos con los que caminaba como si estuviera en una pasarela de París. Igual que les sucedía a los demás profesores de Hécate, daba la sensación de que a la señorita East le hubieran extirpado la glándula del buen humor.

Le ofrecí una sonrisa floja.

—Ehh... he dicho que en clase hay muchas brujas.

Toda la clase estalló en risas, excepto Elodie y Anna, que se me quedaron mirando. Seguro que me habían oído.

La señorita East frunció las comisuras de la boca e hizo algo parecido a una mueca. Creo que tenía miedo de que se arrugara su piel perfecta.

—Un comentario brillante, sin duda, señorita Mercer. Sin embargo, sabe que no tolero las interrupciones.

—No la he interrumpido —contesté, interrumpiéndola. La señorita East frunció las comisuras un poco más. Era el gesto que indicaba que yo acababa de entrar en la tierra de los Más Absolutos Ingenuos.

—Parece que tiene mucho que decir. Digamos que podría escribir un ensayo de dos mil palabras sobre las diferentes clases de brujas. Para mañana.

Como de costumbre, hablé antes de pensar en lo que decía.

—¿Qué? ¡Eso es totalmente injusto! —grité.

—Puede abandonar la clase. Regrese cuando tenga listo el ensayo y una disculpa.

Me mordí la lengua y recogí mis cosas. Jenna me miró con simpatía y Elodie y Anna, con desprecio. Tuve ganas de dar un portazo, pero no lo hice.

Consulté mi reloj; me quedaban cuarenta minutos antes de la siguiente clase. Subí la escalera, dejé mis libros y salí a tomar aire fresco.

Era uno de esos días desquiciantemente hermosos que sólo se dan en octubre. El cielo estaba despejado y los árboles todavía conservaban las hojas verdes, mechadas de matices dorados. Soplaba una agradable brisa con olor a humo. Hacía un poco de frío, lo suficiente para que me alegrara de llevar la chamarra puesta. Aunque estaba furiosa por la injusta expulsión, disfruté ese momento de libertad. Desde luego, no pensaba arruinarlo escribiendo el estúpido ensayo.

Antes de que me pusiera cursi, abriera los brazos y comenzara a cantar el estribillo de la canción de Pocahontas, *Los colores del viento*, oí una voz que me llamaba.

—¿Qué haces fuera de clase?

Era Cal, el jardinero. Llevaba el mismo traje de leñador de todos los días: camisa a cuadros y jeans. También sostenía un hacha gigante cuyo filo asesino brillaba al sol.

Ignoro cuál fue la expresión de mi cara al ver el hacha, pero me imagino que sería como la de los dibujos animados: ojos saltones y mandíbula al suelo.

Cal contuvo la risa, apoyó el hacha sobre su hombro y me dijo:

—Tranquila, que no soy un psicópata.

—Lo sé —dije—. Eres el conserje sanador.

—El jardinero.

—¿Eso no es lo mismo que un conserje?

—No, un jardinero es un jardinero.

Las dos veces escasas que había interactuado con él había creído que aquel chico era una especie de neandertal. Era súpermusculoso y tenía el cabello rubio oscuro: el típico jugador de fútbol americano de instituto. Además, nunca le había oído decir más de dos o tres palabras de un tirón. Pero ¿quién sabía?, tal vez tenía una gran riqueza interior.

— Oye, ¿qué haces trabajando de Hagrid si puedes sanar con un toque?

Sonrió. Tenía unos dientes blancos y perfectos. ¿Qué tenía ese sitio que hasta el personal subalterno parecía sacado de una revista de modas?

—¿No deberías estar curando a la gente importante en lugar de estar aquí cortando hierbas y poniendo curitas a unos adolescentes?

Se encogió de hombros.

—El año pasado, cuando salí de Hécate, ofrecí mis servicios a los del Concilio, quienes decidieron que mis talentos serían muy útiles aquí para proteger a este tesoro —dijo señalándome.

Sus palabras me parecieron tan tiernas que dudé entre echarme a reír o ruborizarme. Me contuve. Con un chico que me gustara era suficiente. Lo único que me faltaba era ponerme a corretear detrás del jardinero.

Cal se dio cuenta de lo que acababa de decir y trató de enmendarlo.

—Quería decir que todos ustedes, tú y los otros alumnos, son sus tesoros —dijo, aclarándose la garganta.

—Está bien.

—Será mejor que regreses a Retratos de las hadas en la Francia del siglo XVIII o cualquiera que sea la estúpida clase que te estás saltando.

Me crucé de brazos, en parte porque me estaba enojando un poco con él y en parte porque empezaba a hacer frío.

—A decir verdad, me han expulsado de la clase de la señorita East, Evolución de la magia.

—Así que te has ganado un semestre de castigo y te han expulsado de clase. Algo no va bien —contestó.

—Dímelo a mí. Está claro que no les gusto demasiado a los maestros.

Cal negó con la cabeza.

—No creo que ése sea el problema.

Oí en la distancia el timbre que anunciaba el cambio de clases. Tenía prisa por ir a clase de Byron, pero tampoco quería perderme lo que Cal tuviera que decirme.

—¿A qué te refieres?

—Míralo desde su punto de vista. Tu padre es el jefe del Concilio y todos tienen que demostrar que no sienten favoritismo por ti. Quizá estén exagerando un poco su papel, ¿no crees?

Asentí. ¿Por qué no me sorprendía saber que otra vez mis desgracias eran por culpa de mi padre?

—¿Te encuentras bien? —Cal inclinó ligeramente la cabeza.

—Sí —contesté, con el mismo entusiasmo de una animadora deportiva en plena borrachera de jugo artificial. Añadí en un tono de voz más normal—: Tengo que irme. No quiero llegar tarde.

Cuando pasé corriendo por delante de Cal, choqué con uno de sus hombros. «Dios, este hombre está tan duro como un maldito roble», pensé mientras recuperaba el paso.

Llegué tarde a clase de lord Byron. No sólo me gané una regañina en pentámetro yámbico sino el derecho a presentar un ensayo sobre mi «crónica y egregia capacidad para la tardanza».

—Creo que necesito un hechizo para los deberes —le susurré a Jenna. Me senté en mi banco.

Jenna se encogió de hombros sin mucho entusiasmo y siguió dibujando unas caras en un margen de su libreta.

Las caras que estaba dibujando se parecían mucho a las de Holly y Chaston.

20

Esa noche, mientras Archer se dedicaba a catalogar, escribí el ensayo para la señorita East. Había acabado el ensayo que me había pedido lord Byron durante la clase de Clasificación de los metamorfos. El maestro Ferguson estaba enamorado de su voz y no se preocupaba demasiado de lo que sucedía a su alrededor. Jenna y yo pasábamos el tiempo escribiéndonos notitas, excepto en los últimos días en los que mi compañera de cuarto no hacía más que dibujar garabatos y aislarse de los demás.

Archer y yo habíamos decidido no clasificar más de diez objetos por hora. La Vandy no decía nada al respecto, lo cual confirmaba mis sospechas de que lo único que quería era encerrarnos tres días a la semana durante una hora. Después de todo, nuestra tarea no tenía ningún sentido porque lo que catalogábamos un día, al otro estaba en un sitio distinto. Pasábamos la mayor parte del tiempo hablando. Desde que Jenna había decidido nadar en las aguas profundas de la autocompasión, Archer era el único amigo que me quedaba. Elodie y Anna se habían dado por vencidas y ya no me insistían para que me uniera a su aquelarre. Por lo que había oído, trataban de convocar a brujas blancas. Esto demostraba en cuán poca estima me tenían. Traté de convencerme de que no me importaba, pero la vida en Hex me resultaba terriblemente solitaria.

—¿Crees que los maestros me tratan mal por culpa de mi padre? —le pregunté a Archer, levantando la vista del libro de texto que descansaba sobre mi regazo.

—Es probable. —Se subió a un estante—. Los Prodigium tienen egos enormes y no todo el mundo siente simpatía por tu padre. Estoy seguro de que la Casnoff no quiere que los otros padres piensen que recibes un trato especial porque eres hija del hombre que es casi como su rey.

Levantó una ceja.

—Lo que te convierte en la princesa heredera —añadió.

Puse los ojos en blanco.

—Oh, deja que le saque lustre a mi corona y estoy contigo.

—Anda, Mercer. Creo que serías una buena reina. Tienes ese aire estirado típico de la realeza.

—No soy una estirada —repliqué.

Se inclinó y sonrió con malicia.

—Claro que lo eres. La primera vez que te vi estabas revestida en hielo.

—Eso fue porque te comportaste como un idiota —dije—. Por si no lo recuerdas, me dijiste que era un desastre de bruja.

—Lo eres —dijo, entre risas.

Y entonces, como si ya fuera una broma recurrente, los dos gritamos: «¡Perro malo!» al unísono y estallamos en carcajadas.

—Lo que pasa es que no estás acostumbrado a las chicas que no se tiran a tus pies como si fueras una estrella del pop o algo parecido —dije, cuando conseguí dejar de reírme.

Volví a mi ensayo. Archer me contestó con una sonrisita y un leve destello en los ojos:

—¿Por qué tú no?

—¿Perdona?

—Según tú, las chicas se tiran a mis pies. ¿Por qué tú no? ¿No soy tu tipo?

Tomé aire y esperé que no notara mi nerviosismo. Esos momentitos raros se estaban volviendo moneda corriente entre Archer y yo. Quizá fuera por el tiempo que pasábamos juntos en el almacén o por la forma en que nos habíamos familiarizado con nuestros respectivos cuerpos en clase de defensa, pero lo cierto era que empezaba a notar un sutil cambio en nuestra relación. Yo no era tan ilusa como para creer que le gustaba ni nada por el estilo, pero coqueteaba con él. Sin embargo, en momentos como ése me sentía insegura y extraña.

—Pues no, no lo eres —dije finalmente, esforzándome porque mis palabras sonaran creíbles—. Siempre me han gustado los ñoños. Los chicos bonitos y arrogantes no me van.

—Entonces soy bonito.

—Basta.

Tenía que cambiar de tema.

—¿Y tu familia? —pregunté.

Me miró sorprendido.

—¿Qué pasa con ellos?

—¿A ellos les gusta mi padre?

Apartó rápidamente la mirada y se encogió de hombros. Algo no iba bien.

—A mi familia no le interesa demasiado la política —dijo.

Luego volvió a mirarme.

—¿Has visto el «colmillo de vampiro de D. Frocelli»?

Negué con la cabeza.

Me centré en el ensayo que estaba escribiendo, preguntándome qué demonios había dicho para que Archer se pusiera nervioso. Me di cuenta de que en las seis semanas que llevábamos trabajando juntos, Archer no había hablado demasiado de su familia. Aunque de entrada eso no me había importado demasiado, ahora que él quería esquivar el tema, me carcomía la curiosidad.

Me pregunté si Jenna sabría algo sobre el pasado de Archer, pero descarté la idea de hacerle ninguna pregunta. Jenna apenas quería hablar. Era evidente que sus problemas eran importantísimos y que lo último que necesitaba era que la fastidiara con preguntas sobre el chico que me gustaba.

Cuando la Vandy vino a buscarnos, mi ensayo estaba casi terminado. Decidí que escribiría el final antes de entrar a clase.

Me dirigí a mi habitación, pero al pasar por la puerta abierta del cuarto de Elodie oí la suave voz de Anna.

—Yo no estaría tranquila si fuera mi novio.

Me detuve junto a la puerta para oír la respuesta de Elodie.

—Estoy tranquila porque es la rara de la escuela. Créeme, si Archer tiene que pasarse la noche en el sótano encerrado con alguien, me alegra que sea con Sophie Mercer. Archer no la tocaría ni con un palo.

Muy gracioso. Sabía que no le gustaba a Archer, pero oírlo de boca de alguien más era algo muy pero que muy fastidioso.

—Tiene un buen escote —musitó Anna.

—¡Anna, por favor! —gritó Elodie—. Las tetas no compensan si eres baja y fea. ¿Y no has visto el cabello que tiene?

Aunque no podía verla, me imaginé a Elodie estremeciéndose al decirlo. Me entraron náuseas. Sabía que no debía quedarme allí, pero no podía dejar de escuchar. Me pregunto por qué será que nos gusta oír lo que los demás opinan de nosotros, incluso cuando lo que opinan es horrible. Por cierto, lo que decía Elodie no era ninguna novedad para mí: era baja, fea y mi pelo era un desastre. Me lo decía a mí misma todo el tiempo. Aun así, no pude contener el llanto.

—Lo que tú digas —dijo Anna—, pero Archer es raro. ¿Te has olvidado de lo miserable que era contigo el año pasado? ¿No te decía «muñequita hueca» y «la Tontorrona»?

—Eso es cosa del pasado, Anna —dijo Elodie con la voz tensa.

Contuve una risa. Alguna vez Archer había sido sensato. ¿Qué le habría hecho cambiar? ¿Sería verdad que veía algo en ella tal como me había dicho? Porque lo que estaba oyendo era tan profundo como un tapete de baño.

—De todos modos, si es que Archer siente algo por Sophie, después del baile de *Halloween* se olvidará de ella y sólo tendrá ojos para mí.

—¿Por qué?

—He decidido entregarme a él.

Vaya asco de chica. ¿Quién dice esas cosas? ¿Por qué no decir directamente «le entregaré mi delicada flor» o mi «tesoro carnal» o algo igual de estúpido?

Por supuesto, Anna gritó emocionada:

—¡Dios mío, qué romántico!

Elodie rió como una niña. No le quedaba bien eso de reírse. Las chicas como Elodie deberían cacarear.

—¿De verdad?

Definitivamente, aquello era demasiado para mí. Me fui de puntillas hasta mi habitación y abrí la puerta con suavidad.

Como siempre, Jenna estaba arrellanada en la cama, cubierta por una de sus mantas color rosa eléctrico. Desde hacía un tiempo fingía dormir para no tener que hablar conmigo. Yo respetaba su decisión y no le daba charla, pero esa noche me senté en el borde de la cama y la empujé para que me hiciera sitio.

—¿Adivina qué? —canturreé.

Por un extremo de las sábanas apareció un ojo que se abría y cerraba como el ojo de un búho.

—¿Qué?

Le hablé de la conversación entre Elodie y Anna.

—¿Te lo puedes creer? «Me entregaré a él.» ¿Cuál es el problema en decir «Me iré a la cama con él»?

—Sí, es bastante tonto —dijo, con una sonrisita.

—Completamente estúpido —aseveré.

—¿Han dicho algo sobre Chaston?

—Eh... no. Nada que yo haya podido oír, al menos. Pero ya sabes lo que dijo la señora Casnoff la otra noche. Chaston está bien, descansando con sus padres en la Riviera o en algún sitio igual de glamuroso. Regresará el año que viene —contesté.

—No puedo creer que se dediquen a hablar de chicos cuando un miembro de su aquelarre ha muerto y el otro casi sigue el mismo camino hace tres semanas.

—Sí. Bueno, ya sabes que son unas idiotas superficiales, eso no es ninguna novedad.

—Es cierto —contestó Jenna.

Me saqué la ropa que llevaba puesta y me puse una camiseta de tirantes azul de Hécate y unos pantalones de pijama que me había enviado mi madre la semana anterior. Eran de algodón blanco moteado de pequeñas brujitas montadas en sus escobas. Era su modo de decirme que lamentaba nuestra pelea. Yo también la lamentaba. Por suerte, estábamos de buenas otra vez.

—Vaya, sí que te he hecho daño en los hombros —dijo Jenna, sentándose sobre la cama.

Eché un vistazo.

—Oh, eso. No es nada. Ni siquiera me duele.

Pero todavía me dolían un poco.

A Jenna le brillaban los ojos. Creo que trataba de contener las lágrimas.

—Lo siento mucho, Sophie. Estaba asustada y herida y a veces pierdo el control.

El miedo me heló el espinazo, pero traté de sobreponerme. Jenna era mi amiga. Es cierto que había visto su cara de vampiro, pero también era cierto que aquel mal momento había pasado en seguida.

«La disculpas porque eres su amiga. Chaston no lo era, definitivamente. ¿Holly? ¿Quién sabe?», pensé.

No. No tenía que seguir por ese camino.

—¿Pierdes el control de qué, de la vejiga? —pregunté fingiendo confusión—. Deberías revisarte. No pienso prestarte mis sábanas.

—Eres rara —dijo, riendo.

—¡Mira quién habla!

Pasamos las dos horas siguientes charlando y tratando de estudiar para la clase de Evolución de la magia. Cuando las luces se apagaron, Jenna había vuelto a ser la de siempre.

—Que duermas bien, Jenna —dije una vez nos quedamos a oscuras.

—Que duermas bien, Sophie.

Me quedé tumbada boca arriba, con la cabeza llena de pensamientos: Archer, Elodie y Anna, Jenna, la conversación con Cal en el estanque. Me dormí preguntándome si Archer sabría que estaba a punto de convertirse en el orgulloso receptáculo de la virginidad de Elodie.

No tengo idea de la hora que era cuando me desperté y vi que la chica de verde estaba sentada al pie de mi cama. Estaba segura de que soñaba, de que no podía ser verdad.

Luego soltó un suspiro exasperado y dijo, con acento británico:

—Sophie Mercer, cuánto trabajo me has dado.

.

21

Me senté en la cama pestañeando.

En efecto, era la chica del vestido verde que había visto en repetidas ocasiones desde mi llegada a Hécate. No parecía un fantasma, sino una persona de carne y hueso.

—Bueno —dijo, levantando una sola ceja—. ¿Vienes o no?

Eché un vistazo a Jenna. Era tan sólo un bulto oscuro debajo de las sábanas. No se había despertado. Respiraba tranquilamente.

—No te preocupes por ella —dijo, agitando la mano con desdén—. No se va a despertar ni avisará a nadie. Ya me he encargado de eso.

Antes de que pudiera preguntarle qué había querido decir con aquello, se dio la vuelta y se deslizó hasta la puerta.

Me quedé helada, sentada sobre la cama. La muchacha reapareció al otro lado de la puerta.

—¡Por Dios, Sophie! ¡Date prisa!

Sabía que hacer caso a un fantasma era una idea muy, pero muy mala. Todo el cuerpo me prevenía para que no lo hiciera: tenía la piel húmeda y un nudo en el estómago. No obstante, antes de darme tiempo para pensar en lo que estaba haciendo, ya había apartado las sábanas y había recogido mi saco del respaldo de la silla. Alcancé a la chica cuando ya estaba en la escalera.

—Bien —dijo—. Hay mucho trabajo que hacer y poco tiempo para llevarlo a cabo.

—¿Quién eres? —susurré.

—Ya te he dicho que no tienes por qué susurrar. Nadie puede oírnos —dijo, irritada.

Se detuvo a mitad de la escalera, echó la cabeza hacia atrás y gritó:

—¡Casnoff, Vandy, Sophie Mercer se ha levantado de la cama y está dispuesta a hacer travesuras con un fantaaaaaaaasma!

Me puse en cuclillas por puro instinto.

—Shhh.

Tal como había prometido, nadie la oyó. Los únicos sonidos a nuestro alrededor eran el tictac amortiguado del reloj de pie del recibidor principal y mi propia respiración pesada.

—¿Lo ves? —dijo, sonriéndome de una manera encantadora—. Ya me he ocupado de todo. Ahora ven conmigo.

Bajó corriendo los últimos escalones. Antes de que pudiera darme cuenta, ya estábamos afuera, caminando sobre el pasto, que tenía un tacto desagradable y fangoso a causa de la humedad. La noche era fría. Bajé la mirada para cerciorarme de que era pasto lo que estaba pisando y no otra cosa, y vi que mis pies tenían un raro matiz verdoso. También podía ver mi sombra, a pesar de que no había luna.

Me di la vuelta hacia el edificio Hécate y lancé un grito sofocado. Toda la casa estaba cubierta por una burbuja de brillo verde incandescente en constante movimiento que se ondulaba y soltaba chispazos verdes. Nunca había visto nada parecido ni había leído sobre ningún hechizo capaz de lograr eso.

—Impresionante, ¿verdad? —dijo la chica con orgullo—. Es un hechizo bastante elemental para dormir. Las víctimas son completamente insensibles al mundo durante cuatro horas. Lo he hecho un poco más grande de lo habitual.

No me gustó el modo en que había usado la palabra «víctimas».

—¿Están... estarán bien?

—Perfectamente a salvo —dijo—. Sólo duermen, como en un cuento de hadas.

—Pero si la señora Casnoff ha puesto hechizos por toda la casa. Es imposible que alguien entre y haga un hechizo tan grande.

—No es imposible —dijo la chica. Luego me sujetó de la mano. Su mano era tan sólida y real como la mía. Estaba segura de haber oído decir a la señora Casnoff que los fantasmas no podían tocarnos. Pero antes de que pudiera preguntar nada, tiró de mi brazo para alejarme de la casa.

—Espera. No iré a ningún sitio hasta que me digas quién eres y qué haces aquí. ¿Por qué has estado siguiéndome?

Suspiró.

—Ay, Sophie, esperaba que fueras un poquito más perceptiva. ¿No es evidente quién soy?

Miré su vestido largo hasta la rodilla, su capa verde y brillante. Llevaba el pelo a la altura de los hombros, rizado, y recogido con pasadores. También llevaba puestos unos abyectos zapatos marrones. Me dio pena: fantasma o no, nadie debería vagar por la eternidad con esos feos zapatos.

Entonces me fijé en sus ojos. Eran grandes y estaban muy abiertos. Aunque la luz que se reflejaba en ellos les daba un matiz verde, eran azules.

Como mis ojos.

Británica, de los años cuarenta y tenía mis mismos ojos.

—¿Alice? —pregunté con el corazón en un puño.

Me ofreció una amplia sonrisa.

—Excelente. Ahora ven conmigo y...

—Espera, espera, espera —dije, llevándome una mano a la cabeza—. ¿Quieres decir que eres el fantasma de mi bisabuela?

Me miró exasperada.

—Sí.

169

—¿Y qué haces aquí? ¿Por qué me has estado siguiendo?

—No te he estado siguiendo —dijo, acalorada—. Sólo me he aparecido ante ti. Antes no estabas preparada, pero ahora sí. He trabajado muy duro para llegar a ti, Sophie. Ahora, ¿podemos dejar a un lado la charla y ponernos manos a la obra?

Permití que me arrastrara consigo en parte por miedo a que me liquidara y en parte por curiosidad. La verdad, ¿a cuántas personas las saca de la cama el fantasma de su bisabuela?

Nos alejamos de Hécate y subimos la colina empinada que llevaba al invernadero. Me pregunté si me habría sacado al jardín para hacer ejercicio. Al llegar al gimnasio, Alice giró a la izquierda y se internó en el bosque. Yo nunca había estado en el bosque que rodeaba la escuela. Tenía una buena razón para ello: era un sitio condenadamente tenebroso. Y por las noches, doblemente aterrador.

Pisé una roca con el pie descalzo y me retorcí de dolor. Luego, algo me rozó suavemente la mejilla y solté un ligero chillido.

Alice murmuró unas palabras. De repente, apareció ante nosotras una esfera de luz tan brillante que tuve que cubrirme los ojos con la mano. Alice murmuró otras palabras y la esfera saltó hacia arriba como si alguien hubiera tirado de una cuerda, hasta quedar suspendida a unos tres metros sobre nuestras cabezas. Irradiaba luz en todas direcciones.

Si creen que la luz consiguió que el bosque pareciera menos aterrador, debo decirles que lo que pasó fue todo lo contrario. La esfera luminosa proyectaba sombras en el suelo y se reflejaba en los ojos de algunos animales. Nos topamos con un arroyo seco. Alice lo atravesó de un salto con destreza. Yo hice lo mismo, pero con mucha menos gracia: tropecé y lancé una maldición.

Si el bosque daba un miedo horrible, el arroyo mucho más. El filo de las rocas se me clavaba en los pies y, a dondefuera que dirigiera la mirada, estaba lleno de huecos y raíces que parecían vísceras de animales gigantescos. Decidí darle la mano a Alice y mantener los ojos cerrados.

Nos detuvimos abruptamente. Abrí los ojos y en seguida me arrepentí de haberlo hecho.

Frente a mí, vi una pequeña reja de hierro forjado manchada de óxido. Detrás de la reja, había seis lápidas. Cuatro de ellas estaban ligeramente retorcidas y cubiertas de musgo; las otras dos estaban rectas y blancas como el hueso.

Las lápidas eran de lo más inquietantes; sin embargo, no me asustaban tanto como la estatua. Al contemplarla, sentí en la boca el sabor metálico del miedo. Medía casi tres metros y representaba un ángel con las alas abiertas, tallado en piedra gris con tanto esmero que podías contarle las plumas. Llevaba una túnica que parecía mecerse y flotar movida por un viento invisible. Una de sus manos sostenía una espada. La empuñadura de la espada era también de piedra, pero la hoja estaba hecha de un cristal oscuro que brillaba a la luz de la esfera. El ángel tenía la otra mano levantada con la palma hacia adelante, como si quisiera advertir a los visitantes para que retrocedieran. Su cara mostraba una expresión de severa autoridad que habría hecho palidecer a la señora Casnoff.

Esa cara me resultaba conocida. Al instante me di cuenta de que era el mismo ángel del vitral de Hécate, el que había desterrado a los Prodigium.

—¿Qué...? —pregunté, aclarándome la garganta—. ¿Qué es este lugar?

Alice miró al ángel con una sonrisa en sus labios apenas perceptible.

—Es un secreto —dijo.

Temblé y me cerré el saco sobre el cuerpo. Quise preguntarle qué había querido decir, pero su mirada de acero me indicó que mi pregunta no obtendría respuesta. ¿Acaso el folleto de Hécate no decía que estaba prohibido entrar al bosque? Yo había supuesto que se debía a que el bosque era peligroso. Al parecer, había otros motivos por los cuales mantenían a los alumnos alejados de aquel lugar.

El viento empezó a soplar con más fuerza y agitó las hojas de los árboles. Me castañetearon los dientes. Me arrepentí de no haberme puesto zapatos y empecé a frotar un pie contra el otro.

—Ten —dijo Alice, señalándome los pies. Sentí unas cosquillas y, en un abrir y cerrar de ojos, unos calcetines de lana blancos y mis zapatillas rojas preferidas me cubrían los pies. Según creía recordar, aquellas zapatillas estaban en el fondo del armario de mi casa, en Vermont.

—¿Cómo lo has hecho? —pregunté, pero Alice se limitó a sonreír misteriosamente.

Luego, sin avisarme, movió su mano en el aire como si manejara un látigo.

Sentí un duro golpe en el pecho y caí al suelo gritando sorprendida.

—¡Uff!

Me senté y me le quedé mirando.

—¿Qué ha sido eso?

—Eso —dijo con brusquedad— ha sido un hechizo de ataque ridículamente sencillo que tú tendrías que haber sido capaz de bloquear.

La miré anonadada. Una cosa era que Archer me tumbara en todas las clases de defensa y otra muy distinta que mi bisabuela me atacara quién sabía cómo. Resultaba vergonzoso.

—¿Cómo querías que lo bloqueara si ni siquiera sabía que ibas a hacerlo? —pregunté.

Alice se acercó a mí y me tendió la mano. Rechacé la ayuda. Estaba realmente molesta y además ella no parecía pesar más de cuarenta kilos. No quería que ambas termináramos en el suelo.

—Deberías haberlo presentido, Sophie. Una bruja tan poderosa como tú tiene que ser capaz de anticipar un ataque.

—¿De qué hablas? —dije, quitándome el polvo y las agujas de pino de mi dolorido trasero—. ¿Qué es este rollo tipo *La guerra de las galaxias*? ¿Qué creías? ¿Que diría: «Siento una perturbación en la Fuerza»?

Alice me miró sin entender y entrecerró los ojos.

—Es igual, olvídalo —masculló—. De todos modos, si me has estado observando durante seis semanas te habrás dado cuenta de que no soy «una bruja tan poderosa» como dices tú. Soy la bruja menos poderosa de por aquí. Parece obvio que los superpoderes familiares no me han tocado a mí.

Alice negó con la cabeza.

—Lo han hecho. Puedo sentirlo. Tus poderes no son ni una pizca menos fuertes que los míos. Sólo que todavía no has aprendido a usarlos. Por eso estoy aquí, para ayudarte a agudizarlos y darles forma. Y también con el fin de prepararte para el papel que te ha sido asignado.

La miré de arriba abajo.

—O sea que eres mi Yoda particular.

—No tengo ni idea de qué estás diciendo.

—Lo siento, lo siento. Trataré de hacer a un lado las referencias a la cultura popular. ¿A qué te refieres con eso de que tengo asignado un papel? ¿Cuál es?

Alice me miró como si yo fuera estúpida. Yo también me sentía una estúpida.

—Serás la jefa del Concilio.

22

—¿Y por qué crees que aceptaría algo así? —le pregunté entre risas—. No sé nada de los Prodigium y soy una bruja de lo peor.

El viento removió mi cabello y unos mechones se me metieron en
la boca y los ojos. Alice giró su muñeca hacia mí y, al instante, mi
cabello suelto estaba peinado en un moño tan apretado que me hizo
soltar unas lágrimas.

—Sophie —dijo Alice, con el mismo tono que usaría para hablar
con un niño pequeño en pleno berrinche—, crees que eres una mala
bruja, pero no es así.

No pude evitar una sonrisa. Pronunciada con ese acento tan refi-
nado, la palabra «mala» sonaba extremadamente elegante. Al verme
sonreír, Alice me cogió de la mano; al tacto, su mano se sentía suave
y gélida.

—Sophie —dijo, suavizando el tono—, eres increíblemente poderosa. Simplemente, te has visto desfavorecida por tu crianza entre
humanos. Con la guía y el entrenamiento adecuados podrás sobre-
pasar a esas otras chicas... ¿Cómo las llaman tú y tu amiguita mestiza? ¿Las brujas de anuncio?

—Jenna no es mestiza—contesté.

Pero ella pareció no oírme.

—Puedes ser mucho pero mucho más poderosa que ellas. Y yo puedo enseñarte cómo.

—Pero ¿por qué?

Volvió a sonreír de manera enigmática y me dio una palmada en el hombro. Sabía que Alice había muerto a los dieciocho años, así que era sólo dos años mayor que yo. Esa palmadita, sin embargo, era muy de abuela.

—Porque eres de mi sangre —contestó—. Porque mereces ser mejor. Para que seas lo que debes ser.

No supe qué contestar. ¿Era mi destino ser jefa del Concilio? Recordé mi vieja fantasía de tener una tienda de libros *new age* y vestir un caftán púrpura. Todo aquello me parecía ahora un sueño lejano y, para ser honesta, también un poco estúpido.

Y luego me acordé de Elodie, de Chaston y de Anna levitando en la biblioteca. Parecían diosas y, aunque habían conseguido asustarme, debo reconocer que también me habían dado envidia. ¿Realmente era posible que yo pudiera ser mejor que ellas?

Alice rió.

—Oh, serás mucho mejor que ellas. —Genial. Alice me leía la mente—. Ven, no tenemos mucho tiempo.

Atravesamos el cementerio y llegamos a un anillo de robles que formaba un claro en el bosque.

—Nos encontraremos aquí —dijo Alice—. Aquí es donde te entrenaré para que seas la bruja que debes ser.

—Sabes que tengo clases, ¿verdad? No puedo pasarme la noche en vela.

Alice alargó el brazo y se quitó un collar del cuello. Sus manos brillaban con más fuerza que la esfera de luz. De pronto la luz se apagó y Alice me dio el collar. Estaba tan caliente que costaba tocarlo. Era una sencilla cadena de plata con un colgante cuadrado del tamaño de un sello postal. En el centro tenía una lágrima de piedra negra.

—La joya de la familia —dijo—. Mientras la lleves puesta nunca te sentirás cansada.

Eché un vistazo al collar, agradecida.

—¿Aprenderé este hechizo?

Por primera vez, Alice me ofreció una auténtica sonrisa. Una sonrisa ancha que iluminó su cara y volvió bellos sus poco atractivos rasgos.

Se inclinó hacia mí y tomó mis manos entre las suyas. Me atrajo hacia ella hasta que nuestras caras se juntaron a pocos centímetros la una de la otra.

—Éste y muchos otros —susurró.

Entonces estalló en risas y yo me reí con ella.

Unas horas después, ninguna de las dos estaba con ánimos para reírse.

—¡Otra vez! —rugió Alice. ¿Cómo podía ser que una chica tan pequeña tuviera una voz tan potente? Suspiré y relajé los hombros. Me concentré tanto como pude en el espacio vacío frente a mí, deseando con todas mis fuerzas que apareciera el lápiz.

Durante la primera hora habíamos practicado hechizos de bloqueo. No me costó bloquear los ataques de Alice, pero era incapaz de anticiparlos. La última hora habíamos tratado de hacer aparecer un objeto de la nada. Empezamos con algo pequeño como un lápiz. Alice insistía en que todo era cuestión de concentrarse. Pero me estaba concentrando tanto que cada vez que cerraba los ojos veía lápices del número dos de color amarillo brillante. Hice que la hierba temblara un poco. En un momento particularmente frustrante, mandé volar una piedra en dirección a Alice. No era capaz de crear nada que se pareciera a un lápiz ni de lejos.

—¿Quieres probar con algo más pequeño? —preguntó Alice—. ¿Una grapa, quizá? ¿Una hormiga?

La miré con fastidio e hice una profunda inhalación.

«Lápiz, lápiz, lápiz —pensé—. Un lápiz amarillo, con una goma rosa, exámenes de admisión, por favor, por favor...»

Entonces percibí el agua que subía desde mis pies hasta las yemas de mis dedos. Pero esta vez no era un hilito de agua, sino un río entero. Sentí que todo mi interior vibraba y que me ardían los ojos. Era un calor agradable, como el del asiento de un coche que ha quedado expuesto al sol en un día frío. Me dolía la cara; se debía a que me estaba riendo.

El lápiz fue apareciendo poco a poco. Primero como una especie de fantasma y después como un objeto sólido. Dejé mis manos extendidas para sentir el latido de la magia y me volví hacia Alice para decirle algo como: «Vaya, vaya».

Pero Alice no me miraba a mí, sino que tenía los ojos puestos en el lápiz. Me di la vuelta y grité sorprendida.

No había un lápiz: había una treintena, amontonados uno sobre el otro. Y seguían apareciendo.

Bajé las manos y la magia desapareció, como si se hubiera cortado un cable.

—¡No lo puedo creer! —exclamé, suavemente.

—¡Dios mío! —fue el único comentario de Alice.

—Yo, yo... —miraba fijamente la pila de lápices—, yo he hecho esto —dije, finalmente. Me mordí la lengua. No podía creer que acabara de decir semejante idiotez.

—¡Vaya si lo has hecho! —declaró Alice, sacudiendo ligeramente la cabeza. A continuación sonrió—. Te lo dije —me recordó finalmente.

Reí. Luego me vino un pensamiento a la cabeza.

—Un momento —solté, echando un vistazo a mi reloj—. Dijiste que el hechizo duraría cuatro horas. Casi han pasado las cuatro horas y para llegar aquí caminamos media hora. ¿Cómo vamos a estar de vuelta a tiempo?

Alice sonrió y chasqueó los dedos. Junto a ella se materializaron dos escobas.

—Es broma —dije.

Su sonrisa se hizo más amplia. Cruzó una pierna sobre la escoba

177

y salió disparada hacia el cielo. Bajó y se quedó flotando sobre mi cabeza. El eco de su risa resonó en todo el bosque.

—¡Venga, Sophie! —me llamó—. Por una vez en la vida, ¡sigue las tradiciones!

Me levanté del suelo con esfuerzo y cogí el delgado palo de la escoba.

—¿Crees que me aguantará? —le grité—. ¡No todas compramos nuestra ropa en las tiendas para niños!

Esta vez ni siquiera se molestó en preguntarme de qué estaba hablando. Simplemente se rió.

—¡Si yo fuera tú me daría prisa! ¡Sólo te separan quince minutos de un castigo anual en el almacén!

Me monté sobre la escoba. Mi postura no era ni de lejos tan femenina como la de Alice, pero en cuanto la escoba se elevó, me dio igual lo bien que se me viera en esa posición.

Me aferré con fuerza al palo y grité sobresaltada. El aire de la noche vino hacia mí y me elevé al cielo. Creí que la escoba iría a toda velocidad y que tendría que rogar por mi vida, pero más bien se movía como si se deslizara. Contuve la respiración de pura alegría.

Seguí a Alice. El aire que me rodeaba era suave y fresco. Tomé valor y miré hacia los árboles debajo de mí. Alice había apagado la esfera, de modo que todo lo que podía ver eran manchas oscuras. No me importaba. Estaba volando, lisa y llanamente volando. Las estrellas parecían estar tan cerca que casi daba la sensación de que podía tocarlas. Mi corazón flotaba libre dentro de mi cuerpo. Vi a la distancia la burbuja verde que rodeaba Hécate y deseé que no llegáramos nunca allí. Quería sentirme así de libre y ligera para siempre.

Aterrizamos frente a la casa demasiado pronto para mi gusto. Sentía la cara cortada por el viento y las manos adormecidas, pero sonreía como una lunática.

—Ha sido la experiencia más alucinante de toda mi vida —declaré—. ¿Por qué no todas las brujas viajan así?

Alice desmontó riendo.

—Supongo que lo consideran vulgar.

—Pues que se adapten —dije—. Cuando sea la jefa del Concilio haré que sea el único medio de transporte permitido.

—Bien dicho —contestó Alice, riendo otra vez.

La burbuja que rodeaba Hécate empezó a desvanecerse.

—Supongo que eso significa que debo entrar —dije—. Entonces, ¿mañana a la misma hora y en el mismo lugar?

Alice asintió. Metió la mano en el interior de su bolsillo y sacó una pequeña bolsa.

—Llévate esto.

La bolsa era suave. Sentí que su contenido cambiaba al contacto.

—¿Qué es?

—Tierra de mi tumba. Si un día necesitas una dosis extra de poder para un hechizo, échate un poco de esto en las manos.

—Oh, gracias —dije. Un poco de brujería extra no estaba mal, pero la verdad era que guardar tierra de una tumba era algo bastante asqueroso.

—Sophie —añadió Alice antes de que la dejara.

—Dime.

Se acercó a mí y me cogió por los hombros. Su boca se acercó a mi frente. Durante un segundo creí que me besaría en la mejilla o que haría algo por el estilo, pero entonces susurró:

—Ten cuidado. El Ojo te observa. Incluso aquí.

Me aparté con el corazón a mil revoluciones y la boca seca. Antes de que pudiera responderle, Alice sonrió con tristeza y se esfumó.

23

—¿Qué? —le pregunté a Archer sin aliento una semana después—. ¿Ya has escogido el rosa perfecto para tu esmoquin?

Estábamos en clase de defensa. Yo me sentía eufórica porque acababa de derribar a Archer por quinta vez ese día. Me faltaba el aire, pero esta vez no era por lo guapo que Archer estaba en esa camiseta ajustada sino porque no me podía creer que lo hubiera tumbado tantas veces. O él estaba empeorando o yo estaba mejorando. No es que estuviera como para ir al concurso de televisión «Gladiadores Americanos», pero no me iba nada mal. Y eso que me había pasado toda la noche fuera.

El collar se deslizó sobre mi pecho cuando me agaché para ayudar a Archer. El amuleto de Alice funcionaba de na... bueno, ya saben. A pesar de haber dormido dos horas en tres noches me sentía de maravilla. La primera mañana temí que la señora Casnoff me llamara a su despacho para preguntarme si yo sabía algo sobre un hechizo para dormir que alguien había puesto en la escuela. Cuando vi que eso no sucedería, me tranquilicé.

Ahora ya ni me molestaba en dormir. Me acostaba a oscuras, ansiosa como un niño en vísperas de Navidad. Cuando percibía el brillo verde en las ventanas, salía de la casa a toda velocidad, montaba sobre mi escoba y volaba en dirección al cementerio.

Sabía que lo que estaba haciendo era peligroso y tal vez un tanto estúpido, pero era difícil negarme cuando podía volar por el cielo o era capaz de hacer una magia tan poderosa que ni hubiera podido imaginar en mis mejores sueños.

Archer sonrió burlonamente. Lo ayudé a ponerse en pie.

—Te lo digo en serio —me burlé—. Hace un rato, Elodie dijo que irían combinados. Cuéntame de qué color es tu traje: ¿rosa rubor?, ¿rosa ambición? ¡Ah, ya lo sé! ¡Rubor virginal!

Faltaba exactamente una semana para el baile y nadie hablaba de otra cosa. Hasta Byron nos había pedido un soneto sobre la ropa que llevaríamos. Yo no tenía ni idea. La señorita East era la encargada de enseñarnos el hechizo de transformación con el que crearíamos nuestros vestidos y esmóquines. El día anterior nos había entregado a cada uno un muñeco vestido con una especie de funda de cojín con agujeros para los brazos. No entendía por qué no podíamos simplemente transformar algo que ya tuviéramos. Supuse que era otra de las tontas normas de Hécate.

Los metamorfos y las hadas no podían hacerse sus trajes, razón por la cual empezaron a llegar cajas sin parar durante los días previos al baile.

Jenna era un caso aparte. Me ofrecí a hacerle un vestido, pero me miró como si yo fuera una imbécil y me dijo que no había nada en el mundo que pudiera arrastrarla a «esa fiesta idiota».

Trabajamos en el hechizo durante todas las clases de la señorita East. Todos mis intentos terminaban en bultos de tela sin ninguna forma. La señorita East me dijo que era porque estaba demasiado nerviosa, pero no me lo creí. La fiesta no me ponía nada nerviosa: no tenía a quién «entregarme».

—¡Cállate! —dijo Archer. Estaba de buen humor. Estiró los brazos sobre su cabeza—. Para tu información, te aclaro que voy a llevar un moño rosa. Voy a ser la sensación de la fiesta.

Traté de sonreír, pero estaba demasiado ocupada haciendo esfuerzos para no mirar la franja de piel que dejó a la vista cuando se inclinó. Como siempre, se me secó la boca, la respiración se me aceleró y sentí en el estómago esa rara y triste sensación.

Nunca creí que me alegraría de oír los rebuznos de la Vandy. Cuando anunció a gritos que la clase se había acabado, habría podido besarla.

Aunque, bien visto, habría preferido no besarla. Me hubiera bastado con un firme apretón de manos.

—¡Por todos los demonios! —balbuceé una hora más tarde.

Miraba con atención mi último intento de vestido. Esta vez la tela no hacía bolsas, pero era de un nocivo amarillo verdoso. El mismo color que tienen los pañales sucios o las zonas de desastre nuclear.

—Bueno, señorita Mercer, está mejorando. Creo —dijo la señorita East. Mantenía los labios tan apretados que era un milagro que le salieran las palabras.

—Es cierto —dijo Jenna. Estaba sentada junto a mí. Se había pasado la clase entera leyendo esos cómics manga que tanto le gustaban—. Estás mejorando.

Lo dijo sólo para darme ánimos. Había visto cómo fruncía el ceño ante mi última creación.

—Por lo menos este vestido no ha volcado todas las sillas de la clase —se burló Elodie, a mis espaldas.

Por supuesto, su vestido era maravilloso.

Me había imaginado que el baile sería como una fiesta de graduación gigantesca y que los vestidos serían similares a los de cualquier instituto. Pues no. Casi todos los vestidos parecían salidos de cuentos de hadas. Pero el vestido de Elodie era el más bonito de la clase: cintura alta, mangas caídas y falda espumosa. La clase de vestido que llevarías si fueras un personaje de Jane Austen. Yo le había anticipado a Archer que el vestido de su novia sería rosa. Debo admitir que ese matiz de rosa era encantador. Nada de «frambuesa eléctrica»; era parecido al rosa del interior de las conchas de mar y brillaba como una perla. Elodie se iba a ver devastadoramente hermosa en él.

Vaya horror.

Volví a centrarme en mi vestido. Me sentí frustrada. Apoyé mis manos a ambos lados del muñeco y dije: «Vestido bonito, vestido bonito, vestido bonito» con toda la fuerza de la que fui capaz. Podía hacer aparecer sillas de la nada, pero era incapaz de crear un vestido que no fuera una auténtica aberración. Eso era verdaderamente irritante. Bueno, tengo que aclarar que lo de la silla era verdad, pero sólo había conseguido materializar una y de tamaño infantil.

Entorné los ojos. Sentí que el material cambiaba de forma y se deslizaba por mis dedos. «Por favor», pensé.

Y entonces oí las risotadas de Elodie y de Anna.

Maldita sea.

Abrí los ojos y vi una monstruosidad de tul azul brillante y una falda que me habría cabido en media nalga. El vestido ideal para la novia ligera de cascos del Monstruo Comegalletas.

Masculé una palabra soez y la señorita East me atravesó con la mirada, pero no me riñó. Eso sí que era una novedad. Supongo que se dio cuenta de que ante ese vestido cualquier insulto era poca cosa.

—Vaya maravilla de vestido, Sophie —dijo Elodie, acercándose a mi mesa con una mano en la cadera—. Tienes futuro como diseñadora de modas.

—Ja, ja —murmuré. Mi réplica no fue muy ingeniosa. Hubiera sido lo mismo decir: «Pues sí».

—No puedo creer que te haya invitado a unirte a mi aquelarre —dijo, clavándome sus ojazos verdes.

Rezongué para mis adentros. Los ojos de Elodie brillaban de un modo especial cuando estaba a punto de dar un golpe de gracia. La última vez que le había visto esa mirada había sido la noche en que llamó a Jenna «monstruo chupasangre», después del incidente de Chaston.

—Qué patética eres. Tu padre es el jefe del Concilio y no sabes hacer ni un vestido.

—Mira, Elodie, no tengo intención de pelear contigo. Déjame en paz con mi vestido. ¿De acuerdo?

Pero Elodie todavía no había acabado conmigo. Ni mucho menos.

—¿Para qué te esfuerzas tanto? ¿Quieres que Archer vea lo bonita que eres?

Tuve que esforzarme mucho para no perder la calma. Mis manos se aferraron a la tela del vestido.

Elodie se acercó un poco más. No creo que nadie escuchara lo que me susurró al oído:

—¿Crees que no he notado cómo lo miras?

Clavé mi mirada en el muñeco.

—Déjame en paz, Elodie —dije, con la voz más tranquila y baja que pude.

—Vamos a ver, es muy dulce que te guste. Y cuando digo dulce, quiero que entiendas que me refiero a que es trágico —continuó.

Vi con el rabillo del ojo que todos los de la clase habían dejado a un lado sus trabajos y nos estaban mirando. La señorita East no se daba por enterada. Me había soltado a los lobos.

Respiré profundamente y me enfrenté a Elodie. Sonreía burlona y triunfalmente.

—Elodie, no te preocupes por mí —dije con una voz tan dulce que emanaba caramelo—. Después de todo, no soy yo quien planea tener sexo con él en la fiesta.

La clase entera estalló en carcajadas. Elodie hizo algo que nunca le había visto hacer: se ruborizó y se quedó sin palabras.

La señorita East decidió que ése era el mejor momento para interrumpirnos:

—¡Señorita Mercer!, ¡señorita Parris!, a trabajar.

Volví sonriente a mi vestido, pero frente a ese desastre azul, mi sensación de triunfo se disipó en seguida.

—¿Pasa algo con tu magia? —me preguntó Jenna, en voz baja.

—No, está igual que siempre. Ya sabes, se siente como agua que te sube por el cuerpo.

—¿Cómo? —se burló Anna, llevándose la mano a la cadera—. ¿Cómo sientes la magia?

—Eh... como algo que sube —dije, apresurada.

—Así no se siente la magia —dijo Anna.

Eché un vistazo alrededor y vi que las demás brujas me miraban confundidas.

—La magia viene de arriba —continuó Anna—. Se siente como algo que cae como...

—Nieve —dijo Elodie.

Concentré la mirada en mi muñeco, sonrojada.

—Supongo que mi magia debe de ser diferente.

Oí unos cuchicheos, pero no les hice caso.

—Ya lo conseguirás —dijo Jenna, fulminando con los ojos a Anna.

—Oh, sé que lo haré —dije, pasando la mano por la maraña de tul de la parte de atrás del vestido. (¿Una maraña? ¡Váyanse al diablo, poderes mágicos!)

—Éste es el vestido que estoy haciendo para ti —le dije a Jenna.

—¿De veras? —dijo. Sonrió ampliamente.

—Sí, aunque es probable que tengamos que hacerle un dobladillo. No quiero que lo vayas arrastrando por el suelo.

Me dio una palmada juguetona en el hombro y nos pusimos a reír las dos.

Pasé el resto de la clase tratando de crear los vestidos más espantosos posibles. Por lo menos Jenna y yo nos divertíamos con ellos. No tengo idea de la cantidad de veces que la señorita East amenazó con echarnos de clase. Elodie puso los ojos en blanco tantas veces que Jenna acabó por preguntarle si tenía convulsiones. Nos reímos a carcajadas y la señorita East nos expulsó y nos impuso como castigo un ensayo de siete páginas sobre la historia de los hechizos de vestimenta.

Me dio igual. Por las risas de Jenna habría escrito cien páginas.

—No sé qué ha cambiado —le dije más tarde a Alice mientras caminábamos por el bosque, recogiendo menta para un hechizo que frenaba el tiempo—. De pronto ha dejado de ser la Jenna malhumorada del último mes y hemos vuelto a ser amigas.

Alice no dijo nada. Yo añadí:

—¿No es fantástico?

—Supongo que sí.

—¿Supones que sí? —dije, imitando su acento.

Se incorporó y me fulminó con la mirada.

—Es que no me parece bien que una vampira sea tu amiga del alma. Alguien así no es digna de ti.

Me reí.

—¿Que no es digna de mí? Por favor...

Alice suspiró y tiró un montón de hojas en un costal de piel que había conjurado.

—Tus amigos son asunto tuyo, Sophie. Quiero respetar eso. Ahora cuéntame acerca de la fiesta que se avecina.

Me agaché para recoger nuevas hojas.

—En realidad es un baile. Por Halloween. Va a ser genial. Sobre todo porque no consigo hacerme un vestido que valga la pena y porque, por si fuera poco, tendré que soportar ver cómo una chica completamente preciosa seduce al chico que me gusta. Sí, será inolvidable.

—¿Elodie?

Asentí.

Alice frunció el ceño.

—No me gusta esa chica. Se ha portado muy mal contigo. Sin duda porque tus poderes son muy superiores a los de ella. Hay pocas cosas que yo aborrezca tanto como a una bruja débil.

—Vaya, dime qué piensas realmente.

Alice pestañeó.

—Acabo de decírtelo.

—Olvídalo. De todos modos es muy injusto. Es un asco de persona, pero su hechizo le ha salido de maravilla y se verá espléndida en su vestido.

«Y se irá a la cama con Archer», agregué en silencio.

—Oh, ¿ese Archer es el muchacho del que te has enamorado?

Había olvidado que Alice podía leer mi mente.

No tenía sentido negar que yo estaba enamorada. Así que asentí con la cabeza.

—Hummm —contestó Alice— ¿Por qué no usas un hechizo de amor? Son muy fáciles de aplicar.

Eché unas cuantas hojas de menta en el saco.

—Puede que te parezca estúpido, pero lo cierto es que ese chico me gusta mucho y no quiero que yo le guste a él sólo por, ya sabes, por un hechizo.

Pensé que Alice me lo discutiría, pero se encogió de hombros y dijo:

—Supongo que la atracción tiene su propia magia.

—Pues sí. Bueno, posiblemente nunca consiga que se sienta atraído por mí. Había pensado que tal vez en el baile yo... pero ni siquiera consigo hacer un vestido decente.

Me volví hacia Alice.

—Dime. ¿Cómo es que cuando estoy aquí contigo consigo hacer unos hechizos de lo más fantásticos y dentro de la escuela no doy ni una?

—¿Será la falta de confianza? —sugirió—. En la escuela no estás segura de ti misma y eso se refleja en tu magia.

—Puede ser.

Recogimos plantas durante un rato más, hasta que Alice dijo:

—¿Has dicho que el vestido de esa chica es precioso?

—Es perfecto —dije entre suspiros.

Alice sonrió. Bajo la esfera de luz sus dientes parecían brillar.

—¿Te gustaría que cambiáramos eso?

24

El día del baile no hubo clases por la mañana. Era uno de esos días espléndidos y diáfanos de octubre, así que casi todo el mundo decidió pasarlo al aire libre. Menos Jenna y yo. Jenna tenía su amuleto, pero no le entusiasmaba mucho corretear bajo el sol. Estaba acomodada en la cama, cubierta de mantas, con un cómic manga en la mano.

Yo estaba ocupada con el maldito muñeco que todavía estaba vestido con la funda de cojín. Pasé casi toda la mañana tratando de lograr un vestido medianamente presentable, pero no hubo suerte. No entendía qué era lo que estaba pasando. No era la mejor bruja del mundo, pero el hechizo de transformación era bastante simple y si bien era cierto que nunca había intentado hacer algo tan elaborado, habría debido ser capaz de conseguir al menos un sencillo vestido negro. Pero incluso eso me salió sin forma y con un dobladillo torcido.

Suspiré.

—Maldita sea, Sophie. Se supone que la deprimida soy yo. ¿Cuál es el problema? —dijo Jenna.

Señalé al culpable.

—Es este maldito vestido. Nada parece funcionar.

—Entonces no vayas.

Jenna se encogió de hombros.

La fulminé con la mirada. Jenna no quería ir al baile y no entendía por qué yo me empecinaba tanto en ir. Ni siquiera yo lo sabía, aunque sospechaba que algo tenía que ver en ello la perspectiva de ver a Archer vestido de esmoquin.

Sin embargo, no quería que Jenna conociera mis razones.

—No es por el baile. Me fastidia no ser capaz de hacer correctamente un hechizo tan sencillo como éste.

—Quizá echaron una maldición sobre tu muñeco —bromeó. Luego regresó a la lectura.

Deslicé mi mano en uno de mis bolsillos y mis dedos se cerraron alrededor de un pequeño objeto que parecía estar a punto de arder.

Cuando Alice me había propuesto hechizar el vestido de Elodie, mi primera reacción fue negarme terminantemente.

—Si me descubren practicando magia contra otro estudiante podrían expulsarme de la escuela —dije.

—Pero la culpable no serías tú sino yo —argumentó Alice—. Tú no serías más que la mensajera, llegado el caso.

Eso tenía sentido. Debo admitir que cuando Alice sacó de su bolsillo un huesito de ave, la cabeza me dio vueltas. Tal vez en otro momento, de enterarme que Alice guardaba pequeños huesos en sus bolsillos, me habría puesto nerviosa, pero ya había empezado a acostumbrarme a sus rarezas. El hueso brilló débilmente en sus manos, como aquel collar de la primera noche. Sonrió y me lo entregó.

—Déjalo caer en el dobladillo de su vestido.

—¿Tengo que decir alguna cosa en especial?

—No, el hueso sabrá qué hacer.

Ahora, con el hueso pequeño y liso entre mis dedos, recordé esas últimas palabras. Hacía una semana que lo tenía sin atreverme a usarlo. Alice me había prometido que el hueso sólo haría que el vestido de Elodie cambiara a un color espantoso en cuanto se lo pusiera. No sonaba nada mal. De todos modos, todo ese asunto me tenía un tanto preocupada. Todos los hechizos que había practicado sobre otras personas habían terminado mal. Así que, aunque Elodie no me caía nada bien, tampoco quería hacerle daño. Era por eso que el hueso seguía en mi bolsillo.

Pero ¿por qué lo conservaba si no pensaba usarlo?

Suspiré nuevamente y me levanté de la cama.

El muñeco no tenía cabeza, pero hasta su postura parecía insinuar una burla hacia mí: «¿Qué pasa, perdedora?». «Prefiero llevar esta funda que tus patéticos diseños», parecía querer decirme.

—¡Cierra la boca! —murmuré.

Apoyé las manos sobre el muñeco y me concentré al máximo.

—Azul y bonito... por favor —musité.

La tela se onduló y se convirtió en un pantalón corto de lentejuelas azules que parecía el traje de una animadora deportiva.

—¡No, no, no! —grité. El muñeco giró sobre su base.

—¡Vaya! ¡Qué encanto de ropa! —dijo Jenna, mirando por encima de su libro.

—No me ayudas —dije entre dientes. ¡Dios! ¿Cuál era el problema conmigo? Había hecho magia mucho más complicada y nunca me había salido tan mal.

—Te lo digo yo. Tienes un muñeco holgazán. Nadie más ha tenido tantos problemas como tú.

—Lo sé —dije, inclinando mi cabeza sobre el muñeco—. Ni siquiera Sarah Williams, y mira que debe de ser la peor bruja del mundo. Se hizo un bonito vestido rojo, no tan bonito como el de Elodie pero casi...

Me quedé en silencio y sentí que se me hacía un nudo en el estómago.

No tenía sentido que me costara tanto. Tal vez Jenna estaba en lo cierto y alguien había echado una maldición sobre el muñeco.

Apoyé las manos en la funda y esta vez no pensé en el vestido.

—Revélate —dije.

Al principio no pasó nada. No sabía si sentirme aliviada o decepcionada.

Pero poco a poco fueron apareciendo lentamente, en la parte delantera del trapo, dos huellas de manos del color de las manchas de vino tinto.

Me sentí aliviada. Pero, inmediatamente, la sensación de alivio dejó paso a una ola de furia asesina.

—¿Cómo has hecho eso? —preguntó Jenna, a mis espaldas. Estaba de rodillas. Miraba las huellas con sorpresa.

—Es un hechizo de revelación —dije, con los dientes apretados—. Sirve para saber si han aplicado magia a un objeto.

—Bien. Al menos sabes que no eres una birria de bruja.

Asentí. La furia me hizo temblar. Allí estaba yo, fustigándome, y resultaba que Elodie tenía la culpa de todo. Porque tenía que ser Elodie, ¿a quién más podía importarle que yo fuera al baile? Dios, aquello parecía la trama de un cuento de hadas.

Y lo que más me molestaba era que yo no había querido hacer nada para fastidiarle el vestido a Elodie, pues me sentía culpable con sólo pensarlo.

¡Al diablo con todo!

—¿Dónde está Elodie? —le pregunté a Jenna.

Ella abrió mucho los ojos. Me imagino que yo debía de tener una expresión en el rostro bastante aterradora.

—Hummm, oí que Anna decía que irían a la playa con un grupo de gente.

—Perfecto.

Me dirigí a la puerta.

—¿Qué vas a hacer? —preguntó Jenna.

No le contesté.

Corrí a la habitación de Elodie. No había nadie en el pasillo. Me escabullí en el interior del cuarto.

El corazón me palpitaba de miedo y rabia. Me acerqué a la ventana; ahí estaban los vestidos de Anna y Elodie. El de Anna era negro, con ribetes púrpura y una pequeña cola. También era grandioso, aunque nada comparable al de Elodie.

Dudé por un momento.

Luego recordé cómo se había reído Elodie de mí en clase y cobré valor. Me hinqué de rodillas y exploré las múltiples capas de falda hasta que encontré un hueco en las costuras. Deslicé el hueso dentro y le di una palmadita. El hueso emitió una luz rojiza entre las capas de tela de color rosa. Contuve la respiración hasta que el brillo desapareció. Entonces salí de la habitación a toda prisa.

El corredor seguía vacío. Nadie me vio.

Jenna estaba sentada sobre la cama.

—¿Qué has hecho?

Me dirigí a la cama y cogí la bolsita con tierra que había escondido allí.

—Digamos que he equilibrado la balanza.

Jenna abrió la boca y siguió mis movimientos con los ojos: me vio cómo echaba tierra en mis manos y me acercaba al muñeco. En cuanto me vio aferrarlo por la cintura con las manos sucias y cerrar los ojos, debió de pensar que me había desquiciado.

Esta vez no pensé en nada específico.

—Vestido —dije.

Como las otras veces, sentí que la tela se deslizaba entre mis dedos, aunque en esta ocasión las cosas fueron muy distintas. Sentí calor en las manos y una especie de corriente eléctrica me recorrió el cuerpo.

Jenna dio un grito de asombro. Di dos pasos atrás y abrí los ojos. También yo me quedé sorprendida.

El vestido no era bello: era despampanante.

Era de satén, color azul pavo real. Dentro de la tela danzaban unos destellos de luz verde. Estaba compuesto por un regio corsé palabra de honor y, al girar el muñeco, vi que la espalda iba adornada por una cinta verde. Una falda acampanada caía desde la cintura ceñida por un cinturón hasta el suelo. Lo más impresionante eran las plumas de pavo real que llevaba cosidas donde terminaba el corsé y que formaban una especie de panel triangular en la parte delantera de la falda.

—¡Hombre! —dijo Jenna—. ¡Vaya vestido! ¡Te vas a ver fantástica, Sophie!

Yo estaba aturdida. Jenna tenía razón: me iba a ver fantástica.

—¿Qué es esa cosa que has usado? —preguntó.

No estaba preparada para hablarle sobre Alice a Jenna. Además estaba más que segura de que las palabras «tierra de tumba» no iban a hacerle ninguna gracia.

—Polvos mágicos —dije con indiferencia.

Jenna me miró con escepticismo. Antes de que pudiera hacerme más preguntas le dije:

—Vamos, te haré un vestido a ti.

Rió sorprendida.

—¿Realmente quieres hacerme un vestido?

Asentí con la cabeza.

—Claro. Será divertido. Además, así podrías venir a la fiesta conmigo.

—No lo creo, Sophie —protestó sin mucha convicción. Pero yo ya estaba cogiendo una de sus camisas de dormir que había dentro del armario.

La toqué con mis manos llenas de tierra y dije: «Jenna».

En cuanto vio su vestido, Jenna dejó de protestar. Era de color rosa fuerte, con tiras delgadas y un cinturón que destellaba como si estuviera hecho de diamantes auténticos. Era un vestido perfecto para ella. Lo cogió y empezó a girar por la habitación.

—No sé qué tendrán tus polvos mágicos, pero me da igual —rió—. Es el vestido más maravilloso que he visto en mi vida.

Pasamos el resto de la tarde transformando nuestros zapatos hasta que quedaron perfectos. Cuando llegó la noche ya estábamos vestidas y debo admitir que nos veíamos guapísimas. Jenna se recogió el pelo blanco y dejó que el mechón rosa le cayera sobre un ojo. Por una vez en la vida, mi pelo se portó bien. Dejé que Jenna me hiciera un moño bajo a la altura de la nuca y me dejé unos pocos mechones sueltos sobre la frente.

Bajamos la escalera tomadas del brazo, entre risas. En el estrecho pasillo que llevaba al salón de baile se había amontonado la gente. Estiré el cuello tratando de localizar a Archer y a Elodie, deseosa de ver de qué asqueroso color había quedado el vestido de ella. No los encontré.

Cuando estábamos en la habitación, mi vestido y el de Jenna me habían impresionado. Pero ahora que veía los vestidos de las demás, ni de lejos éramos las más llamativas. Una hada alta y rubia chocó contra mí y su vestido, una amalgama de destellos verdes, sonó suavemente como si estuviera hecho de campanillas. También vi a una metamorfa cuyo vestido estaba hecho de pelaje blanco.

Los chicos iban más discretos, casi todos de esmoquin. Sólo un par de ellos se habían atrevido a más y llevaban levitas y pantalones de montar.

Cuando estábamos a punto de entrar al salón sentí el contacto de algo tibio contra la espalda. Pensé que alguien de la multitud me había rozado sin intención, hasta que una voz me susurró al oído:

—Sabía que eras tú.

25

Intenté volverme hacia la voz, pero la multitud y el vestido me lo impidieron. Le di un codazo accidental a Jenna, que se quejó sobresaltada. Finalmente, conseguí quedar cara a cara con Archer.

—¡Vaya! —dijimos ambos a un mismo tiempo.

Un momento... ¿Archer acababa de exclamar «Vaya» al verme?

Nos miramos el uno al otro. Archer se merecía un «Vaya», eso sin duda. El chico era un bombón vestido de uniforme, pero vestido de traje formal, definitivamente era una bomba. Me había mentido, no llevaba puesto un moño rosa sino una corbata negra como el resto del traje.

Pero lo mejor de todo no era lo bien que se veía, sino el modo en que se me quedó mirando.

—Tu vestido —dijo, examinándome de arriba abajo— es lo máximo.

Sonreí tratando de contener la tentación de bajarme el escote un poco más.

—Gracias. Me salió en un momento de inspiración.

Fue todo lo que pude decir mientras trataba de quitarme la cara de boba que se me había puesto. Archer asintió. Pero también él estaba atontado.

Luego recordé las palabras que había dicho al verme.

—¿Qué has querido decir con eso de que sabías que era yo?

Agitó un poco la cabeza, como tratando de despejarla.

Mi corazón parecía temblar dentro de mi pecho. Me puse pálida.

—Te vi a lo lejos y le dije a Elodie que eras tú y ella dijo que era imposible.

—Ah —dije. Estiré el cuello y vi que Elodie venía hacia nosotros. Me echó un vistazo y yo a ella. Me sentí decepcionada: su vestido seguía siendo perfecto.

«El hueso sabrá qué hacer», había dicho Alice.

De todos modos, como yo me sentía feliz con mi propio vestido, celebré que no hubiera pasado nada. La mejor venganza era que Elodie viera lo guapa que estaba yo.

—¿Cómo demonios lo has hecho? —preguntó Elodie. Trataba de sonar despreocupada, pero sus ojos reflejaban odio y frialdad.

Sonreí y me encogí de hombros.

—Ha sido de lo más raro. Al parecer mi muñeco estaba embrujado.

Sus grandes ojos se encontraron con los míos.

—Pues qué raro —balbuceó.

—¿Verdad que sí? Por suerte me pude desembarazar del embrujo y, ya sabes: ¡ta-rán!

Levanté levemente mi falda con una gran sonrisa y Elodie frunció la boca en una mueca de disgusto.

—¿No te parece que es un poco llamativo? —preguntó.

Archer nos interrumpió antes de que yo pudiera contestarle con algún comentario agudo de los míos.

—Venga, Elodie. Se ve fantástica y lo sabes.

Eso fue demasiado. Se me puso cara de boba otra vez. Archer me sonrió y me guiñó un ojo. Luego, él y Elodie entraron al salón.

Me volví hacia Jenna. Estaba riéndose y tenía los ojos en blanco.

—Estás muy mal.

Cuando entramos al salón, Jenna todavía se reía y yo seguía teniendo en los labios esa sonrisa de idiota. No sé qué era lo que esperaba, pero lo cierto es que el aspecto que ofrecía el salón me dejó de piedra. Ni globos ni guirnaldas; allí flotaban luces de hadas que eran como versiones en miniatura de la esfera de luz de Alice. Debajo de cada lucecita, había una flor de oscuro púrpura. Se mecían en el aire a diferentes alturas, como si las moviera una leve brisa. No habían encendido los candiles, pero habían pintado sus cristales de color violeta. Bajo el resplandor de las esferas de hadas, brillaban como amatistas. También habían dejado a la vista los espejos. Pensé que a Jenna eso la fastidiaría, pero cuando miramos hacia uno de ellos y sólo yo aparecí reflejada, bromeó:

—En Espejolandia todavía eres una solitaria.

Nos reímos.

El suelo ya no estaba recubierto de la habitual madera de color claro. Ahora era de un negro oscuro y espejado. Sacudí la cabeza, llena de asombro.

—Esto es... ¡increíble!

—Lo sé —dijo Jenna. Me cogió de la mano y me dio un fuerte apretón—. ¡Me alegra tanto que me hayas convencido para venir!

Nos quedamos un rato deambulando por el borde de la pista, viendo cómo el resto de la gente bailaba. Recordé que en la fiesta de fin de año a la que había ido con Ryan todo el mundo bailaba como si estuviera en una audición para un vídeo de rap. Esto era completamente distinto. Los brujos y los metamorfos bailaban vals, lo cual me puso un poco nerviosa. No me habían dicho que las lecciones de bailes de salón eran un requisito indispensable para entrar en Hécate. Por su parte, las hadas bailaban todas juntas en un extremo del salón. Lo que hacían parecía salido de la Inglaterra isabelina.

Localicé con la mirada a Archer y a Elodie. Se veían fantásticos. Él, alto y moreno, y ella con su rojizo cabello brillando bajo las luces y su vestido flotando en el salón. Sin embargo, cuando les vi las caras me di cuenta de que estaban discutiendo. Archer fruncía el ceño y tenía la mirada perdida; Elodie hablaba a 200 kilómetros por hora.

De pronto Elodie se soltó de Archer y se agarró de un costado. Él la sacó de la pista de baile. Me invadió una súbita sensación de pavor. Elodie trataba de sonreír, pero su boca se torció en una desagradable mueca. La vi alejar a Archer con las manos y leí en sus labios las palabras «Estoy bien». Pero de pronto empezó a gemir y tuvo que sujetarse del costado otra vez. Vi que Anna empujaba a la señora Casnoff entre la multitud. Cuando llegaron junto a Elodie, ella ya estaba doblada en dos.

—Oye, ¿qué le estará pasando? —preguntó Jenna.

—Tal vez sienta una punzada.

—Tal vez.

Jenna me miraba con preocupación.

—¿Qué?

—¿Qué le has hecho al vestido de Elodie?

—¡Nada! —dije. Pero como no sé mentir, mi cara me delató.

Jenna sacudió la cabeza y volvió a mirar a Elodie. En ese momento, Anna y la señora Casnoff la estaban llevando fuera del salón. Archer las siguió pero Elodie se volvió para decirle algo. Evidentemente no pudimos oír sus palabras, pero su cara dejaba claro que estaba enojada. Fuera lo que fuese, Archer retrocedió unos pasos y levantó las manos. Después, Elodie volvió junto a la señora Casnoff y ambas dejaron el salón. Archer y Anna las siguieron.

Archer regresó veinte minutos después, nervioso y alterado. Crucé el salón en dirección a él. Sentí que los ojos de Jenna se clavaban en mí.

—¿Qué ha pasado? —pregunté.

Archer miraba hacia la puerta.

—No lo sé. Estaba bien y de pronto me dijo que el vestido le apretaba como si se estuviera encogiendo. Luego empezó a tener problemas para respirar. La señora Casnoff cree que el vestido está embrujado.

Por suerte, Archer seguía mirando hacia la puerta y no vio cómo me estremecía.

«El hueso sabrá qué hacer.»

¿Sabía Alice lo que sucedería o yo había metido la pata? Tal vez el problema era que yo debía haber usado el hueso inmediatamente y tras una semana su magia se había agriado o algo así.

O quizá Alice estaba perfectamente al corriente de cómo irían las cosas: su intención no era que el vestido cambiara de color, sino hacer daño a Elodie. Pero ¿por qué querría Alice que sucediera algo así? Sé que mi enemiga no le gustaba, pero aquello era demasiado fuerte. No, no podía ser. Había sido culpa mía. Había metido la pata como con aquel hechizo de amor de Kevin.

—Oye —dijo Archer.

—¿Qué? —dije, sin entusiasmo. Luego sonreí y traté de mostrarme alegre—. Estoy bien. Es sólo que es raro lo de Elodie, ¿sabes?

—Está bien —dijo, sin dejar de mirar hacia la puerta.

—¿Se ha enojado contigo? —me atreví a preguntar.

Se pasó la mano por el pelo, suspiró y respondió:

—Creo que sí. Me dijo que podía estar contento de quedarme en el baile con la persona que realmente deseaba. —Me miró—. Creo que hablaba de ti.

Estábamos rodeados de gente pero, de repente, fue como si nos hubiésemos quedado solos en el salón. Algo había cambiado entre nosotros: notaba una chispa que nunca antes había sentido, por lo menos de su parte.

Miró nuevamente hacia la puerta y luego me sonrió.

—¿Quieres bailar? Es una pena que no salgas a presumir tu vestido.

—Claro —dije, tratando de parecer todo lo despreocupada que me fuera posible. Por dentro, el corazón me palpitaba con tal fuerza que temí que él pudiera verlo. No habría sido nada raro: tenía una buena parte de mi escote a la vista.

Me llevó a la pista, puso su cálido brazo en mi cintura y cogió mi mano con firmeza a la altura del hombro. Yo estaba muerta de miedo. Temía tropezarme con el vestido o pisarlo. Pero gracias a Archer nos deslizamos suavemente por toda la pista.

—Sí que sabes bailar —dije.

Me miró con una sonrisa.

—Hace unos años Casnoff organizó unas clases de baile. La asistencia era obligatoria.

—Me habrían venido muy bien.

—No creas, lo estás haciendo perfectamente. Tú sólo sujétame.

Las mejores instrucciones de mi vida. No había orquesta ni sistema de sonido, sólo una música etérea que parecía salir de todas partes y de ninguna. Dimos vueltas por toda la pista. Mis dedos descansaban relajados sobre su hombro. Cuando llegamos al punto en que había dejado a Jenna la busqué, pero no pude verla. Me pregunté si habría vuelto a la habitación y me sentí culpable. Pero Archer me sujetó con fuerza de la cintura y me olvidé de Jenna por completo.

Me miró con una expresión que nunca le había visto antes. Al menos, no conmigo.

—Elodie tenía razón —murmuró.

—¿Sobre qué? —pregunté con una voz que ni tan siquiera parecía mía. Era grave y ronca.

—Quería disfrutar del baile contigo.

Sentí como si un centenar de chispas me atravesaran. Mi sonrisa era tan ancha que la cara me dolía. Por primera vez, me dio igual que Archer notara mis sentimientos.

Archer no me gustaba: lo amaba con locura.

Acercó su rostro al mío y mi corazón se detuvo.

—Sophie, yo...

Pero antes de que pudiera terminar la frase, un grito atravesó el salón.

La música cesó abruptamente. Elodie entró corriendo, vestida con una ropa de seda que se le enroscaba alrededor de sus piernas blancas. Tenía en el rostro una expresión de horror.

—¡Es Anna! —gritó—. ¡Ha vuelto a suceder! ¡Oh, Dios Santo, creo que está muerta!

26

Gracias a Dios, no estaba muerta. Según Elodie, Anna había ido a la cocina para preparar un té. Al ver que no regresaba, se preocupó y salió a buscarla. La había encontrado en el vestíbulo, justo enfrente de su habitación, tumbada boca abajo sobre una alfombra empapada de té y sangre. Tenía dos agujeros en el cuello, como Holly y Chaston. No mostraba cortes en las muñecas.

Cal había actuado a tiempo. Cuando la señora Casnoff llegó a la habitación, Anna estaba sentada, con la cabeza apoyada sobre el hombro del jardinero.

Tampoco sabía quién la había atacado, tal como le había sucedido a Chaston.

Jenna estaba en la habitación e hizo como que ignoraba lo que acababa de pasar, aunque estaba en el mismo pasillo donde habían encontrado a Anna. Cerca de la medianoche la señora Casnoff vino por ella y ya no regresó.

Me quedé despierta hasta muy tarde, tumbada sobre la cama y sin quitarme el vestido. Afortunadamente, Alice y yo habíamos acordado no vernos esa noche. No tenía que preocuparme por su hechizo para dormir.

Me dormí hacia las tres de la mañana. Tuve pesadillas toda la noche, en las que veía a Jenna con la boca llena de sangre y a Anna echada a sus pies. En otro momento de mis sueños, Archer bailaba con Elodie, que estaba pálida y tenía los labios azules porque su vestido la asfixiaba como si fuese una boa, y Alice —esto fue lo más extraño de todo— estaba en el cementerio, aferrada a la verja oxidada. Tres hombres vestidos de negro se le acercaban sosteniendo en alto unas dagas de plata.

Me desperté con los primeros rayos de sol. Sentía mi boca espesa y reseca como si me hubiera pasado la noche comiendo pelusilla. Oí un timbre grave y apagado. Primero pensé que eran mis oídos, pero en seguida comprendí que se trataba del timbre de la casa con el que solían llamarnos a clase. ¿Por qué estaba sonando tan temprano?

Al instante recordé todo lo que había sucedido la noche anterior. Miré hacia la cama de Jenna: estaba vacía.

Me levanté y me asomé por la puerta. Muchas de las chicas ya estaban vestidas y se dirigían a la escalera. Entre ellas se encontraba Nausicaa.

—Oye, ¿qué está pasando?

—Hay asamblea —contestó—. Será mejor que te cambies.

Cerré la puerta y me desvestí. En cuanto el vestido tocó el suelo, se transformó nuevamente en la funda de cojín. Me vestí tan rápido como para batir un récord Guinness y decidí no tocar mi peinado de la noche anterior. Estaba bastante deshecho y una parte me caía sobre la cara, pero me dije que a nadie le iba a importar demasiado.

El salón de fiestas volvía a tener su aspecto habitual. Todavía había por ahí un montón de mesas dispares y, en el techo, una solitaria luz de hadas apretujada sobre una esquina como si buscara el camino de salida.

Todos los maestros estaban reunidos sobre el estrado, menos Byron. La señora Casnoff parecía más vieja y cansada que nunca. No llevaba el complicado moño de todos los días, sino el pelo atado a la altura de la nuca en un recogido desgreñado.

Archer y Elodie estaban delante de mí, a mi izquierda. Elodie estaba pálida y todavía lloraba. Archer la rodeaba con el brazo y le besaba el pelo de la sien. Luego, como si él supiera que lo estaba mirando, se dio la vuelta y me miró. Bajé la vista y me aferré a mi falda con ambos puños.

Con todo ese asunto de Anna y de Jenna me había olvidado de Archer. Ahora volvía a mi pensamiento nuestro encuentro de la noche anterior y me destrozaba el corazón.

Gracias a Dios, la señora Casnoff se puso en pie y levantó ambas manos pidiendo silencio. Clavé mi mirada en ella y traté de olvidarme de Archer.

—Alumnos —dijo—, como sin duda ya sabrán, anoche sufrimos otro ataque. La señorita Gillroy se encuentra bien. De todos modos, éste es el tercer ataque en menos de un año, así que hemos tomado medidas drásticas. Como habrán notado, ni lord Byron ni la señorita Talbot están con nosotros. Hasta que el Concilio investigue a fondo estos incidentes, los vampiros no son bienvenidos en Hécate.

Todo el mundo irrumpió en aplausos y a mí se me encogió el corazón. Pensé en lo feliz que se había sentido Jenna en el baile y se me llenaron los ojos de lágrimas. ¿Adónde la habrían llevado?

La señora Casnoff dijo otras cosas: que nos anduviéramos con cuidado, que vigiláramos, que no debíamos bajar la guardia hasta que todo aquello se resolviera. Apenas le presté atención. Era cierto que Jenna estaba en la habitación cuando atacaron a Anna. Sin embargo, había algo que no me cuadraba: yo había visto en innumerables ocasiones a Jenna de regreso de la enfermería. Tras alimentarse, su aspecto era el de una persona agotada y quizá un poco drogada. Por el contrario, cuando la señora Casnoff pasó a buscarla, Jenna parecía muy asustada.

No me di cuenta de que la asamblea había terminado hasta que un metamorfo se levantó de su silla y me pisó. Entonces me puse en pie, medio adormecida.

—Sophie, Elodie, quédense un momento —dijo la señora Casnoff.

Me di la vuelta. Elodie parecía tan sorprendida como yo.

—Sean tan amables de acompañarme a mi despacho.

Archer apretó levemente el brazo de Elodie y se marchó. Pasó por delante de mí y nuestros ojos se encontraron. Sonrió y yo traté de devolverle la sonrisa. Lo que había pasado entre nosotros la noche anterior era un incidente aislado, una situación extraña que era mejor fingir que no había tenido lugar. Estaba claro que Elodie y él seguían juntos. No podía culparlo por ello. Después de todo, la chica no sólo era preciosa sino que además se había quedado sola. ¿Qué clase de imbécil iba a dejar a su novia el día en que ella casi pierde a su mejor amiga?

Desde luego, que tu amiga estuviera a punto de morirse desangrada no era una situación muy habitual.

Elodie y yo nos dirigimos al despacho de la señora Casnoff. Nuestros hombros se rozaron al pasar por el estrecho corredor.

—Lo siento mucho —empecé a decir, pero Elodie me hizo callar en seco lanzándome una de sus miradas de hielo.

—¿Qué es lo que sientes? ¿Que tu mejor amiga haya estado a punto de matar a otra de mis amigas o que intentaras acabar conmigo con tu hechizo?

Estaba demasiado cansada para recurrir a una de mis tristes mentiras.

—Mira, creí que el hechizo cambiaría el color de tu vestido. No quise hacerte daño.

Elodie se quedó en silencio, mirándome fijamente.

—Esa magia era muy poderosa —dijo—. No es que me guste terminar estrangulada por un vestido, pero me encantaría aprender a hacerlo.

—Te lo enseño si tú me enseñas lo que hiciste con mi muñeco —propuse.

No tuvo tiempo de contestarme porque la señora Casnoff nos hizo pasar a su abarrotado despacho.

—Adelante, señoritas.

Elodie y yo nos sentamos en las sillas diminutas y la señora Casnoff, detrás de su escritorio.

—Seguro que saben de qué les quiero hablar.

Suspiró y se sentó en su silla. Si hubiera sido otra persona, diría que se dejó caer en la silla, pero la señora Casnoff era muy elegante para eso: digamos que se desplomó con gracia.

—Estoy segura de que se habrán dado cuenta de que todos los ataques han sido contra miembros de su aquelarre.

—Yo no soy miembro de ningún aquelarre —dije, confundida.

La señora Casnoff miró a Elodie sin entender y ésta desvió los ojos hacia otro lado.

—¿Has incluido a Sophie en el aquelarre sin que ella lo supiera?

—¡¿Qué?! —grité—. ¿Cómo es posible?

Elodie lanzó un profundo suspiro que le hizo volar el pelo que le caía alrededor de la cara.

—Mira, no teníamos alternativa —dijo, sin levantar la mirada de su regazo. Era extraño ver a Elodie tan apagada. En otro momento habría puesto los ojos en blanco un par de veces y hubiera dicho algo lleno de desprecio. En cambio ahora parecía sentirse culpable—. La necesitábamos —dijo a la señora Casnoff, casi rogando perdón—. No se nos quiso unir por su propia voluntad, de modo que hicimos el ritual sin ella.

—¿Y qué usaron en lugar de su sangre? —preguntó la señora Casnoff sin quitarle los ojos de encima.

—Me colé en su habitación y cogí un cabello de su cepillo —murmuró—. Ni siquiera creímos que funcionaría. Cuando echamos el cabello al fuego se transformó en una voluta de humo. No tenía que pasar.

—¡Dios mío! —estallé—. ¿Cómo pudiste? Y pensar que me sentí culpable por haber puesto ese estúpido hueso en tu vestido.

La señora Casnoff me miró.

—¿Qué hiciste? —Su voz era tan gélida que creí que iba a congelarme como a un mamut.

Elodie aprovechó la oportunidad.

—¡Eso es! ¡Fue ella quien casi me mata anoche! Puso un hueso encantado en mi vestido.

—Sólo porque tú hechizaste mi muñeco —repliqué.

—¡Cosa que hice porque querías robarme el novio!

Ésa fue la gota que colmó el vaso para la señora Casnoff.

—¡Chicas! —gritó, poniéndose en pie y golpeando el escritorio con ambas manos—. Se acabó el tiempo de cacarear sobre vestidos y novios. Dos de sus hermanas han sido gravemente heridas y otra ha muerto.

La señora Casnoff se sentó y se frotó los ojos.

—No estamos seguros de que los culpables sean Jenna o lord Byron. Los dos se han declarado inocentes y ninguno de ellos mostraba señales de haberse alimentado recientemente.

Recordé la ilustración del libro sobre *L´Occhio di Dio* en que aparecía una bruja desangrada. También recordé que Alice me había dicho que incluso en la escuela el Ojo me vigilaba.

—Señora Casnoff—me atreví a decir—. ¿No cree que es posible que *L´Occhio di Dio* esté dentro de la escuela?

—¿Qué demonios te hace creer eso? —preguntó Elodie, pero la señora Casnoff levantó una mano.

—Es que vi una ilustración de una bruja asesinada y tenía dos agujeros en el cuello y la habían desangrado, como a Holly, a Chaston y a Anna. No sé, a lo mejor es posible que...

La señora Casnoff me interrumpió.

—Yo también he visto esa ilustración, Sophie, pero no hay modo de que *L´Occhio di Dio* se infiltre en Hécate. Tenemos muchos hechizos protectores. Aunque consiguieran eludirlos, ¿qué más podrían hacer? ¿Esconderse en la isla hasta que pudieran entrar a la escuela? —La señora Casnoff sacudió la cabeza—. No tiene sentido.

—A menos de que ya estén en la escuela —dije.

La señora Casnoff arqueó las cejas.

—¿Quién? ¿Un maestro? ¿Un estudiante? Imposible.

—Pero...

La señora Casnoff me miró con tristeza.

—Sophie, sé que no quieres creer que Jenna ha sido la responsable de esto. Nadie quiere, créeme. —La señora Casnoff me hablaba con cariño—. Pero ahora mismo, ésa es la explicación más plausible. A Jenna la han llevado al cuartel general del Concilio, donde tendrá oportunidad de defenderse. Pero tienes que aceptar que es posible que sea culpable.

Se me encogió el pecho sólo de pensar en Jenna sola y asustada camino a Londres, donde tal vez le clavarían una estaca. Posiblemente mi padre sería el encargado de hacerlo.

La señora Casnoff se incorporó sobre el escritorio y me acarició una mano.

—Lo siento —dijo.

Luego miró a Elodie.

—Lo siento por ambas. Pero quizá esto les dé una oportunidad de dejar a un lado sus diferencias. Después de todo, ahora son los únicos miembros de su aquelarre. —Me miró con expresión irónica—. Les guste o no. Hoy no asistirán a clase. Hasta que esto se resuelva, quiero que se vigilen la una a la otra. ¿Han entendido?

Las dos mascullamos un «sí» entre dientes y dejamos el despacho arrastrando los pies.

Pasé el resto del día en mi habitación. Sin Jenna, me parecía demasiado grande y solitaria. Ni siquiera le habían permitido que se llevara sus cosas. Al ver su león de peluche, al que en broma había bautizado *Bram*, y sus libros, estuve a punto de echarme a llorar.

Durante la hora de la cena me quedé en mi habitación. Un poco después de que anocheciera alguien golpeó la puerta.

—Sophie, ¿estás ahí? —preguntó Archer.

No le contesté. Un rato después oí que se alejaba.

Me quedé despierta hasta la medianoche. Entonces, la luz verde del hechizo de Alice se coló por la ventana.

Arrojé las mantas al suelo y me puse en pie. Estaba ansiosa por salir de aquella casa, irme rumbo al cielo y contarle a Alice todo lo que había sucedido.

Bajé la escalera a toda prisa sin molestarme siquiera en no hacer ruido. Cuando mi mano cogió el pomo de la puerta oí un ruido a mis espaldas.

—¡Te he atrapado!

Con el corazón en la boca, di media vuelta y me encontré con Elodie al pie de la escalera. Estaba cruzada de brazos y sonreía con aires de suficiencia.

27

—¡Lo sabía! —dijo Elodie, subiendo el tono de voz—. Sabía que estabas metida en algo. Cuando la señora Casnoff se entere de que has estado hechizando a toda la escuela te enviará a Londres con tu amiguita, la sanguijuela.

Me quedé de piedra, incapaz de mover el pomo de la puerta. ¿Por qué me había sorprendido escabulléndome justo la chica a la que más odiaba? Busqué en mi cabeza una excusa para disuadir a Elodie y evitar que fuera a buscar a la directora.

Entonces recordé nuestra conversación sobre el hechizo del hueso y se me ocurrió una idea. Esperaba que Alice me apoyara.

—De acuerdo, me has descubierto. —Quise poner cara de cordero degollado, pero creo que en realidad tenía pinta de trastornada. Me acerqué a Elodie. Al ver que me aproximaba, dio varios pasos hacia atrás—. Como mi magia funcionaba tan mal y no es que tú me ayudaras demasiado, francamente, he estado tomando clases privadas con un fantasma de la escuela.

Elodie puso los ojos en blanco.

—Ay, por favor —dijo—. ¿Un tutor mágico que además es un fantasma? Debes de creer que soy tonta.

Entrecerró los ojos.

—Dime la verdad. ¿Con quién te encuentras allí fuera? ¿Con un chico? Si es Archer...

—No existe nada entre Archer y yo —dije.

Técnicamente, le estaba diciendo la verdad. Es decir, yo estaba perdidamente enamorada de él y estaba convencida de que nos habríamos besado en el baile si Elodie no hubiera entrado dando gritos. Sin embargo, por mucho que me agradara la idea, no manteníamos citas secretas en el bosque.

Sonreí y extendí una mano.

—¿Quieres aprender una magia increíble? Ven conmigo.

Tal y como me había imaginado, Elodie no dejó escapar la seductora tentación de aprender nueva magia.

—De acuerdo —dijo—, pero si esto es alguna especie de truco y termino muerta, quiero que sepas que mi espectro te perseguirá de por vida.

Afuera había dos escobas. No se cómo Alice se había enterado de que esta vez iría acompañada. Los ojos de Elodie se abrieron como los de un niño en la mañana de Navidad.

—¿Piensas volar en escoba?

Sonreí y me monté.

—Venga —dije, imitando a Alice—; por una vez, ¡sigue las tradiciones!

Cabalgamos hacia la noche con los pulmones llenos de aire helado. A lo lejos, sobre el oscuro fondo del cielo, parpadeaban las estrellas. Elodie sonrió y nuestros ojos se encontraron. Por primera vez en la vida, compartimos nuestras risas.

Aterrizamos sobre el cementerio e hice las presentaciones. Me reservé ciertas informaciones: pasé por alto que Alice era mi bisabuela y no di demasiados datos sobre Elodie, simplemente la presenté como miembro de mi aquelarre. Alice me miró de soslayo, pero no dijo nada.

—¿Qué clase de magia practican aquí en Villa Miedo? —preguntó Elodie.

—Muchas cosas —contestó Alice. Bajo la luna, su piel relucía como si fuera de porcelana y sus mejillas se veían coloradas. Hasta sus ojos tenían más brillo. Me pregunté si conocería algún hechizo de belleza. Si era el caso, quería aprenderlo, pero ya.

—Sophie ya es una maestra en el arte de invocar objetos —siguió—. Actualmente, trabaja en un hechizo de transporte.

Elodie me miró con sorpresa.

—¿Eres capaz de hacer que aparezcan objetos de la nada?

—Sí —contesté, como si no fuera gran cosa. De hecho, lo más grande que había invocado era una lámpara que me había hecho sudar la gota gorda. Me concentré en algo que no me dejara sin aliento, ondeé las manos y de pronto un broche de esmeraldas apareció en las narices de Elodie. Se quedó boquiabierta. Sonreí.

Elodie estiró la mano y tomó el broche. Lo hizo girar una y otra vez entre sus dedos.

—Enséñenme.

Elodie aprendía a gran velocidad, mucho más rápido que yo. Una hora después hizo aparecer una estilográfica y una pequeña mariposa amarilla. Me puse un poco celosa. Yo nunca había invocado nada vivo. Alice no pareció impresionarse mucho y no la elogió tanto como a mí.

Mientras ellas dos practicaban, yo trabajé en el hechizo para moverme de un sitio a otro. Todavía no conseguía dominarlo. Alice decía que con ese hechizo algunas brujas cruzaban océanos, pero yo no lograba moverme ni siquiera un centímetro a la izquierda.

Al final quedamos las tres agotadas y un poco borrachas de tanta magia. Nos echamos sobre la hierba y apoyamos las espaldas contra la reja del cementerio. Alice se recostó contra un árbol y dejó que su mirada se perdiera en el vacío.

—Espero que mi presencia no te moleste —le dijo Elodie.

—¿Por qué has venido con Sophie? —preguntó Alice.

No sonaba enfadada sino curiosa.

—Elodie me atrapó escabulléndome, de modo que le dije que me acompañara. Me pareció que un poco de aprendizaje le iría bien —contesté yo.

—La señora Casnoff me pidió que te vigilara —me dijo Elodie. Estaba sonriendo, no sé si porque estaba contenta o era un efecto de la magia.

—¿Por qué? —preguntó Alice.

Elodie y yo nos pusimos serias. Le conté a Alice brevemente lo que había sucedido con Anna, Jenna y lord Byron.

—¿Y están seguros de que ha sido uno de los vampiros?

—No, pero tampoco encuentran otra explicación —dijo Elodie.

—El Ojo —dijo Alice.

Elodie se puso tensa.

—Se lo comenté a la señora Casnoff, pero ella insistió en que no hay manera de que el Ojo traspase los hechizos protectores de la escuela.

La risa de Alice me heló el espinazo.

—Sí, lo mismo me dijeron a mí. Pero resulta que mi hechizo para dormir ha bastado para demoler sus patéticas defensas. ¿Creen que el Ojo no podría hacer lo mismo?

—Pero ellos no tienen magia, ¿verdad? —argumenté. No estaba muy convencida de lo que decía.

—¿Estás segura? —preguntó Alice.

Elodie se pegó a mí. Alice se acercó hasta nosotras y se inclinó frente a mí. Sus largos y blancos dedos desabotonaron los botones de la capa. Se la quitó y se abrió el vestido a la altura del pecho. En el lugar donde late el corazón, había un enorme hueco.

Se me heló la sangre.

—Mira lo que me hizo el Ojo, Sophie. Me buscaron, me cazaron y, cuando ya no pude correr más, me arrancaron el corazón. Y sucedió aquí, en Hécate.

Me quedé mirando el hueco del pecho sin poder reaccionar. Agité la cabeza. Elodie temblaba.

—Ya ves, Sophie —dijo Alice tranquilamente. Me miraba con

pena, como si realmente sintiera haber tenido que explicarme aquello—. Los envió el mismo jefe del Concilio. Me engañó, diciéndome que aquí estaría a salvo, y luego me ofreció en sacrificio como un cordero.

—Pero ¿por qué? —pregunté con un hilillo de voz.

—Porque tenían miedo de mi poder. Porque nadie era tan poderoso como yo.

La cabeza me daba vueltas. Creí que iba a vomitar. Todos los horrores que me habían mostrado a mi llegada no eran nada comparados con esa herida, con esa historia.

—Tu padre creyó que aquí estarías a salvo porque no sabe cómo me mataron. Pero debes creerme, Sophie, corres un gran peligro. —Miró a Elodie—. Ambas corren peligro. Alguien está cazando a las brujas poderosas y son las únicas que quedan.

Ahora era Elodie quien parecía no dar crédito a las palabras de Alice.

—No, no es posible. Ha sido Jenna. Ha sido la vampira. No... no puede ser de otro modo.

Alice congeló la expresión de su rostro, como si fuera una máscara. Sus ojos parecían escrutarnos.

—Ojalá tengas razón. Por su bien, espero que la tengas. Pero en caso de que no sea así...

Nos cogió de las manos. Mi mano empezó a calentarse. Hice un gesto de dolor y traté de apartarla, pero Alice no dejó que nos soltáramos hasta que empezamos a gritar. Finalmente el calor amainó y nos liberó. Me miré la mano. No estaba roja ni ampollada. Se veía normal.

—¿Qué ha sido eso? —preguntó Elodie. Le temblaba la voz.

—Un hechizo protector. Cuando llegue el momento les ayudará a reconocer al enemigo.

Volamos de regreso a la escuela en completo silencio. No hubo risas de placer ni sensación de ligereza, ni de libertad.

Cuando aterrizamos, Alice se llevó la mano al cuello y le entregó a Elodie un collar igual al que me había dado a mí. Ésta no se lo puso inmediatamente. Se lo quedó mirando, frunciendo el ceño. Luego lo apretó en un puño.

—Gracias por la lección —le dijo a Alice. Luego me miró a mí. Parecía preocupada—. Nos vemos mañana, Sophie.

—¿Realmente crees que el Ojo está en la escuela? —le pregunté a Alice cuando Elodie nos dejó a solas.

Alice clavó la vista en el edificio de Hécate. La sombría casa parecía un monstruo de muchos ojos dormido en la oscuridad.

—Aquí hay algo y no sé qué es, todavía —dijo.

Alice tenía razón, podía sentirlo. Sobre la casa había caído una sombra que parecía cercarme cada vez más. En el cielo, las nubes taparon la luna creciente y la noche se tornó todavía más oscura. Me daba miedo la idea de caminar por los corredores oscuros y de quedarme sola en la habitación.

—¿Crees que...? —pregunté.

Pero Alice había desaparecido, dejándome sola y temblorosa en medio de la noche.

28

No creí que Elodie quisiera volver a ver a Alice después de aquel momentito aterrador de: «Dejen que les muestre mi pecho herido». Así que me sorprendió encontrármela en la escalera a la noche siguiente.

—Dime, ¿cuándo conociste a Alice? —me preguntó camino del bosque.

—A mediados de octubre —respondí.

Elodie asintió con la cabeza, como si hubiera sabido la respuesta de antemano.

—Poco después del incidente de Chaston —dijo.

—¿Qué tiene que ver una cosa con la otra?

No me contestó.

Elodie me acompañó durante las dos semanas siguientes. A Alice parecía no importarle y a mí tampoco. De hecho, descubrí que su presencia no me resultaba completamente abominable. Incluso comenzó a caerme bien.

No es que Elodie hubiera cambiado radicalmente, pero se mostraba más amable y cariñosa. Aunque puede que me estuviera usando para llegar a Alice. A las dos semanas ya hacía aparecer sofás y estaba trabajando en su propio hechizo de transporte, que todavía no nos salía a ninguna de las dos.

Pero creo que su cambio no sólo se debía a la magia. Elodie se sentía sola. Tanto Anna como Chaston estaban fuera y ella no hablaba con nadie más, salvo con Archer. Y ni tan siquiera pasaba mucho tiempo con él. Elodie decía que estaba ocupada en «otras cosas» y que no tenía tiempo para novios; él decía que le estaba dando espacio.

Mi relación con Archer tampoco era normal. Después de la fiesta había cambiado algo entre nosotros. La camaradería espontánea que habíamos conseguido durante los ratos que pasábamos encerrados en el almacén se había esfumado. Hacíamos nuestro trabajo en silencio, sin hablarnos ni hacer bromas. A veces lo miraba y notaba que él estaba muy, muy lejos de allí. No sé si pensaba en Elodie o si tal vez se sentía frustrado por la distancia incómoda que había surgido entre nosotros.

El mes de noviembre fue gris y lluvioso, como mi ánimo. Me alegraba haber entablado una especie de amistad con Elodie. Pero ella no era Jenna. La verdad era que la echaba mucho de menos. Una semana después del incidente con Anna, la señora Casnoff nos informó que habían dejado en libertad a Byron. Al parecer tenía una coartada sólida: en el momento del ataque estaba en plena conversación telepática con un miembro del Concilio. Interrogué muchas veces a la señora Casnoff con la esperanza de que me diera noticias sobre Jenna, pero nunca me dijo adónde la habían llevado ni qué le había sucedido. Yo estaba muy preocupada.

Como todas las madres, la mía notaba que algo me pasaba en cuanto me oía la voz por teléfono. Le dije que estaba hasta el cuello de deberes. No le conté nada sobre Chaston ni sobre Anna ni sobre Jenna. La habría asustado. Ya estaba suficientemente preocupada sin necesidad de saber ninguna de esas cosas.

Odiaba estar sola en la habitación, así que empecé a ir a la biblioteca las tardes en que no tenía castigo. Estudiaba las tradiciones de los Prodigium con la esperanza de encontrar algo que absolviera a Jenna. Las únicas criaturas que tomaban sangre de sus víctimas eran los vampiros, los demonios y, si los libros estaban en lo cierto,

L´Occhio di Dio. Dado que la señora Casnoff había descartado mi teoría sobre *L´Occhio*, me centré en los demonios. Pero todos los libros sobre demonios estaban escritos en latín. Varias veces tuve entre mis manos algunos de esos tomos y dije: «Habla», pero estaban protegidos contra los encantamientos. Sólo podía entender aquellas partes que explicaban que la única forma de matar a un demonio era con el Cristal del Demonio, cosa que ya sabía. Sinceramente, esperaba que no hubiera un demonio en Hex. Esa espada no era algo que se pudiera comprar por teléfono.

Una tarde de llovizna a finales de noviembre, justo después de la cena y antes de que tuviera que presentarme en el almacén, llevé unos libros a la señora Casnoff.

Ella estaba en su oficina, escribiendo en un libro de contabilidad grande y negro. La luz de la lámpara proyectaba un resplandor cálido por toda la habitación y sonaba suavemente la música clásica que parecía salir de la nada, como en la noche del baile.

La señora Casnoff levantó la mirada cuando entré.

—¿Sí?

Le mostré los libros que llevaba conmigo.

—Tengo algunas preguntas que hacerle.

La señora Casnoff frunció ligeramente el ceño, pero cerró su libro de contabilidad e hizo un gesto invitándome a entrar.

—¿Existe una razón para que investigues sobre demonios, Sophie?

—Bueno, leí que algunos de ellos desangran a sus víctimas y pensé, ya sabe, que tal vez eso haya sido lo que les pasó a Chaston y a Anna.

La señora Casnoff me miró durante largo rato. Me di cuenta de que la música había dejado de sonar.

—Sophie —dijo. Era la primera vez que me llamaba así. En su voz se notaba el cansancio—. Sé cuánto deseas exonerar a Jenna.

Sabía lo que venía a continuación: el mismo cuento que con el Ojo. Así que hablé a toda prisa.

217

—No puedo leer ninguno de estos libros porque todos ellos están en latín, pero hay ilustraciones que muestran que algunos demonios tienen forma humana.

—Eso es verdad. Pero también es cierto que si una de esas criaturas estuviera en los terrenos de la escuela, ya lo sabríamos.

Me puse en pie y golpeé con uno de los libros su escritorio.

—¡Usted misma dijo que la magia no es siempre la respuesta! Tal vez su magia no funcione bien. Es posible que alguien tenga un poder más fuerte que el suyo y haya conseguido entrar aquí.

La señora Casnoff se levantó de su escritorio, y echó los hombros hacia atrás.

El aire de la habitación se hizo pesado y de repente, me hice consciente —dolorosamente consciente— de que la señora Casnoff era mucho más que la directora. También era una bruja extremadamente poderosa.

—No me levantes la voz, jovencita. Es cierto que la magia no siempre es infalible, pero lo que sugieres es inaceptable. Lo siento mucho por ti, pero tendrás que enfrentarte al hecho de que en las tres semanas que Jenna lleva fuera de aquí, ni tú ni Elodie ni ningún otro estudiante de esta escuela ha sido atacado. Elegiste mal tus amistades, y eso ya no tiene remedio.

La miré fijamente. Mi respiración me raspaba en la garganta, como si acabara de realizar una carrera.

La señora Casnoff se pasó una mano temblorosa por el cabello.

—Te pido disculpas si he sido descortés, pero tienes que entender que los vampiros no son como nosotros. Son monstruos. Yo cometí el ridículo error de olvidarlo.

Su expresión se suavizó.

—Esto me duele tanto como a ti, Sophie. Yo apoyé la decisión de tu padre de dejar que los vampiros asistieran a esta escuela. Ahora tengo una estudiante muerta, dos más que tal vez nunca regresen y un montón de personas poderosas que se han enfadado mucho conmigo. Me encantaría creer que Jenna no tenía nada que ver con esto, pero hay demasiadas evidencias que demuestran todo lo contrario.

Respiró profundamente y puso los libros sobre mis manos adormecidas.

—El hecho de que hayas tratado de encontrar la manera de absolverla habla muy bien de tu sentido de la amistad. Sin embargo, me temo que tus esfuerzos serán en vano. Ya no quiero oírte hablar más sobre demonios, ¿entendido?

No manifesté estar de acuerdo con ella, pero ella actuó como si lo hubiera hecho.

—Ahora, si no me equivoco, creo que tienes un castigo que cumplir en el almacén. Te sugiero que te des prisa si no quieres que la señora Vanderlyden venga por ti.

Entre un velo de lágrimas, la vi sentarse de nuevo en su escritorio y abrir su libro de contabilidad. Me molestaba que se negara a admitir que en Hécate podían suceder cosas que tal vez a ella se le pasaran por alto. También me sentía profundamente descorazonada. Nada de lo que yo había descubierto le interesaba a la directora, tampoco mis teorías. La explicación más fácil para todo cuanto había sucedido era que Jenna había matado a Holly y había tratado de matar a las otras dos. Eso era lo que había que creer porque cualquier otra cosa significaría que estaba equivocada o peor que eso, que no era omnipotente.

Cuando llegué al almacén había logrado detener el llanto. No obstante, sentía un dolor sordo y constante detrás de los ojos. La Vandy estaba esperándome en la puerta. Supuse que me arrancaría literalmente la cabeza con los dientes, pero me debió de notar algo en la cara, porque todo lo que hizo fue gruñir.

—Tarde —dijo.

Me dio un ligero empujón hacia la escalera.

Cuando la puerta se cerró, Archer levantó la mirada hacia mí. Estaba detrás de uno de los estantes.

—Ahí estás. ¿La Vandy envió a sus Mastines del Infierno por ti?

219

—No. —Tomé mi lista y me dirigí a la esquina más alejada del almacén.

—¿Qué, ninguna réplica ingeniosa? ¿Dónde está la Sophie Mercer que conozco?

—No me siento muy ingeniosa en este momento, Cross —dije mientras mis ojos examinaban sin atención las estanterías.

—Ah —dijo suavemente—. ¿Qué pasa contigo?

—¿Quieres saberlo realmente? La única amiga verdadera que tengo aquí se ha ido y probablemente nunca regrese. Todo el mundo está convencido de que ella es un monstruo y nadie quiere escuchar lo que yo pienso.

—¿Qué piensas? —preguntó—. Sophie, ella es una vampira. Ya sabes qué es lo que hacen los vampiros.

—Entonces ¿tú piensas lo mismo que los demás?

Archer dejó caer sus papeles.

—Sí, lo pienso. Sé que ella era tu amiga, y que eso hace que no sea sencillo para ti. De todos modos Jenna no es la única persona con la que puedes contar.

Yo estaba tan enojada que me temblaba el cuerpo. Di unas zancadas hasta el otro extremo del almacén y me planté frente a él.

—¿Estás diciendo que tú eres mi amigo, Cross? Porque apenas me has hablado desde la noche del baile.

Él apartó su mirada. Los músculos de su mandíbula se apretaron.

—Te has comportado de un modo muy extraño desde esa noche.

—¿Yo? —dijo—. Tú eres la que no me mira. Y discúlpame, pero me parece un poco sospechoso que desde que eres amiga de Elodie, ella haya decidido dejarme.

Sacudí la cabeza, confundida, hasta que entendí lo que me quería decir.

—Vaya, al final va a resultar que yo le fui con el cuento a Elodie de que querías estar conmigo en el baile para que se separaran.

Archer no dijo nada y le di un ligero empujón.

—Déjalo ya —dije. Traté de pasar a su lado, pero me cogió del brazo y tiró de mí levemente hasta que estuvimos frente a frente.

Durante unos segundos que parecieron eternos, nos quedamos inmóviles, mirándonos fijamente el uno al otro, respirando con dificultad. Sus ojos se oscurecieron un poco y me acordé de la mirada de Jenna el día que vio mi sangre. Pero el hambre que veía en los ojos de Archer en ese momento era de otra clase: era una hambre que yo también sentía.

Sin pensar, acerqué mis labios a los suyos.

Archer me correspondió en seguida. Jadeó y me rodeó con sus brazos. Me abrazó con tanta fuerza que apenas pude contener el aire, pero eso no me importaba. Lo único que quería era a Archer: su boca en la mía y su cuerpo contra el mío.

Ya me habían besado antes, pero nada se podía comparar con aquello. Sentí que me recorría una corriente eléctrica desde la coronilla hasta la punta de los pies. En alguna parte de mi mente escuché la voz de Alice diciendo: «La atracción tiene su propia magia».

Y tenía razón: aquello era mágico.

Nos separamos para recuperar el aliento. Me pregunté si yo me veía tan aturdida como él, pero entonces volvió a besarme de nuevo contra los estantes. Oí que algo caía y se rompía, oí el suave crujido de vidrios debajo de mis pies mientras Archer me empujaba contra la pared.

Una parte de mí me decía que no era buena idea perder la virginidad en un almacén, pero cuando las manos de Archer se deslizaron por debajo de mi camisa y sentí su contacto sobre la piel de mi espalda, comencé a pensar que un almacén era un sitio tan bueno como cualquier otro.

Mis manos desabotonaron su camisa. Quería tocar su piel de la misma manera que él estaba tocando la mía. Archer dio unos pasos hacia atrás para dejarme sitio. Sus labios se arrastraron hasta mi cuello. Cerré los ojos y apoyé mi cabeza contra la pared mientras deslizaba mis manos dentro de su camisa.

Me sentía tan bien con su boca besándome el cuello que me tomó unos instantes darme cuenta de que mi mano estaba ardiendo.

Me pesaba la cabeza. La levanté y miré mi mano sobre su pecho, justo a la altura del corazón.

Y entonces la bruma de deseo que nublaba mi cerebro se disipó.

Mis ojos no podían creer lo que estaban viendo: el tatuaje de un ojo negro con un iris dorado apareció bajo mis dedos.

29

Al principio me negué a creer lo que estaba viendo. Luego Archer, al notar que me había quedado inmóvil, retrocedió y bajó la mirada. Al levantar de nuevo sus ojos hacia mí, estaba pálido y aterrorizado.

Lo que estaba viendo era verdad: se trataba de la marca de *L'Occhio di Dio*. Archer formaba parte del Ojo. Repetí estas palabras en mi mente, pero me parecieron irreales. Sabía que debía gritar o correr o algo, pero no pude moverme.

—Sophie —dijo Archer.

Como si mi nombre fuera una especie de código para romper la parálisis que me inmovilizaba, reaccioné y empujé a Archer con toda la fuerza de mis manos. Lo tomé por sorpresa; de otro modo, nunca habría sido capaz de derribarlo. Cayó de espaldas y se estrelló contra un estante, desparramando por el suelo un montón de objetos. Un frasco se rompió y vertió en el suelo un líquido amarillo y viscoso. Cuando me di la vuelta con la intención de huir de allí a toda prisa, pisé el charco y resbalé. Archer ya había logrado incorporarse y me cogió del brazo. Creo que dijo mi nombre otra vez; no estoy segura. Me di la vuelta y mi impulso hizo que él perdiera el equilibrio de nuevo. Cuando se resbaló, le di un codazo en el pecho tan fuerte como pude. Se dobló sobre sí mismo soltando una profunda exhalación. Aproveché la oportunidad para darle un puñetazo en la mandíbula.

«Habilidad número tres», pensé. Como en clase de defensa.

Archer se tocó la boca ensangrentada. Sentí un loco impulso de reírme. Hacía un instante había besado esa boca y ahora sangraba por mi culpa.

Alargó la mano hacia mí en un movimiento demasiado lento. No me costó nada ponerme fuera de su alcance. ¿Cuántas veces habíamos luchado entre nosotros en defensa? ¿Qué había sido aquello, una preparación para ese momento? ¿Acaso Archer se había estado riendo de mí mientras yo trataba de defenderme? ¿Había disfrutado pensando lo poco que le costaría matarme?

Lo esquivé y corrí hacia la escalera. Mi mente se precipitaba por un tobogán en espiral. Sólo podía pensar que Archer me había besado, que Archer había matado a Holly, que Archer había herido a Chaston y había atacado a Anna. Me pareció que sus dedos rozaban mi tobillo, pero no me volví. Corrí hacia la puerta y entonces recordé que estaba cerrada con llave. Oh, Dios mío, estaba encerrada.

Me arrimé a la puerta y grité:

—¡Vandy! ¡Señora Casnoff! ¿Hay alguien ahí?

Golpeé la puerta con toda la fuerza de mis puños y finalmente eché un último vistazo a mis espaldas. Archer se levantaba la pernera de su pantalón: llevaba un objeto sujeto a la pierna.

Una daga. Una daga de plata como la que había arrancado el corazón de Alice.

Presa del miedo, grité débil y entrecortadamente, como en una pesadilla.

Pero Archer no se me acercó. Corrió hacia la ventana baja del fondo del cuarto y puso la punta de la daga en el cerrojo.

Al otro lado de la puerta oí pasos y un tintineo de llaves. La cerradura de la puerta y el cerrojo de la ventana cedieron al mismo tiempo. Archer me miró una última vez. No fui capaz de interpretar la expresión de su rostro, pero vi que tenía lágrimas en los ojos. Entonces saltó fuera de la ventana, en el mismo instante en que la puerta se abría y yo caía temblando en los brazos de la Vandy.

Estaba sentada en el sofá de la oficina de la señora Casnoff, con una taza de té caliente entre mis manos. A juzgar por el olor, había algo más que té en aquella taza, pero todavía no había tomado ni un sorbo. A pesar de que la señora Casnoff me había envuelto con una gruesa manta, no conseguía que mis dientes dejaran de castañetear, así que se me hacía bastante difícil beber. Empezaba a preguntarme si alguna vez dejaría de temblar.

La señora Casnoff se sentó a mi lado y me acarició el pelo. Era un gesto extrañamente maternal y me pareció más inquietante que consolador. La Vandy estaba apoyada contra la puerta, y se frotaba la nuca. Pasó largo rato antes de que una de nosotras rompiera el silencio.

Hasta que la señora Casnoff preguntó:

—¿Estás segura de que era la marca del Ojo?

Era la tercera vez que me lo preguntaba; me limité a asentir y a tratar de llevar la taza de té hasta mis labios.

Suspiró como si fuera una vieja de cien años.

—Pero ¿cómo? —preguntó por tercera vez—. ¿Cómo es posible que uno de los nuestros sea miembro de *L'Occhio di Dio*?

Cerré los ojos y, finalmente, bebí un sorbo. Estaba en lo cierto: al té le habían agregado un poco de alcohol. Me sentó bien al estómago, pero no por eso dejé de temblar.

«¿Cómo? —pensé—. ¿Cómo?»

Tratando de responder a mi propia pregunta, me imaginé que Archer había buscado a los miembros del Ojo el año anterior durante el período en que se había alejado de Hécate. Aquél era un planteamiento muy lógico que en ese momento mi cerebro no se sentía capaz de afrontar.

Archer era un miembro del Ojo. Archer había tratado de matarme.

Me lo repetí una y mil veces. Con un afán de tomar distancia del asunto, me pregunté si Archer se habría hecho amigo mío y si habría fingido que le gustaba sólo para tener la oportunidad de acercarse a mí. ¿Sería por eso que había empezado a salir con Elodie?

Me froté el pecho a la altura del corazón. La señora Casnoff me miró preocupada.

—¿Te ha hecho daño?

—No —le dije.

«Al menos, no en ningún sitio que usted pueda ver», pensé.

—Sin embargo, parece que le has dado unos buenos golpes —dijo la Vandy, señalando con la cabeza mi mano derecha, que estaba púrpura e hinchada después de haberle dado un buen golpe a Archer en la mandíbula.

Levanté la mirada hacia ella.

—Sí —dije secamente—. Debe de haber sido seguramente gracias a la innegable calidad de sus lecciones de defensa.

—No lo entiendo —dijo la señora Casnoff, aturdida—. Deberíamos haberlo sabido. Tendríamos que haber sido capaces de percibirlo. O alguien debería haber visto su marca.

Negué con la cabeza.

—La llevaba bien escondida. Sólo apareció por...

«Por el hechizo de protección de Alice», pensé, pero no tenían por qué saber nada sobre Alice.

—Me había preparado un hechizo de protección —dije.

Como de costumbre, mentí desastrosamente mal. Pero la Vandy y la directora estaban demasiado conmocionadas para notarlo.

—La marca apareció cuando la toqué.

La señora Casnoff me miró.

—¿La tocaste?

Sentí arder mi cara de vergüenza. Como si no fuera suficientemente malo que el chico que me gustaba fuera un asesino, iba a ganarme un buen castigo por besuquearme en el almacén.

Afortunadamente, en ese momento entró el señor Ferguson sacudiéndose la lluvia de su gruesa chamarra de piel. Lo acompañaban un enorme perro lobo irlandés y un puma dorado. De pronto, el perro lobo se levantó y se convirtió en Gregory Davidson, uno de los chicos mayores del campus. El puma era Taylor. Fue la primera vez que Taylor no me miraba amenazadoramente desde que Beth le había dicho quién era mi padre. De hecho, me pareció ver una expresión en sus ojos parecida a la compasión.

—No hay señales de él, señora Casnoff —dijo el señor Ferguson—. Hemos registrado toda la isla.

La señora Casnoff suspiró.

—Mis hechizos de rastreo tampoco han revelado nada. Es como si se hubiera desvanecido en el aire.

Se masajeó las sienes y dijo:

—Lo más urgente es informar al Concilio de que teníamos un infiltrado. Es muy importante que tu padre lo sepa. Y luego, por supuesto, habrá que reforzar nuestros hechizos de seguridad. Además, tendremos que contarles al resto de los estudiantes lo que ha pasado.

Su voz vaciló al pronunciar la última palabra. Se cubrió la cara con una mano y emitió un sonido parecido a un sollozo.

Me quité la manta y la eché sobre sus hombros.

—Todo irá bien.

Ella me miró. Las lágrimas le daban a sus ojos un brillo particular.

—Lo siento mucho, Sophie. Debería haberte escuchado.

Unas horas antes, las palabras de la señora Casnoff me habrían hecho bailar de alegría. Ahora sólo sonreí tristemente.

—No se preocupe por eso —dije.

Estaba contenta porque esto significaba que Jenna iba a poder volver, pero ese único trocito de felicidad estaba enterrado bajo un montón de dolor, tristeza y rabia. Me gustaba tener la razón, pero no de este modo.

Dejé a la señora Casnoff, a Ferguson y a la Vandy organizando una asamblea para la mañana siguiente y me fui a mi habitación.

Aunque extrañaba a Jenna, esta noche realmente deseaba estar sola.

Cal me esperaba al pie de la escalera.

—Estoy bien —dije, levantando la mano—. Sanará por sí misma.

—No es eso. La señora Casnoff no quiere que vayas sola a ninguna parte hasta que encontremos a Archer.

Suspiré.

—¿Y qué? ¿Vas a seguirme a mi habitación?

Asintió con la cabeza.

—De acuerdo. —Sujeté el barandal y arrastré mi cuerpo cansado por la escalera. Por primera vez, comprendí lo que significaba el término «desconsolada». Así era como me sentía, exactamente. La sensación era parecida a tener gripe, pero no en el cuerpo sino en el alma. Estaba agotada y aun así, no me dolía ninguna parte del cuerpo. Reconsideré mi promesa de no meterme nunca en una de esas bañeras espeluznantes y, en ese mismo momento, oí una voz.

—¿Sophie?

Me di la vuelta. Elodie se encontraba de pie en el vestíbulo. Su rostro estaba pálido. Era la primera vez que no se la veía increíblemente guapa.

—¿Qué está pasando? —preguntó—. He oído decir que Archer te atacó en la bodega o algo así, y no lo encuentro por ningún lado.

Justo ahora que el dolor de mi pecho parecía haberse calmado un poco, floreció como una planta espinosa.

—Espérame aquí —le dije a Cal.

Cogí a Elodie de la mano y la llevé a la sala más cercana. Me senté a su lado en el sofá y le expliqué lo que había pasado, centrándome en la lucha con Archer y en la marca sobre su corazón y dejando a un lado la parte de los besos.

A la mitad de mi relato, Elodie comenzó a sacudir su cabeza. Las lágrimas le inundaron los ojos y resbalaron por sus mejillas hasta el regazo, dejando manchas oscuras en su falda azul.

—Pero eso no es posible —dijo cuando terminé—. Archer es incapaz de hacer daño a nadie.

Preferí no contarle nada más y tratar de consolarla. Extendí mis manos para abrazarla, pero Elodie apartó mis manos de un golpe.

—Espera —dijo, dejando que resurgiera un atisbo de la vieja Elodie—. ¿Cómo viste su marca?

—Ya te lo he explicado —le dije, incapaz de mirarla a los ojos. Busqué con la mirada la lámpara detrás de ella, y clavé mis ojos en el inexpresivo rostro de la figura de una pastora que conformaba la base—: Fue gracias al hechizo de protección de Alice.

—Eso ya lo sé —dijo Elodie, apartándose de mí—. Pero ¿por qué le estabas tocando el pecho?

Levanté mis ojos hacia los suyos tratando de encontrar una mentira que pareciera verosímil, pero estaba cansada y triste y no se me ocurrió nada. Bajé la mirada hacia mi regazo, llena de culpa.

Creí que Elodie gritaría o lloraría todavía más o que me golpearía, pero no hizo ninguna de esas cosas. Simplemente, se limpió la cara con el dorso de la mano, se puso en pie y se marchó.

30

Pensé que la noticia sobre Archer pondría nerviosos a mis compañeros, pero lo cierto fue que ocurrió todo lo contrario. Al enterarse de que un miembro de *L'Occhio di Dio* se había infiltrado en la escuela, más que asustados parecían aliviados. Ahora que el misterio de los ataques se había resuelto, la vida podría por fin volver a la normalidad. Bueno, a la normalidad en términos de Hécate, lo que significaba que los metamorfos podrían salir por la noche otra vez y que las hadas volverían a recorrer el bosque al amanecer y al atardecer.

Unos días más tarde, la señora Casnoff me llamó aparte y me informó del regreso de Jenna. Me dijo también que se esperaba la visita de mi padre una semana después.

Probablemente, habría debido emocionarme puesto que al fin iba a conocerlo, pero lo cierto era que estaba hecha un manojo de nervios. ¿Venía mi padre a Hécate en misión oficial o porque su hija había sido atacada? ¿De qué íbamos a hablar?

Una noche llamé a mamá para hablar con ella del asunto. No le expliqué lo de Archer porque sólo habría conseguido asustarla. Le dije que había tenido algunos problemas, y que papá vendría para asegurarse de que todo estaba en orden.

—Te caerá bien —dijo mamá—. Es encantador e inteligente. Sé que estará feliz de verte.

—¿Y por qué no ha venido a verme antes? Quiero decir, entiendo que cuando era pequeña tú no querías que me viera, pero ¿por qué no apareció nunca desde que obtuve mis poderes? No le hubiera costado nada hacer una pequeña visita de vez en cuando.

Mamá se quedó callada.

—Sophie, tu padre tenía sus razones, pero es él quien debe contártelas, no yo. Ten por seguro que él te quiere —dijo finalmente—. ¿Ha sucedido algo más que desees contarme? —preguntó tras una segunda pausa.

—Estoy muy ocupada con los deberes y la escuela —mentí.

Traté de alegrarme con la idea de ver a mi padre, pero me era difícil sentir entusiasmo. Era como si viviera debajo del agua y como si todo cuanto la gente me decía me llegase en sordina y desde lejos.

Por otra parte, me volví muy popular en la escuela.

—Supongo que cuando casi te asesina en el sótano un cazador de Prodigium encubierto todo el mundo quiere ser tu amigo, ¿verdad? —le dije en broma a Taylor una noche durante la cena. Desde nuestro encuentro en el despacho de Casnoff, me trataba con amabilidad. Por fin se había dado cuenta de que no era una espía de mi padre.

—¡No sabía que eras tan graciosa! —me dijo, y se echó a reír.

Sí, vamos, era una máquina de risas. Tal vez porque creía que las bromas eran un medio para no echarme a llorar.

La gente se reunía en grupitos para cuchichear sobre Elodie y sobre cómo le habían roto el corazón. Ella había dejado de hablarme y yo la echaba de menos. Aunque suene raro, me hubiera gustado hablar con ella acerca de Archer. Era la única persona que sentía lo mismo que yo.

Dejé de verme con Alice en el bosque. La señora Casnoff se mantuvo fiel a su palabra y puso alrededor de una docena de hechizos de protección nuevos sobre la casa, por lo que incluso el hechizo súperpoderoso de sueño dejó de funcionar. Habría podido escabullirme, pero

231

tenía la sensación de que eso era precisamente lo que estaba haciendo Elodie, así que le cedí todo el protagonismo. Quiero decir, estábamos en paz: yo le había robado el novio aunque fuese temporalmente y ella me había robado a mi bisabuela. No era lo que yo llamaría un trato justo, pero, dadas las circunstancias, me pareció lo mejor.

Además, yo no estaba segura de que seguir viendo a Alice fuera una buena idea. Viéndolo en perspectiva, una pequeña parte de mí se había emocionado cuando el hechizo del vestido de Elodie había funcionado. Si bien yo no había querido hacerle daño (no hasta donde podía adivinar, por lo menos), saber que yo era capaz de realizar un conjuro de esa envergadura me había acelerado el pulso. ¿Adónde llegaría si seguía por ese camino?

Mi atracción por el lado oscuro no era el único asunto que mantenía ocupada mi mente. Pensaba con frecuencia en aquella noche en el almacén. Volvía a ver a Archer sacando la daga una y otra vez. Había tenido tiempo de sobra para apuñalarme y ejecutarme. ¿Por qué no lo había hecho? Le daba vueltas a esa pregunta sin parar, tratando de convencerme de algo imposible: que Archer no era miembro del Ojo, que todo había sido un lamentable error.

Una semana después de la fuga de Archer, yo estaba sentada en el asiento de la ventana, hojeando un libro de texto de Literatura mágica. A pesar de que lo habían exonerado, lord Byron no había regresado a Hécate. Por el modo en que la señora Casnoff frunció las comisuras de los labios cuando nos informó de que tendríamos un nuevo maestro, tuve la impresión de que Byron debió de soltar una palabra bastante grosera cuando le pidieron que regresara. La nueva maestra era la Vandy. Yo creí que después de rescatarme de las garras de un asesino la mujer sería un poco más agradable conmigo, pero lo único que hizo fue levantarme el castigo. Tampoco es que el gesto fuera gran cosa: faltaban tres semanas para el final del semestre. Por otro lado, la profesora no dio señales de reblandecimiento. Todo lo contrario, nos pidió tres ensayos para el viernes, razón por la cual estaba leyendo aquel estúpido libro de texto que ni me interesaba.

Había comenzado a leer un párrafo de Christina Rossetti sobre «El Mercado de los Duendes» cuando una figura que caminaba sobre la hierba llamó mi atención. Era Elodie, y se dirigía hacia el bosque con total determinación. Supuse que ella y Alice habían decidido que las escobas eran demasiado llamativas.

Me dije que no tenía por qué estar celosa y que era una suerte que Alice no hubiera hecho ningún intento de ponerse en contacto conmigo en las últimas semanas. De todos modos, Elodie era mucho mejor aprendiz que yo. Eché un ojo al armario. Unos días después de la partida de Jenna, había guardado en él a *Bram*, su león. Me ponía demasiado triste cada vez que lo veía, así que había decidido esconderlo. Alrededor del cuello del peluche había enrollado el collar que me había dado Alice. Lo último que necesitaba era algo que me mantuviera despierta.

Cuando la puerta se abrió yo tenía la mirada perdida.

—¿Me has echado de menos? —preguntó Jenna con una sonrisa de oreja a oreja. No sé quién de las dos estaba más emocionada cuando me eché a llorar.

Jenna cruzó la habitación a toda prisa, me rodeó con sus brazos y me llevó hasta mi cama. Me abrazó mientras lloraba. Después estiró un brazo y sacó una caja de kleenex de mi escritorio.

—Ten —dijo, pasándome la caja.

—Gracias —sollocé cogiendo un pañuelo. Luego dejé escapar un profundo y tembloroso suspiro—. ¡Bueno, ya me siento mejor!

—Vaya par de semanas, ¿eh?

Me miró. Tenía mejor aspecto que nunca. Su piel seguía estando igual de pálida, pero en sus mejillas había una nota de rubor. Incluso su mechón rosa parecía brillar con más fuerza.

—¿Te lo han contado?

Jenna asintió con la cabeza.

—Sí, pero no me lo puedo creer. La verdad es que Archer no me parece el típico cazador de Prodigium encubierto.

Resoplé y me limpié la nariz otra vez.

—Ni tú ni nadie. Fuiste al Concilio. ¿Están asustados?

—Ni te lo imaginas. Por lo que oí, Archer y toda su familia han desaparecido de la faz de la tierra. Nadie sabe lo que ha pasado, pero parece bastante claro que estaban todos metidos en esto. —Jenna se pasó una mano por el pelo—. Es increíble pensar que todo este tiempo Archer ha estado fingiendo.

—Sí —dije, mirando mis manos—. La verdad es que todo esto apesta, porque... —Suspiré.

—Lo odias por lo que te ha hecho, pero a la vez lo echas de menos —concluyó Jenna.

La miré sorprendida.

—Exacto.

Extendió la mano y se recogió el pelo hacia un costado, dejando a la vista un par de agujeros azul claro justo debajo de la oreja.

—Sé lo que es enamorarse de un enemigo.

Con una sonrisa triste, dejó caer el pelo.

Le hice sitio en la cama, y ambas nos recostamos sobre mi almohada.

—Háblame de Londres.

Jenna puso los ojos en blanco y se quitó los zapatos.

—No he estado en Londres. El Concilio tiene una casa en Savannah que utilizan cuando tienen cosas que hacer en Hex. Me han tenido allí y me han hecho un montón de preguntas: qué vampiro me convirtió, con qué frecuencia me alimento, esas cosas. No te voy a engañar: a veces daba miedo. Estaba segura de que en cuanto me descuidara aparecería un cazavampiros para darme una buena tunda de palos y estacas.

Me atraganté con la risa.

—¿Una qué?

Ruborizada, Jenna miró hacia otro lado y se frotó un pie con el otro.

—Eso fue lo que nos dijo la chica de allí.

—¿Era una chica bonita? —le pregunté, chocándola con el hombro.

—Tal vez —dijo, pero era una sonrisa de oreja a oreja—. Todo lo que sé de ella es que se llama Victoria, trabaja para el Concilio, y también es una vampira.

—¿Hay vampiros que trabajan para el Concilio?

—Sí —dijo Jenna, más animada que nunca—. Tienen trabajos geniales: hacen de tutores de los vampiros más jóvenes y custodian a los miembros VIP del Concilio.

—Hablando de eso, no habrás visto a mi padre por casualidad, ¿verdad?

Jenna negó con la cabeza.

—No, lo siento. Pero Vix me dijo que vendría aquí dentro de unos días.

—¿Vix? —pregunté, alzando las cejas con sorpresa.

Jenna se sonrojó de nuevo, y me reí.

—Vaya, ¿*Bram* sabe que pronto tendrá que compartirte con alguien?

—Cállate —dijo ella, pero siguió sonriendo—. Ya que lo mencionas, ¿dónde está *Bram*?

—Lo guardé en el armario hasta que volvieras —le dije, saltando de la cama y yendo al armario.

Saqué a *Bram* de debajo de un montón de ropa para lavar y se lo pasé a Jenna.

Ella lo tomó con una sonrisa.

—Ay, *Bram*, cómo te he echado de menos...

De pronto desapareció el rubor de sus mejillas. Sus ojos se posaron en el collar que el peluche llevaba en el cuello.

—¿De dónde has sacado esto?

—¿El collar? Es un regalo.

—¿De quién? —Levantó los ojos, y vi que reflejaban auténtico miedo.

—¿Por qué? ¿Qué es? —dije sintiendo un ligero sudor y picor en la nuca.

Jenna se estremeció y tiró a *Bram* lejos de ella.

—Es una piedra de sangre.

Fui hasta el otro extremo de la habitación y recogí a *Bram*. Le saqué el collar.

Aquella piedra plana no se parecía en nada a una piedra de sangre. Ni siquiera era roja.

—Pero si es negra —le dije a Jenna, acercándome, pero ella salió corriendo hacia la cabecera de la cama.

—Porque es sangre de demonio.

Me quedé completamente inmóvil.

—¿Qué?

Jenna metió la mano debajo de su blusa y sacó su piedra. El líquido de su interior se movió y agitó, como si dentro de aquella cápsula diminuta estuviera teniendo lugar una tormenta.

—¿Lo ves? —dijo—. Mi piedra contiene magia blanca. Sólo reacciona cuando hay magia negra cerca. Y la que llevas ahí es absolutamente negra, Sophie.

Jenna se aferraba a su collar con tanta fuerza que sus nudillos estaban blancos.

—Ya lo noté el día del baile —dijo, con los ojos fijos en el colgante—. Cuando te ensuciaste las manos con aquella porquería. Quise decírtelo entonces, pero estabas tan feliz con el vestido que me dije que la magia negra no podía hacer algo tan bonito.

Yo apenas escuchaba. Estaba recordando que la señora Casnoff había dicho que nadie sabía cómo se había convertido Alice en una bruja. De repente, caí en la cuenta de que Alice no se había dirigido a mí hasta después del ataque a Chaston y de que, después de lo de Anna, estaba llena de vida.

Y recordé la cara de Elodie cuando Alice le había dado su collar.

Elodie estaba con Alice en ese mismo momento.

Dejé caer el collar, y la piedra se quebró sobre la esquina de mi escritorio, soltó una gota de líquido negro que cayó al suelo chisporroteando y dejó una pequeña marca de quemadura.

Estaba sorprendida por lo estúpida e ingenua que había sido.

—Jenna, busca a la señora Casnoff y a Cal. Pídeles que vayan al bosque, a las tumbas de Alice y de Lucy. Ella sabrá dónde están.

—¿Adónde vas tú? —me preguntó. Pero no le respondí. Corrí como lo había hecho la noche en que había encontrado a Chaston.

Me adentré en el bosque. Las ramas me arañaron la cara y los brazos, y las rocas me causaron cortes en los pies. No llevaba más que un pantalón de piyama y una camiseta, pero casi no sentía el frío. Sólo me importaba correr.

Había comprendido por qué Alice era de carne y hueso, y cómo había obtenido sus poderes cuando se suponía que habría debido morir. El oscuro ritual mágico en que Alice había participado no la había convertido en una bruja sino en un demonio.

«Y a ti también —susurró mi mente—. Si eso es lo que ella es, eso es lo que eres tú.»

31

Estaba segura de que cuando llegara al cementerio encontraría a Elodie desangrada en el suelo, tal vez muerta. Así que me sorprendí al verla de pie junto a Alice, sonriente mientras se desvanecía para aparecer unos segundos después unos metros más allá. Finalmente había conseguido dominar el hechizo de transporte.

Alice me vio primero y me saludó con la mano. La miré y me pregunté cómo había podido siquiera pensar que era un fantasma. Ninguno de los fantasmas de Hécate parecía tan real y completo como Alice. En cambio ella irradiaba vida. Me sentía estúpida por no haberme dado cuenta antes.

Me acerqué a ellas y el miedo empezó a recorrerme todo el cuerpo. Elodie borró la sonrisa de su rostro en cuanto me vio. Levantó la vista hacia mí.

—Elodie —dije, tratando de que mi voz sonara calmada, aunque supongo que se me notaba bastante lo asustada que estaba—. Creo que deberíamos volver a la escuela. La señora Casnoff quiere hablar contigo.

—No, eso no es cierto —respondió Elodie. Levantó las manos hasta el cuello y se sacó su collar—. Cuando alguien me está buscando, brilla y me dice quién es. ¿Ves?

El colgante estaba brillando. Reconocí mi propio nombre escrito en letras doradas.

—Una joya de la familia, ¿verdad? —le dije a Alice.

Alice sonrió y sus ojos parpadearon.

—Sophie, no estés celosa.

—No estoy celosa —dije muy rápidamente—. Simplemente, creo que Elodie y yo deberíamos volver a la escuela cuanto antes.

Calculé mentalmente cuánto tiempo les llevaría llegar al cementerio a la señora Casnoff y a Cal. Unos pocos minutos, si Jenna los había encontrado a tiempo.

Alice frunció el ceño, levantó la cabeza y olfateó el aire. No había nada en sus gestos que fuese remotamente humano. Comencé a temblar.

—Sientes miedo, Sophie —dijo—. ¿Por qué me tienes miedo?

—No lo tengo —repliqué, aunque mi voz me delató.

El viento soplaba por entre las ramas de los árboles y las hacía crujir y dibujar sombras extrañas sobre el suelo. Alice giró la cabeza y suspiró. Esta vez su expresión se endureció.

—Has venido con intrusos. ¿Por qué lo has hecho, Sophie?

Movió las manos hacia el bosque, y oí un fuerte rugido, como si los árboles despegaran las raíces del suelo y se estuvieran moviendo. Presa del espanto, comprendí que Alice estaba retrasando la llegada de la señora Casnoff y de Cal.

—¿Has guiado a Casnoff hasta aquí? —preguntó Elodie, pero mis ojos estaban puestos en Alice.

—Sé lo que eres —dije. Mi voz sonó como un susurro. Esperaba que Alice se sorprendiera o al menos se molestara, pero volvió a sonreír. Eso resultaba más aterrador todavía.

—¿De verdad? —preguntó.

—Eres un demonio.

Alice lanzó una carcajada grave y cavernosa y, por un instante, sus ojos se tornaron de un color rojizo.

Me volví hacia Elodie. Parecía estar abstraída y tenía cierto aire de culpabilidad en el rostro.

—Invocaron a un demonio —dije. Elodie asintió con la misma inocencia que si la estuviera acusando de haberse teñido el cabello, o algo igual de inocuo.

—No teníamos opción —insistió, con la paciencia de una maestra de parvulario—. Ya'oíste a la señora Casnoff: «Nuestros enemigos se vuelven cada vez más fuertes». Dios mío, Sophie, han usado a uno de nosotros en nuestra contra. Queríamos estar preparadas.

—¿Y qué? —pregunté. Me temblaba la voz—. ¿Dejaron que matara a Holly?

Bajó la mirada y dijo:

—El sacrificio de sangre es la única manera de controlar a un demonio.

Quise lanzarme sobre ella, golpearla y gritarle, pero no conseguí moverme de donde estaba.

Elodie me miró con sus grandes ojos que parecían implorarme.

—No queríamos matar a Holly. Sabíamos que necesitábamos la fuerza de las cuatro para controlar al demonio y forzarlo a hacer lo que le pidiéramos. Pero necesitábamos la sangre —dijo—. Así que dormí a Holly con un hechizo y Chaston le perforó el cuello con un puñal. Pero sangró demasiado. Creíamos que podríamos detener el sangrado antes de que fuera demasiado tarde.

Sentí la bilis subiéndome por la garganta.

—Hubieras podido tomar sangre de cualquier parte —dije—. La tomaste de su cuello para poder culpar a Jenna de su muerte. Así matabas dos pájaros de un tiro, ¿verdad? Casi llegaste a convencerme incluso a mí.

—Estaba segura de que era ella quien había atacado a Chaston y a Anna —dijo Elodie. Le rodó una lágrima por la mejilla—. Ni siquiera sabíamos que el ritual había funcionado. Nunca había visto a Alice antes de esa noche contigo, lo juro.

Miré en dirección a Alice.

—¿Por qué no te apareciste ante ellas?

Alice se encogió de hombros.

—No valían nada. Puede que me sacaran del infierno, pero eso no me obligaba a servir a tres estudiantes.

Levantó una mano y, acto seguido, Elodie cayó al suelo.

—Me pregunto por qué has tardado tanto tiempo en descubrirme —dijo Alice; su mirada estaba fija en la mía—. Se supone que eres muy lista, Sophie, y sin embargo no pudiste ver la diferencia entre un demonio y un fantasma. ¿O hay algo más?

Giró la mano a la izquierda. Elodie salió disparada hacia un costado y cayó sobre una verja del cementerio. Se quedó inmóvil. No sabía si Alice la había dejado fuera de combate o si estaba usando su magia para evitar que se moviera.

—¿Sabes lo que creo, Sophie? Creo que siempre supiste quién era yo, pero que no tuviste el coraje de enfrentarlo. Si yo soy un demonio, eso significa que tú también lo eres, ¿verdad?

Ahora me temblaba todo el cuerpo. No pensaba en otra cosa que en taparme los oídos para no escuchar lo que me estaba diciendo. Alice tenía razón: siempre había sabido que había algo extraño en ella, pero no había querido averiguar de qué se trataba. Me gustaba Alice y también el poder que me daba.

—He esperado mucho tiempo por ti, Sophie —dijo Alice, que en ese momento había recuperado su apariencia normal y parecía una chica de mi edad—. Cuando esos patéticos proyectos de brujas oscuras me invocaron, luché contra muchos demonios para ser yo la que saliera del infierno. Y todo con la esperanza de encontrarte a ti.

La sangre me subió hasta los oídos e hizo que mis tímpanos palpitaran.

—¿Por qué? —murmuré.

Su sonrisa era hermosa y terrible. Sus ojos brillaban como estrellas.

—Porque somos de la misma sangre.

Entonces me arrojó con fuerza hacia atrás y mi espalda dio contra un tronco. La corteza del árbol me rasgó la camisa. Traté de moverme, pero sentía los pulmones pesados e inutilizados.

—Te pido disculpas —dijo, caminando hacia Elodie—, pero no puedo permitir que te entrometas en mi camino en este momento.

Se arrodilló junto a Elodie. Yo estaba sentada, incapaz de hacer ningún movimiento. Con toda la ternura de una madre con su bebé, Alice llevó la cabeza de Elodie hacia su regazo. Con los ojos entrecerrados, la chica giró su cabeza mientras Alice le acariciaba las sienes. Después, ésta subió la mano hasta el cuello de Elodie. De sus dedos, iluminados por la luz de la esfera, salieron dos garras. La muchacha apenas se movió cuando las garras se le clavaron en el cuello, pero yo grité. Alice acercó su boca para beber y yo cerré los ojos. No sé cuánto tiempo pasó hasta que pude volver a moverme, pero cuando me puse en pie Alice estaba frente a mí, y Elodie yacía en el suelo, muy pálida y quieta, apoyada contra las puertas del cementerio.

Corrí hacia ella. Alice no hizo nada por detenerme.

Me arrodillé a su lado y sentí la tierra húmeda debajo de mis pies. El rostro de Elodie estaba frío, pero sus ojos seguían entreabiertos, y se esforzaba por respirar.

Las heridas de su cuello estaban rojas y en carne viva. El resto de su piel estaba muy pálida. Nuestros ojos se encontraron y ella trató de decirme algo.

—Lo siento —murmuré—. Lo siento mucho.

Elodie parpadeó una vez, y sus labios se movieron de nuevo.

—Mano —dijo.

Pensé que quería que le tomara la mano, y apoyé su mano izquierda sobre la mía. Me miró profundamente y sentí una pequeña vibración, una carga de bajo voltaje. Sentí que su magia pasaba hacia mí del modo en que ella me la había descrito: suave y fría, como la nieve. Luego su mano se soltó de la mía, y Elodie se quedó muy quieta.

Escuché las risas de Alice. Giraba, y al girar, su falda formaba un círculo.

—De todos los regalos que hubieras podido darme, éste ha sido el mejor.

Me levanté despacio.

—¿Qué regalo?

Alice dejó de dar vueltas, pero todavía se reía.

—La noche en que trajiste a Elodie contigo, supe que habías descubierto quién era yo. Fue muy gentil por tu parte traerla, corría el riesgo de que me descubrieran en esa horrible escuela.

La magia que Elodie me había pasado todavía corría por mis venas, pero no tenía idea de qué hacer con ella. Yo no era rival para Alice, aunque nuestros poderes fueran casi iguales. Ella tenía más experiencia y, seguramente, durante su estancia en el infierno habría aprendido uno o dos trucos. Lo único con lo que yo contaba eran unos cortos párrafos de los libros de demonios, y una simple y pura furia.

Alice rió otra vez, borracha de la sangre de Elodie.

—Ahora que he recuperado todo mi poder, seremos imparables, Sophie. Nada estará fuera de nuestro alcance.

Pero yo ya no la escuchaba. Estaba mirando a la estatua de un Ángel y la espada negra que sostenía en sus manos. Piedra negra.

El Cristal del Demonio.

En clase de defensa, la Vandy siempre explicaba que todos teníamos puntos débiles y yo sabía cuál era el de Alice.

Era yo.

—Rómpete —murmuré, y con un fuerte crujido, la espada se rompió en dos.

La áspera piedra cayó justo enfrente de mí. La levanté. Quemaba. Su filo me hizo un corte en la mano. Era más pesada de lo que había imaginado. Esperaba ser capaz de levantarla a una altura suficiente para hacer con ella lo que debía hacer.

Alice se volvió hacia mí. Levanté el fragmento de espada. No parecía asustada, sino confundida.

—¿Qué haces, Sophie?

Alice estaba a tres metros de mí. Sabía que si corría hacia ella, me lanzaría hacia un árbol como si fuera un mosquito. Pero se veía muy confiada, no creía que yo pudiera hacerle ningún daño. Después de todo, éramos de la misma sangre.

Cerré los ojos y me concentré, invocando no sólo mi propio poder sino también el que Elodie me había otorgado. Me envolvió un viento tan frío que me quitó el aliento.

Mi sangre corría lentamente a través de mis venas, pero mi corazón latía muy de prisa. Abrí los ojos para asegurarme de tener a Alice de frente.

Sus ojos se ensancharon, pero no con sorpresa ni con miedo, sino con deleite.

—¡Lo has logrado! —dijo muy emocionada, como si fuera mi exhibición de ballet.

—Sí, lo he logrado.

Y luego alcé la pesada espada y le rebané el pescuezo.

32

—Así que resulta que soy un demonio —le dije a Jenna la tarde siguiente.

Estábamos sentadas en nuestra habitación. Para ser más exactos, ella estaba sentada y yo echada en la cama. No me había movido de ahí desde que Cal y la señora Casnoff me habían llevado de vuelta a Hécate. Cal había podido sanar la mayor parte de las heridas que me había hecho en los pies durante mi alocada carrera hacia el cementerio. Mis manos eran otra historia.

Las miré. La mano izquierda estaba bien, pero la derecha presentaba tres cortes largos: uno sobre los dedos, otro sobre la palma y el tercero en un lado de la mano. Las heridas tenían mal aspecto, con los bordes encarnados. Cal hizo todo lo posible por curarlos, pero el Cristal del Demonio me había hecho demasiado daño. Probablemente me iban a quedar cicatrices para toda la vida.

También era posible que Cal agotara parte de su magia tratando de revivir a Elodie. Él y la señora Casnoff habían llegado al claro del bosque unos momentos después de que yo decapitara a Alice y su cuerpo se disolviera en la tierra. Cal corrió hacia Elodie de inmediato, pero ya era demasiado tarde. Anna me había dicho que Cal no podía resucitar a los muertos, pero esa noche lo intentó. Sólo cuando se cercioró de que Elodie ya no estaba con nosotros, corrió hacia mí y extrajo la hoja de mi mano.

En el camino de regreso a la escuela, yo estaba fuera de mí. Recuerdo que la señora Casnoff me explicó que Alice había sido enterrada en el cementerio, junto con otros demonios. Era por eso que el ángel sostenía la hoja de cristal negro. Por si acaso alguno de ellos lograba regresar un día a la tierra. «Están más preparados que los scouts», murmuré. Luego me desmayé.

—Siempre me había parecido que eras un poco malvada. Sin embargo nunca quise decírtelo —me explicó Jenna. Su voz era suave, pero sus ojos miraban hacia mi mano con una indudable tristeza.

Esa noche la señora Casnoff me contó la mayor parte de la historia. Me dijo que Alice se había transformado mediante un ritual de magia negra, pero había dejado de lado que el ritual consistía en un conjuro de invocación cuyo fin era traer a un demonio y obligarlo a hacer la voluntad de una bruja.

No tenía ni idea de para qué podía ser útil un demonio particular. ¿Para hacer diligencias? ¿Para hacer malvadas y desagradables tareas del hogar?

Pero los demonios son tramposos, y en lugar de convertirse en el chico de los recados de Alice, éste le había robado el alma y la había transformado en un monstruo. Cuando se quedó embarazada, su bebé resultó ser un demonio también. Lucy se casó con un ser humano, de modo que mi padre era medio demonio. Eso hacía que yo fuera un cuarto de demonio.

—Pero incluso con una gota de demonio en la sangre —me dijo la señora Casnoff mientras Cal trataba de curar mi mano—, tienes un enorme poder.

—Genial —respondí; la magia blanca de Cal hacía que mi mano ardiera.

La señora Casnoff conocía mi naturaleza desde hacía tiempo. Ése era el motivo de que no hubiera sido capaz de sentir a Alice.

Pensaba que lo que captaba eran mis propias vibraciones demoníacas.

—¿Qué pasará ahora? —preguntó Jenna, bajando de la cama para sentarse con cuidado en el borde de la mía—. ¿Qué pasará con Archer y con tu padre?

Cambié de posición, e hice una mueca cuando mi mano rozó sin querer mi pierna.

—No he oído nada más sobre Archer. Sólo lo que tú me contaste: que él y su familia desaparecieron de la faz de la tierra. Al parecer, hay un gran grupo de brujos buscándolos.

¿Qué le harían cuando lo atraparan? No quería ni pensar en ello.

—Cal piensa que Archer y su familia han huido a Italia —continué, tratando de ignorar el dolor en mi corazón—. Ahí es donde se encuentra la sede del Ojo, así que parece una apuesta segura.

Para mi sorpresa, Jenna negó con la cabeza.

—No lo creo. Oí algo en Savannah. Unas brujas hablaban de que *L'Occhio di Dio* tenía contingentes en Londres. Decían que habían visto a un tío nuevo con ellos: pelo oscuro, joven. Podría ser él.

Mi pecho se encogió.

—¿Para qué iba a ir allí? Estaría en las fauces del Concilio.

Jenna se encogió de hombros.

—¿Para esconderse a la vista de todos? Sólo espero que lo atrapen. Ojalá que los capturen a todos —dijo Jenna con frialdad. Un estremecimiento me recorrió el cuerpo.

—En cuanto a mi padre, no sé. El Concilio siempre supo que era medio demonio, pero como nunca intentó comerse la cara de nadie y era demasiado poderoso, decidieron que lo mejor era nombrarlo el jefe. La condición para eso era que ningún otro Prodigium descubriera lo que era en realidad.

—¿La señora Casnoff lo sabía también?

—Todos los maestros lo saben. Después de todo, trabajan para el Concilio.

Jenna extendió la mano y retorció su mechón rosa.

—Así que no eres bruja —dijo. No era una pregunta.

Hice una mueca de dolor, pero no por mi mano. No era bruja. En absoluto. Nunca lo había sido. La señora Casnoff me explicó que los poderes de los demonios son tan similares a los de las brujas oscuras que es fácil que los demonios pasen por hechiceros, siempre y cuando no cometan locuras, como beberse la sangre de un grupo de brujas para hacerse más fuertes.

Me gustaba pensar en mí misma como una bruja. Era mucho más agradable ser bruja que demonio.

Ser un demonio significaba ser un monstruo.

De pronto Jenna se acercó y me rascó la parte superior de la cabeza.

—¿Qué estás haciendo?

—Estaba comprobando si tienes cuernos debajo del pelo —dijo, riéndose.

La aparté de un manotazo, pero no pude evitar devolverle la sonrisa.

—Me alegra mucho que mi monstruosidad te divierta, Jenna.

Dejó mi pelo en paz y me rodeó con el brazo.

—Oye, de monstruo a monstruo: esto no es tan malo. Por lo menos podemos ser monstruosas juntas.

Me volví y dejé caer mi cabeza sobre su hombro.

—Gracias —dije en voz baja, y ella me dio un cálido abrazo.

Oímos un golpe suave en la puerta, y ambas levantamos la vista.

—Probablemente sea Casnoff —dije—. Hoy ha venido como cinco veces.

Lo que no le conté a Jenna fue lo que me había explicado la señora Casnoff cuando yo le pregunté qué sería de mí.

—Serás siempre increíblemente poderosa, Sophie —me dijo la directora—. Esperemos que, como tu padre, sepas utilizar este poder al servicio del Concilio.

—Así que tengo un destino, estupendo —le contesté.

—Es un destino glorioso, Sophie. La mayoría de las brujas matarían por tener tu poder. Algunas lo hacen, de hecho —contestó la señora Casnoff dándome una palmadita y ofreciéndome una sonrisa.

Yo asentí con la cabeza sólo porque no podía decirle lo que realmente hubiera querido decir: que no deseaba nada de eso para mí.

Sophie, *la Grandiosa y Terrible*. Todo eso era para chicas como Elodie: chicas bellas y ambiciosas. Yo sólo era yo: una chica divertida, segura e inteligente, pero no una líder.

Sentada allí aquella noche con la señora Casnoff y con Cal sujetándome de la mano pese a que ya había hecho todo lo que podía con su magia, hice la pregunta que había estado revoloteando en mi cerebro.

—¿Soy peligrosa? ¿Como Alice?

La señora Casnoff buscó mis ojos y dijo:

—Sí, Sophie, lo eres. Siempre lo serás. Algunos híbridos de demonio, como tu padre, son capaces de pasar años sin ningún incidente, aunque a él lo acompaña un miembro del Consejo en todo momento, por precaución. Otros, como tu abuela Lucy, no son tan afortunados.

—¿Qué le pasó?

Ella apartó la mirada y dijo en voz muy baja:

—*L'Occhio di Dio* mató a tu abuela, pero por una buena razón. A pesar de vivir treinta años sin hacerle daño a una alma viviente, algo... algo le ocurrió una noche, y volvió a su verdadera naturaleza.

La señora Casnoff respiró hondo y dijo:

—Mató a tu abuelo.

Nos quedamos en silencio hasta que pregunté:

—¿Así que eso mismo me puede pasar a mí? ¿Podría perder los estribos un día y sacar al demonio contra la persona que estuviera conmigo?

En cuanto dije esto, acudió a mi mente la imagen de mi madre echada a mis pies en medio de un charco de sangre y destrozada. Sentí un nudo en el estómago.

—Es una posibilidad —respondió la señora Casnoff.

Luego le pregunté si había una manera de dejar de ser un demonio, si alguna vez podría volver a la normalidad.

Me miró fijamente antes de decir:

—La Extracción, pero seguramente acabaría contigo.

Su respuesta me cayó como un balde de agua fría. La Extracción podía matarme.

Probablemente me iba a matar.

Pero si vivía el resto de mi vida como demonio, podría matar a alguien. A la persona que amaba.

La puerta se abrió, pero no fue la señora Casnoff la que apareció sino mi madre.

—¡Mamá! —grité, saltando de la cama y rodeándola con los brazos. Sus lágrimas mojaron mi pelo. Yo le di un fuerte abrazo, aspirando su familiar perfume.

Cuando nos separamos, mamá trató de sonreír, y se inclinó para tomar mis manos. No pude contener un suave grito de dolor.

Pensé que mamá lloraría cuando viera mi mano, pero se la llevó a los labios y me besó la palma, como cuando tenía tres años y me raspaba las rodillas.

—Sophie —dijo mamá, alisando el pelo de mi cara—. He venido a llevarte a casa, mi vida. ¿Estás bien?

Miré por encima del hombro a Jenna, que hacía esfuerzos por ignorarnos, pero en su rostro había una expresión de dolor. Si yo me iba, Jenna no tendría a nadie. Los monstruos tienen que permanecer juntos.

Respiré hondo y me volví hacia mi madre. No sabía si sería lo suficientemente fuerte como para mirarla a los ojos y decirle lo que tenía pensado hacer. Aquello que había decidido en cuanto la señora Casnoff respondió a mi pregunta sobre si iba a ser un peligro para mis seres queridos.

Pero antes de que pudiera decir nada, vi que Elodie caminaba hacia mi puerta.

Corrí afuera, con el corazón en la garganta, preguntándome si al fin Cal la había salvado. Tal vez había estado recuperándose en la escuela todo ese tiempo, y simplemente no me lo habían dicho.

Sólo estaba ella en el salón, a mis espaldas.

—¡Elodie! —grité, y corrí hacia ella. Pero no me miró. Me di cuenta de que veía a través de ella.

Siguió caminando, deteniéndose en las puertas como si buscara a alguien. Era otro fantasma de Hécate atrapado para siempre. En cierto modo se lo merecía. Ella y sus amigas habían invocado a un demonio y ahora tenía que pagar por ello.

La observé durante un rato, hasta que finalmente se desvaneció en la luz del sol de la tarde. Nunca habíamos sido muy amigas, pero al final me había dado la poca magia que le quedaba en su interior, para que yo pudiera derrotar a Alice. Nunca lo iba a olvidar.

Al ver el fantasma de Elodie, cobré valor, me volví hacia mi madre y le dije:

—No me voy a casa. Me voy a Londres. Quiero que me hagan la Extracción.

AGRADECIMIENTOS

Escribir un libro es como cruzar el Atlántico. ¡Estoy muy agradecida de haber tenido a las siguientes personas en mi tripulación!

Primero y principal, un inmenso agradecimiento a mi agente, la incomparable Holly Root, la primera persona en enamorarse de Sophie y compañía, además de mi familia. ¡Tu entusiasmo y sentido del humor hacen de ti el agente ideal! También a Jennifer Besser, Emily Schultz y a todos los de Disney-Hyperion Books, malditos genios que han hecho que este libro sea mucho mejor de lo que había imaginado.

Grandes y neuróticos abrazos para mis amigos escritores de The Tenners, en especial a Kay Cassidy, a Becca Fitzpatrick y a Lindsay Leavitt. La escritura es un asunto solitario y han sido mi paño de lágrimas (y un buzón de correo electrónico que llenar).

Gracias también a Sally Kalkofen y a Tiffany Wenzler, mis dos primeras lectoras. Sus preguntas, comentarios y palabras de ánimo ayudaron a dar a *Hex Hall* un formato de libro. Y a Felicia LaFrance, cuyas tartitas me acompañaron durante la escritura de las cien últimas páginas. ¡Eres lo máximo, amiga!

Pocas personas tienen la suerte de contar durante veinte años con la compañía de una gran amiga, y le agradezco esa fortuna a Katie

Ruddy Mattli, que lee mis historias desde 1987 y probablemente ahora esté planeando venderlas por eBay. Gracias por tu fe incombustible, por «validarme» a cada paso.

Siempre prometí que diría esto el día que publicara: «¡Hola, Dallas!».

También he tenido la suerte de contar con maestros fenomenales: Alicia Carroll, Alexander Dunlop, James Hammersmith, Louis Garrett, Jim Ryan, Judy Troy y Jake York. Mentores y amigos. Valoro mucho su guía.

Un agradecimiento especial a Nancy Wingo, que me impulsó a participar en concursos literarios, torneos de lengua y conferencias literarias... Eres la mejor. Sinceramente, sin ti este libro no existiría.

Gran parte de *Hex Hall* trata del poder de las mujeres. No conozco mujeres tan poderosas como Tammi Holman, Kara Johnson, Nancy Wingo, y mi madre, Kathie Moore. Señoras, me han inspirado en más de un sentido.

A mis padres, William y Kathie Moore. Un libro entero no bastaría para expresar cuántas cosas les debo. Me han dado apoyo cuando mi camino se desviaba y los amo más de lo que puedo decir.

John y Will, son la luz de cada día. Nada sería posible sin ustedes. Los amo «infinitamente».

Por último, quiero dar las gracias a todos los estudiantes que se sentaron en mi clase desde 2004 hasta 2007. Eran la razón para que me levantara cada mañana. Me alegra haber formado parte de sus vidas. Este libro es para ustedes.

PRÓXIMAMENTE...

¡No te pierdas la continuación de Hex Hall!

2. *Desafío*

¡Descubre nuestros libros!

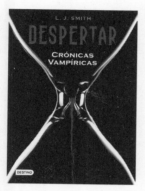

Crónicas vampíricas

Cazadores de sombras

Ignoren a Vera Dietz por favor

Nightworld

www.cronicasvampiricas.com.mx
www.cazadoresdesombras.com.mx

12/12 ① 11/12
1/15 ③ 7/14
11/18 ⑥ 10/18